임대규 新무협 판타지 소설

소운평전기

招雲平傳記

4

소운평전기 4

임대규 新무협 판타지 소설

초판 1쇄 찍은 날 § 2002년 1월 18일
초판 1쇄 펴낸 날 § 2002년 1월 25일

지은이 § 임대규
펴낸이 § 서경석

편집장 § 문혜영
편집 § 장상수 · 박영주 · 김희정 · 권민정
마케팅 § 정필 · 강양원 · 김규진

펴낸곳 § 도서출판 청어람
등록번호 § 제1081-1-89호
등록일자 § 1999. 5. 31
어람번호 § 제2-0045호

주소 § 경기도 부천시 원미구 심곡1동 350-1 남성B/D 3F (우) 420-011
전화 § 032-656-4452 팩스 § 032-656-4453
E-mail § eoram99@chollian.net

ⓒ 임대규, 2001

값 7,500원

ISBN 89-5505-216-2 (SET)
ISBN 89-5505-272-3 04810

임대규 新무협 판타지 소설

소운평전기

4

무공입문(武功入門)

昭雲平傳記

도서출판
청어람

목
차

제19장

안드는 보수를 준비하고 소운평은 괴노와 조우하다

1

소주 유흥가 전체의 이권(利權)은 적검문과 대풍방이 양분하는 구도였지만, 이들이 전부는 아니었다.

태태화방(花舫)과 어선(漁船), 상선(商船) 등, 태호를 드나드는 배들을 관리하는 수룡단(水龍團)과 술의 제조와 유통을 독점하는 순의당(順義堂), 기루와 도방을 운영하는 자들의 이익을 보호하는 연합체 성격을 띤 도우회(道友會)가 그 대표적인 존재였다.

이들은 꽤 영향력을 지닌 독립된 단체였다.

그러나 두 곳과 불가분(不可分)의 관계인지라 절반쯤은 예속되어 있다고 여기는 것이 정확했다.

이들 이외에도 또 다른 세력은 있었다. 아니, 세력이라고까지 말할 수는 없었다. 구성원들의 대다수가 삼류 무인에 인근의 파락호라는 점도 그렇거니와 그들이 하는 일을 들라 치면 더욱 그랬다.

각종 이권에 개입하여 폭력과 살인을 저지르는 것은 기본에 속했고, 사람을 납치해 팔아먹는, 이른바 인신매매(人身賣買)가 이들이 주력하는 사업이었다.

납치는 남녀를 불문(不問)하고 이루어졌다. 부녀자들은 기루와 청루로 팔려가는 것이 순서였고, 사내들은 하역선(下役船)이나 해외를 왕래하는 상선의 노예로 팔리는 게 보통이었다.

국법(國法)으로 금하는 일을 수시로 자행하는지라 관(官)의 표적이 되는 것은 당연지사!

그러나 관에서는 그들을 근절시키기는커녕 노상 헛물만 켜기 일쑤였다. 관이 무능력했다기보다는 그들의 행사가 워낙 은밀했기 때문이었다.

순식간에 달려들어 감쪽같이 싸잡아가는 귀신 같은 행사 덕에 그들은 포자(胞子)란 이름으로 불렸다.

행여 멀리서 와야 할 친척이 제때 도착하지 않는다면 이들의 짓을 의심하는 것이 좋을 것이다.

왕노충(王魯充)은 칠 년째 포자 노릇을 하는 자였다.

*   *   *

"헉, 헉!"

왕노충은 달리고 또 달렸다.

동생의 생명이 다리를 놀리는 것에 달렸다고 생각하니 다리가 둘인 것이 원망스러울 지경이다.

입 안이 바짝 마르고 단내가 풀풀 풍기도록 달린 그가 멈춘 곳은 뜻밖에도 시전(市廛) 한 귀퉁이의 허름한 육점(肉店)이었다.

⟨황가육점(黃家肉店).⟩

이쯤이면 황씨 성을 가진 자가 운영하는 푸줏간이라는 얘기는 뻔한 일이고.

한데 육점엔 무슨 일인지…… 설마 안도가 돌아오는 길에 고기 근이 라도 사 오라고 주문한 것일까?

다짜고짜 육점으로 뛰어든 왕노충은 옆문을 통해 이동했다. 이번엔 반점이 나왔다. 때늦은 저녁 식사를 즐기던 사람들의 놀란 눈을 뒤로 한 채 그는 또다시 주방의 후문을 열어젖혔다. 그렇게 다섯 군데를 옮 겨 다닌 후 왕노충은 다 쓰러져 가는 장원의 담을 넘었다.

"누구냐!"

"웬 놈이 담을 넘어?"

저만치 나무 그늘 속에서 덩치가 산만한 두 사내가 순식간에 달려나 왔다.

"이 자식들아, 나다, 나!"

손짓을 해 그들을 쫓아보낸 왕노충은 다짜고짜 불이 켜진 실내로 뛰 어들었다.

술병이 어지럽게 널린 탁자엔 한 사내가 머리를 처박고 있었다. 얼 마나 퍼마신 것인지 사내는 문을 여닫는 요란한 소리에도 불구하고 정 신없이 코만 골아댔다.

왕노충은 서둘러 사내에게 다가갔다.

"대형, 빨리 좀 일어나 보슈!"

아무리 어깨를 흔들어도 요지부동이었다. 끄응! 새끼 고양이 소리를 내며 얼굴을 돌리더니 그만이다. 덕분에 사내의 얼굴이 고스란히 드러났다.

한데 인신매매를 본업으로 하는 무리의 장(長)치고는 어딘가 수상한 분위기였다. 갸름한 얼굴에 짙은 속눈썹, 마늘쪽 같은 콧날과 붉은 입술, 화장을 시키고 여장(女裝)을 입힌다면 영락없이 절색(絶色)이란 소리를 들을 것이다. 한 가지 흠이라면 사내의 미간부터 왼쪽 턱 아래까지 이어진 칼자국이었다. 그렇지만 그 흉터도 사내의 미모(?)에 크게 손상을 주지는 못했다.

아름다운 사내, 그는 왕노충이 상전으로 모시는 '독오른 독사' 라 불리는 홍사독(洪蛇毒)이었다.

'대체 얼마나 처먹었기에……'

자연스레 술병에 눈이 돌아갔다. 대충 세어도 오십여 병은 넉넉할 듯싶었다. 은신한 지 이틀이 지났으니 하루에 스물다섯 병씩을 마신 것이나 진배없었다. 쫓기는 신세가 서러워서라 여기기에는 아무래도 과한 숫자였다.

'허, 그 계집을 진짜로 좋아했었나? 하긴 뭐, 나도 한눈에 반해 버렸을 정도니.'

왕노경은 열흘쯤 전의 일을 떠올렸다.

기막힌 물건(?)을 처음 발견한 것은 그였다. 시비 둘과 호위 무사를 너덧 명이나 끌고 다니며 이곳저곳을 기웃거리는 계집은 그야말로 최상질의 물건이었다.

어찌어찌 해서 호위 무사를 따돌리고 계집을 손에 넣었는데, 계집의 미모에 눈이 뒤집힌 홍사독이 관례를 깨고 마누라로 들이겠다고 난리를 피운 거였다.

이미 몸을 버린 계집도 체념했는지 순순히 상황을 받아들이는 것 같았는데, 그것이 통한의 실수였다. 영악한 계집은 며칠 동안 홍사독을 녹초로 만들고 그만 도망을 친 것이다. 나중에 안 사실이지만, 그 계집은 호주(湖州)에서 열 손가락에 드는 거상(巨商)의 고명딸이었다. 분노한 거상은 사람을 보내 그들을 찾게 했고, 유흥가 쪽엔 백여 명이 몰려와 그들 패거리를 찾느라 난리도 아니었다.

덕분에 그들 패거리는 '꼭꼭 숨어라!' 땅개 신세가 되었던 것이다.

지난 얘기는 지난 얘기고, 난감했다. 이 정도 양이라면 주귀(酒鬼)가 아닌 이상 쉽사리 정신을 차릴 리 없었다. 깰 때까지 넋 놓고 기다릴 수도 없는 노릇이고.

'젠장, 나중에 몇 대 얻어터지는 한이 있더라도 확실한 수법을 쓰는 수밖에!'

확실한 수법?

왕노충은 허리를 숙였다. 그리고는 두 손을 모아 홍사독의 귀에다 가져다 댔다.

"대형, 포청(捕廳)에서 떴수!"

흡사 연인(戀人)에게 사랑을 속삭이는 것처럼 나긋나긋한 목소리였다.

그러나 반응은 실로 놀라웠다.

"우와앗! 모두 튀어라!"

홍사독은 불침 맞은 망아지처럼 펄쩍 뛰었다. 눈도 뜨지 못한 와중에도 출구가 있는 곳은 본능적으로 기억하고 있었는지 무서운 속도로 방문 쪽으로 달려 갔다. 기둥이 있는 곳으로…….

'어, 어, 애고!'

왕노충은 눈을 질끈 감았다.

콰앙!

털썩!

"끄으응!"

홍사독은 패대기쳐진 개구리처럼 네 활개를 펼친 채 방바닥에 널브러졌다. 엄청난 충격 때문인지 그는 전신을 마구 비벼대더니 이내 정신을 차렸다.

"대형, 괜찮수?"

왕노충이 황급히 다가가 그를 부축했다.

"엇, 너?"

졸지에 사발만해진 눈!

느닷없는 바닥에 누워 있는 자신의 모습보다도 왕노충이 나타난 것이 더 놀라운 듯했다. 그 덕에 왕노충이 벌인 짓은 소리소문없이 묻혀버렸다.

"너, 누구 죽는 꼴 보려구 그래? 여긴 왜 찾아오고 지랄이야, 앙? 당분간은 숨소리도 내지 말고 은신처에 처박혀 있으라고 그랬잖아!"

"대형, 그게 아니라 습격당했수."

"누구냐? 그 자식들이냐?"

"그건 잘……."

왕노충은 머리를 긁적였다.

사실 자신과 비교해 조금 작은 덩치에 눈빛이 무척 사나웠다는 것이외엔 기억나는 게 없었다. 아니, 한 가지가 더 있었다. 일도를 휘두르는 사내의 입가를 맴돌았던 섬뜩하도록 새하얀 미소 말이다.

부르르! 왕노충은 전신을 떨어댔다.

"아무튼 한 놈이었는데, 무지막지하게 센 놈이유. 이개(伊介)와 노종삼(盧終三)은 목이 날아갔고, 보다시피 난 이 꼴이 됐수. 그것도 일도(一刀)에 말이우."

"그래, 네 말처럼 그놈이 엄청 세다 치자! 아무리 그렇기로서니 꼬리라도 붙으면 어떡할 뻔했냐? 네 머리 속엔 똥만 가득 찼냐?"

"노경이가 인질로 잡혀서 어쩔 수 없었수!"

"인질?"

되묻는 눈초리가 심상치 않았다.

인질이라 함은 뭔가 대가를 얻기 위한 전형적인 수작질이거늘, 가진 거라곤 달랑 물건 두 쪽뿐인 놈에게 무슨 대가를 얻을 게 있을까?

홍사독의 고민은 예상외로 아주 짧게 끝났다.

"너 이 자식, 배신이냐?"

촤앙!

탁자 다리에 기대져 있던 검이 뽑혀지는가 싶더니, 말 한마디 없이 대뜸 머리통을 쪼개온다. 이쯤이면 멍청히 서 있을 사람은 아무도 없을 것이다.

카아앙!

목표를 잃은 검은 세차게 바닥을 두들겼다. 평소의 홍사독이라면 헛손질하는 일 따위는 어림도 없었겠지만, 역시 만취(滿醉)한 것이 원인인 듯했다.

왕노충은 서너 바퀴를 굴러 몸을 일으켰다.

"대형, 갑자기 미쳤수?"

"아무리 동생이 소중하다 해도 감히 날 팔아넘길 생각을 해? 너, 이리 못 와!"

"대체 누가 누굴 팔았다는 거유?"

"헛소리 마라, 이놈!"

단칼에 요절을 내고 말겠다는 기세로 홍사독이 다가들자, 왕노충은 연신 뒷걸음질쳤다.

등 뒤로 느껴지는 서늘한 감촉, 침상이다. 이젠 더 이상 물러날 곳도 없었다.

쉬잇!

검이 떨어져 내렸다.

"히이익!"

아무리 술에 취했다 해도 두세 수 이상 상수(上手)가 전심전력(全心全力)으로 펼친 손속이다. 오금이 저린 왕노충이 옴짝달싹 못하는 것은 당연한 일.

엉거주춤 서서 두 팔을 치켜든 그의 입에서 돼지 멱따는 비명 소리가 터져 나왔다.

"그 자식이 원한 건 대형이 아니라 홍낭자(洪娘子), 홍낭자란 놈이유!"

멈칫!

검은 정수리와 간발의 차이로 멈췄다.

이때다 싶은 왕노충은 줄줄이 읊어댔다.

"그 자식은 우리 은신처를 정확히 알고 있을 뿐더러 이쪽 계통을 잘 아는 것 같았수. 오는 길에 다른 곳에 들러봤지만, 아는 자가 하나도 없지 뭐유. 우리 중에 이 바닥 생활이 제일 오래된 사람은 역시 대형 아니우? 노경이의 목이 걸린 일이니까 잘 생각해 보슈. 혹시 예전에 아는 자 중에라도 있는지."

그러나 정작 홍사독은 그 따위 얘기를 귀담아들을 수 있는 형편이
아니었다.

홍낭자!

그 한마디에 지끈거리던 술기운은 구만리 저편으로 달아나 버렸다.
기억하고 싶지 않은, 아니, 두 번 다시 떠올려서는 안 되는 치욕스러운
과거였다. 그리고 한 사람! 두려움과 이음동의어(異音同意語)인 한 사
람을 떠올리게 만드는 이름이기도 했다. 일순간에 맥이 쭉 빠지며 아
랫도리가 와들와들 떨려왔다.

쨍강!

바닥을 뒹구는 검이 지르는 요란한 비명에 홍사독은 퍼뜩 정신을 차
렸다.

"빨리 가자!"

"예에?"

"이 자식아, 빨리 여길 떠나잔 말이다!"

홍사독은 부랴부랴 침상 아래를 뒤지더니 사방 한 자에 높이까지 같
은 철궤 두 개를 꺼냈다. 꽤나 무게가 나가는지 하나를 홀린 듯 서 있
는 왕노충에게 건넸다.

"빨리 가자!"

문이 벌컥 열린 것은 그때였다. 그리고 누군가의 뒤통수가 나타났
다. 두 다리가 허공에 둥둥 뜬 채 말이다.

"흐윽!"

홍사독은 비칠비칠 물러났다. 그의 얼굴은 흡사 귀신이라도 본 듯
새파랗게 질려 있었다. 수하의 목줄기를 움켜쥔 손의 임자를 알아보았

기 때문이었다.

쾅장창!

허공을 날아간 사내는 창문을 부수며 떨어졌다. 그래도 숨은 끊기지 않았는지 벌레처럼 꿈지럭거렸다.

"여, 오랜만이다, 홍낭자."

씨익! 안도는 웃었다. 가지런한 이빨이 불빛을 받아 반짝거렸다.

가까운 데서 호랑이를 만난 사슴은 옴짝달싹도 못한다고 한다. 심장은 터질 듯 피를 뿜어내고 머리 속은 하얗게 바래진다. 달아나거나 숨는다는 생각은 아예 떠올리지도 못하는 것이다. 그것이 바로 천적(天敵)!

홍사독이 그랬다. 그 무거워 보이는 철궤가 발등을 찍는데도 비명은 커녕 아픔조차 느끼지 못하는 듯했다.

"어떻게, 어떻게……?"

여길 알았냐는 것일 게다.

대꾸 대신으로 안도는 턱짓으로 왕노충을 가리키며 인상을 긁었다. 마치 '내가 손수 찾아오지 않았으면 네놈이 내게 올 일이 있었겠냐?' 반문하는 것 같았다.

"그, 그럼 노경이는……?"

왕노충은 황망히 중얼거렸다.

결국 동생을 인질로 잡는 척하고 자신을 미행한 것이 분명했다. 하면 가치를 상실한 인질의 말로는?

"그 자식은 똥오줌을 지리고 누워 있지."

확인 사살이라도 하듯 안도가 떠들어대자, 왕노충은 대뜸 주저앉아 일장통곡을 했다.

"어허허헝, 노경아!"

"돼지, 너 조용히 못 할래?"

"끅끅!"

왕노충은 입을 틀어막고 닭똥 같은 눈물을 흘렸다.

하나뿐인 동생의 죽음을 접하고도 손가락 하나 까딱할 엄두를 못 내는 자신의 무능력에 가슴이 아팠고, 통곡조차 눈치를 봐가며 해야 하는 처량한 신세가 서러워 그렇게, 그렇게 하염없이 울었다.

스윽!

이내 안도가 걸음을 내딛자, 놀란 세 사람은 독수리에게 쫓기는 참새마냥 파다닥 구석으로 달아났다.

그러나 안도는 그저 의자에 앉았을 뿐이다. 그리고는 홍사독을 향해 손가락을 두 개 펴 보였다.

"옛정도 있고 하니 딱 두 가지만 부탁하자! 그러면 군소리없이 떠나주마."

'응?'

딱 이란 말에 유난히 힘이 들어가는 것이 어째 거짓이 아닌 것 같았다. 아니, 그 두 가지로 끝나길 바라는 간절한 바람이 그렇게 생각하게끔 만들었으리라.

홍사독은 대뜸 무릎부터 꿇었다.

"혀, 형님! 부탁이란 말씀은 좀… 그냥 명령을 내려주신다면 분골쇄신(粉骨碎身) 따르겠습니다!"

"이 자식이 누굴 협잡꾼으로 보나!"

서걱!

탁자 귀퉁이가 뭉텅 잘려 나갔다.

"너 많이 컸다? 그렇다면 그런 줄 알 것이지, 뭔 놈의 잔소리가 그리 많아! 내 분명히 말하겠는데, 이건 부탁이야, 부탁! 알아듣겠냐?"

텅!

환도가 탁자 상판에 깊숙이 박혔다.

그렇지만 안도는 여전히 도병에서 손을 떼지 않았다. 여차하면 다시 휘두르겠다는 듯 말이다.

'곧 죽어도 협박이란 소리는 안 하지.'

내심과는 달리 홍사독은 머리를 조아렸다.

"아, 예, 형님! 제발 부탁하십시오!"

"좋아. 이제야 알아듣는군."

그제야 안도의 손이 도병에서 떨어졌다.

"우선 혈전검 종쾌라는 놈에 대해 알아내. 뭐 하는 놈인지, 누구의 사주를 받는지, 수단과 방법을 가리지 말고 샅샅이 훑어와! 등소와 관계가 있을 테니 하는 길에 그쪽도 함께 조사해 보고."

"적검문의 등소 말입니까?"

"이 자식이 지금 누굴 놀리나. 등소가 그놈 말고 또 있냐? 있으면 한번 대봐!"

안도의 시선이 도병으로 돌아가는 기미를 보이자, 홍사독은 아예 바닥에 넙죽 엎드렸다.

"아닙니다! 합니다, 해요!"

"그건 그렇고, 너, 그새 혹시 글을 배웠냐?"

"예에?"

뚱딴지 같은 질문에 홍사독은 잠시 어리둥절해했지만, 곧 천연덕스럽게 대꾸했다.

"원 형님도! 저도 낼 모레면 서른인데, 이 나이에 글은 배워 뭐 합니까? 그런 거 없이도 형님은 꿋꿋하게 성공하셨지 않습니까? 칼질 잘하겠다, 빵빵한 세력 있겠다, 아무튼 형님은 이 바닥 사람들의 우상입니다."

'끙!'

이렇게 나오는 데야 도리가 없다. 괜히 '무식한 놈!' 소리라도 지른다면 누워서 침 뱉는 꼴이나 다름없었다. 혹시나 싶어 돌아보니 왕노충과 다른 사내는 슬그머니 고개를 외면한 채 바닥을 긁는 중이었다.

씁쓸해진 입맛을 되새기며 안도는 두 시진 전의 일을 떠올렸다.

무리를 상대할 때는 머리부터 노린다는 것쯤은 팔푼이가 아닌 이상 다 아는 사실, 그것은 몸통과 꼬리 역시 감당할 능력을 갖췄다는 사실의 증거이기도 했다. 당연히 수하들도 무사하지 못할 터!

과연 몇이나 살아남았을까?

절반?

불행히도 그 정도까지는 아닐 것이다. 한 가지 다행인 것은 살아남은 자들의 행보가 또렷하다는 점이다.

'역시 전갈을 하는 것이 급선무!'

종쾌에 대한 원한은 한가하게 말을 달릴 정도로 작지 않았다. 그렇다고 하찮은 것들을 앉혀놓고 수하들을 잃고 개처럼 쫓긴 사실을 일일이 늘어놓을 수도 없는 일!

그것이 글을 아는 자가 꼭 필요한 이유였다. 체면을 구기지 않을 뿐더러 자신의 진의를 왜곡없이 전할 수 있을 테니까.

"혹시 아랫것들 중에도 없냐?"

"근데 그게……."

홍사독은 난처한 얼굴로 머리를 긁적였다.

어헝헝! 또다시 일장통곡이 터졌고, 새파래진 안도의 시선이 또다시 도병으로 향한 것은 불문가지였다.

형제가 같은 날 비명횡사하기 전에, 불통이 자신에게 튀기 전에 홍사독은 서둘러 이유를 설명했다.

"수하들은 쉰 명이 조금 넘는데 글을 아는 자는 딱 한 명뿐입니다. 저 돼지 놈의 친동생으로 형님이 인질로 잡았던 그 녀석 말입니다. 한데……."

말을 얼버무리며 홍사독은 슬쩍 안도를 응시했다. '네가 죽였으니 난 책임이 없다!' 영락없이 그런 눈빛이었다.

눈치 하면 역시 안도도 빠지지 않았다. 우는 듯, 우는 듯 기괴하게 일그러진 모습! 어이가 없다는 투로 이마를 매만지며 중얼거렸다.

"덩치는 산만한 자식이 목덜미 좀 긁혔다고 큰 거 작은 거 가리지 않고 싸지르며 혼절을 해? 그 따위 콩알만한 배짱으로 무슨 놈의 일을 한다고, 내가 이 바닥에 있을 땐 그런 놈은 없었거늘……."

"원래 그렇게 된 거였군요."

곡해를 한 것임을 깨달은 홍사독은 멋쩍게 웃었다.

왕노충의 입이 함지박만큼 벌어진 것은 기정사실, 홍사독이 눈짓을 하자마자 그는 밖으로 달려나갔다.

2

안도가 왕노경이 건네는 전서를 받아 든 것은 열여섯 시진이 지난 다음의 일, 홍사독의 은신처를 찾은 지 이틀째 되는 날 새벽이었다.

홍사독과 왕노경, 잔뜩 긴장한 두 사람이 지켜보는 가운데 꼬깃꼬깃 접혀진 지편이 활짝 펼쳐졌다.

"명필(名筆)이군!"

한참을 들여다보던 안도는 헛기침을 토한 후 지편을 다시 왕노경에게 건넸다.

〈회즉필사(回即必死)!〉

돌아오면 죽는다!

단 네 글자뿐인 간단명료한 내용이었다.

그러나 내용이 워낙 심각한지라 왕노경은 쉽사리 입을 뗄 수가 없었다.

"너도 모르는 글귀냐?"

사정도 모른 채 재촉을 해대는 홍사독이 그렇게 얄미울 수 없었다. 그렇다고 이제 와서 까막눈이라 오리발을 내밀 수도 없는 노릇이고.

"왜? 별로 안 좋은 내용이냐?"

'별로 안 좋은? 그 정도에 불과하다면 당장 일어나서 춤이라도 한바탕 추겠다!'

왕노경은 하마터면 홍사독의 면상을 후려칠 뻔했다.

안도의 서찰을 대필해 주면서 그는 이틀 전에 무슨 일이 벌어졌는지, 복수심에 불타는 안도가 이번 일에 얼마나 기대를 걸고 있는지 소상히 알고 있었다.

그의 잔인하면서도 매서운 손속은 이미 몸으로 체득한 바 있고, 거기다 홍사독을 통해 안도의 과거지사까지 어설프게 알게 된 터라 두려움은 극도로 커졌다. 어쩌면 미친 개의 진면목을 적나라하게 보여줄지도 모르는 일이 아닌가 말이다.

"이 자식이 밥 잘 처먹고 갑자기 꿀 먹은 벙어리 흉낼세? 형님 궁금하시겠다, 이놈아!"

홍사독이 은근히 옆구리를 꼬집었다. 어쩔 수 없이 재촉은 하지만 실상은 그도 엄청 불안한 눈치였다. 하기야 안도 같은 위험 인물을 뉘라서 반길까. 한시라도 빨리 떠나보내고 싶을 터였다.

왕노경은 어쩔 수 없이 입을 열었다.

"전서에 쓰인 글귀는 회즉필사(回卽必死)! 돌아오면 죽는다, 그것도 반드시 말입니다. 뻔히 죽는 것을 알면서 어떤 이가 그곳으로 돌아가겠습니까? 이것은 분명 돌아오지 말라는 소리겠지요."

"뭐야?"

홍사독의 눈이 툭 불거져 나왔다.

그러나 두 사람이 우려했던 불행한 사태는 발생하지 않았다. 길길이 날뛰어야 할 안도는 의외로 침착한 모습이었다. 멍하니 창밖을 응시하는 뇌리는 쉴 새 없이 생각들을 쏟아내고 있었으니까.

'훗, 어이가 없군!'

절반에 가까운 수하가 죽어 나갔다. 그런데도 복수를 준비하려는 자신에게 되려 칼을 들이댄다?

해답은 이미 나온 상태였다.

평소 드러내 놓고 자신을 경계하던 총단의 삼인자(三人者)인 막굉(莫宏)이 주동이 되어 물욕이 강한 총단주를 설득한 것이 분명했다. 물론 그 배경에는 바야흐로 소주를 일통(一統)한 대풍방이 제공하는 엄청난 물량 공세가 이어졌을 것이다.

이제 자신은 완벽한 외톨이였다. 어차피 관의 추격을 피하기 위해 투신했던 곳이니만큼 미련은 없었다. 뒷골목을 지배하던 십 년 전으로 되돌아가면 그만이었다.

그러나 한 사람에 대한 분노만큼은 진정 참아내기 어려웠다.

'종쾌, 이놈!'

스가각!

탁자가 산산이 갈라져 흩어지는 순간, 돌연 방문이 부서질 것처럼 세차게 열렸다.

콰장창!

"크, 큰 형님!"

실내로 뛰어든 이는 왕노충이었다.

"그들이, 그들이 움직였습니다요, 큰 형님!"

한마디 토해놓고 그는 허리를 꺾었다. 가쁘게 숨을 몰아쉬는 얼굴엔 땀방울이 가득했다.

적검문의 동태를 감시하고 종쾌를 수소문하는 일을 맡은 그가 이렇듯 호들갑을 떠는 것에는 당연히 그만한 이유가 있으리라. 모두의 생각이 그러했고, 홍사독이 제일 먼저 반응했다.

"누가? 언제? 어디로? 또 왜?"

"대략 반 시진쯤 전에."

"전에?"

홍사독이 자꾸 재촉을 하자 왕노충은 잠시 말을 끊고 아래위로 노려보았다. 조금만 눈치가 있는 자라면 이렇게 느낄 것이다.

네 일도 아닌데 왜 자꾸 나서?

홍사독의 눈에 불똥이 튄 것은 당연한 순서.

'이 자식을 그냥!'

부들부들 떨어대며 막 이마를 향해 주먹을 날리려는 찰나, 역시 왕노충도 믿는 구석이 있었다. 보란 듯이 안도와 눈을 맞추는 것이 아닌가!

결국 홍사독은 치켜든 주먹으로 애꿎은 뒷머리를 긁어야 했고, 왕노충은 의기양양 입을 열었다.

"그러니까 초저녁에 패거리를 둘로 나눠 한쪽은 대풍방 근처로 보내고, 제가 나머질 이끌고 적검문을 감시하고 있었지요. 밤인데도 날은 어찌나 덥고 또 모기 떼는 얼마나 극성이던지, 큰 형님의 명을 수행하자는 일념이 아니었다면 도무지 버텨내지 못했을 겁니다, 네, 네. 아무튼 그것 하나만은 꼭 좀 알아주셨으면……."

"요점만 말해!"

안도는 노골적으로 불쾌감을 드러냈다.

살기가 진득하게 묻어나는 살벌한 음성에 왕노충은 저도 모르게 어깨를 움츠렸다.

강호의 소문이란 늘 부풀려지고 와전되기 마련이듯, 지난 하루 동안 겪어본 안도는 소문과 상당히 차이가 있는 자라는 결론을 얻었다.

무공이 강한 것은 그도 인정하는 바였지만, 소문처럼 광인(狂人)은 아니었다. 가끔 이해하기 어려운 말과 행동이 보여지긴 했어도 뒷골목 출신인 안도 역시 본질은 그들과 별반 다르지 않았던 것이다.

물론 그 '차이'라는 것이 수박 겉 핥기 식이었는지는 몰라도 아무튼 왕노충은 안도가 마음에 들었다. 솔직히 말하자면 그의 배경인 수로연맹에 관심이 쏠린 것이지만 말이다. 이번 일만 잘 풀리면 그를 따라 양주로 가려는 생각을 드러냈던 그였고, 안도 역시 특별히 거부하지 않는 터라 잘 진행되던 참이었다.

한데 느닷없이 살기라니, 그것도 도움이 될 만한 중요한 정보까지 얻어온 이 시점에서 말이다. 하기야 안도의 본질을 안다면 그가 잠시나마 가졌던 생각이 얼마나 위험천만한 것이었음을 절실히 깨닫게 되리라.

왕노충은 꽤 불안한 얼굴로 입을 열었다.

"약 반 시진쯤 전에 적검문에 소란이 일어났습죠. 소란은 일각이 지나 진정되었는데, 동시에 중무장한 무리가 후문을 나서더군요. 정확한 수를 알 수는 없었지만, 어림잡아 백오십에서 이백은 족히 될 것 같더라구요. 그 많은 자들이 움직이는데 숨소리 하나, 발자국 소리 하나 들리지 않는 것이 상당한 고수들이 분명했습니다. 아마 먼 길을 가야 하는 듯, 그들은 준비된 말에 오르더니 관도를 달려 소주를 빠져나갔습니다."

"그 무리에 종쾌가 있었나?"

"글쎄요. 워낙 어두워 그건 확인을 못……."

왕노충은 얼굴을 붉혔다. 말처럼 어둠 때문이라기보다는 위세에 눌려 가까이 다가가지 못한 탓이었다.

'백오십에서 이백이라……?'

안도의 뇌리는 기민하게 움직였다.

다소 과장이 섞인 점을 감안한다 해도 최소한 백 명 이상인 점은 분명했다. 일백 명 이상의 절정고수라면 절대 무시할 수 없는 숫자요, 세력이다.

왜?

과연 때문에?

원하는 것을 모두 얻었으니 논공행상(論功行賞)을 통해 세(勢)를 재정비하는 것이 준비된 순서였다. 안팎을 다스려 내실을 다지기 위해 총력을 기울일 것이다.

무엇이 상리(常理)를 벗어나는 행동을 취하게 했을까?

구구한 생각이 오고 갔다. 여전히 의문은 풀리지 않았지만 그들에게 상당히 중요한 부피를 가진 일이라는 사실은 분명히 알 수 있었다.

적의 이로움은 나의 어려움!

호락호락 이득을 얻게 만들어줄 수는 없었다. 혹여 망외(望外)의 소득이 있을지도 모르는 일이 아닌가.

그러나 안도는 곧 이맛살을 찌푸렸다. 기껏 자신이 부릴 수 있는 자들은 부녀자를 노리는 삼류 인생 셋과 쓰레기들뿐이다. 상대가 될 리 없는 것이다.

'그래도 없는 것보다는······.'

안도는 결심을 굳혔다.

"짐을 꾸려!"

"예? 큰 형님, 갑자기 짐은 왜?"

"형님, 드디어?"

한 사람은 이유를 전혀 모르겠다는 투였고, 또 한 사람은 실로 엉뚱한 짐작을 했다. 오직 왕노경만이 다가올 고난을 알고 있다는 듯 인상을 찌푸렸다.

그러자 안도는 두 사람이 알아들을 수 있도록 친절히 설명을 했다. 또박또박 끊어서.

"놈들을 추격한다. 너희 셋 모두 일각 이내로 떠날 준비를 마치지 못하면 다리를 잘라 버리겠다! 토를 다는 놈은 거시기를 자르고."

와르르!

홍사독의 억장이 무너졌다.

*   *   *

"새살도 돋고 이젠 거의 나은 것 같은데 치료는 오늘까지만 하는 걸로 하죠?"

"······."

언제나 그렇듯 대꾸는 없었다.

그러나 토를 달지 않으면 긍정의 표현이라는 걸 익히 알기에 바라

마지않던 즐거운 일이었다.

"그래도 약은 당분간 계속 바르는 게 좋을 겁니다. 잠들기 전에 바르고 자는 게 제일 편하죠. 혹시 상처가 고스란히 흉터로 남을지도 모르니까 불편해도 당분간은 물에 들어가는 건 피하는 게 상책이죠."

주저리주저리 묻지도 않은 얘기를 떠들며 소운평은 익숙한 솜씨로 약을 발랐다.

상처는 그의 말처럼 꽤 나은 편이었다. 화농져 고름이 줄줄 흐르던 것이 어느새 말끔해졌을 뿐더러, 딱지가 떨어져 나간 자리엔 붉은 새살이 차 오르고 있었다.

"철검을 배운다며?"

"예?"

느닷없는 질문에 소운평은 눈이 동그래졌다. 질문의 내용보다 질문 자체에 놀란 눈치, 사실 소주를 떠난 이후로부터 그녀는 반쯤 벙어리였다.

"탓하자는 게 아니니 긴장하지 않아도 돼."

"그게, 그냥 어쩌다 보니 그렇게……."

소운평은 계면쩍은 듯 머리를 긁적거렸다.

"익히기 꽤 어려워도 배워두면 앞으로 많은 도움이 될 거야. 철검은 절대 녹록한 무예가 아니니까."

도움이 된다?

뭣에?

'서, 설마 말도 안 되는 복수극에 날 끌어들일 생각을 하는 건 아니겠지?'

생각만으로도 머리털이 쭈뼛 곤두섰다. 어쩐지 곽연까지 나서서 구

슬란다 했더니 다 이유가 있었던 것이다.

'죽어도, 죽어도 지금 당장 떠난다!'

"아!"

돌연 위청란이 짧은 신음을 토했다.

'죽어도'를 되새기는 사이 저도 모르게 손에 힘이 들어갔던 것이 역시 화근인 듯 소운평은 서둘러 붕대를 느슨하게 다시 감아야 했다.

"다 됐거든요. 전 그럼."

하의를 추스르는 그녀를 뒤로하고 소운평은 부리나케 실내를 빠져나갔다.

'역시 말 한마디 없이 그냥 가는 건 좀 그렇지? 암, 그렇구 말구. 그건 예의 바른 젊은이가 할 짓이 아니지. 내가 없으면 굶어죽을 사람이 여럿이고, 거기다⋯⋯.'

쾅! 소리나게 문을 닫는 순간부터 맘이 싹 바뀌다니, 간사스럽기는⋯⋯. 그런데도 곧 죽어도 돈이 아까워서라는 소린 안 하지.

말도 안 되는 중얼거림은 댓돌을 내려서서 건물의 측면을 빙 돌아갈 때까지 이어졌다.

유월도 거의 지나고 이틀 후면 칠월이다. 게다가 시간도 미시(未時) 말엽, 한낮의 더위는 살갗이 따끔거릴 정도로 매서웠다. 며칠 전에 비가 내려 차가워진 대지를 달구기라도 하듯 더위는 더욱 극성을 부렸다.

"거 더럽게 뜨겁네. 고기 구울 일 있나."

숨통이 콱 막혔다. 벌써부터 등줄기가 흥건해지는 것보다 더 짜증나는 건 이 불볕더위에 목검을 들고 설쳐야 한다는 사실이었다.

툴툴대며 처마를 벗어나는 순간이었다. 저만치 정원을 지나 걸어오는 위청후가 눈에 들어왔다.

"역시 이곳에 있었군 그래."

위청후는 가벼운 걸음으로 다가왔다.

'어쩐 일이지?'

소운평은 고개를 갸웃했다. 신시(申時)부터 한 시진 동안이 그로부터 철검을 배우는 때였다. 이 시간이면 당연히 연무장에서 기다리고 있어야 옳았다.

"형, 여긴 웬일이야? 지금 막 연무장으로 가려는 중이었는데."

"약간 늦을 것 같아서 미리 알려주려 왔네. 사람을 만나는 일이니 오래 걸리지는 않을 걸세. 그리고 자네에게 부탁할 일도 한 가지 있고 해서."

"부탁할 일?"

"하하, 별일 아니라네."

위청후는 웃었다. 상대의 얼굴이 갑자기 딱딱하게 굳은 두부 조각으로 변한다면 누구라도 그럴 터였다.

"내일쯤 약재가 도착한다고 연락이 왔네. 매번 진 노인이 이곳까지 가져오곤 했지만, 가내(家內)에 경사가 있어 며칠 간 집을 비워야 한다더군. 그래서 자네가 주점엘 좀 다녀와야겠네."

산을 내려간다?

내려가는 데만 해도 반나절 이상이 소요될 테고, 올라올 때 짐까지 든다면 최소로 잡아도 이틀 거리였다. 그 이틀 간은 모든 것에서 도망칠 수 있으니, 사실 소운평으로서는 마다할 일이 전혀 없었다.

"가지, 뭐."

"한데 짐이 많아서 한 사람으론 부족할 것 같네."

"그럼 누구랑?"

굳이 묻지 않아도 뻔했다. 아도는 죽어도 위청란 곁을 고수할 게 분명하니까 남은 이는 두 사람이었다. 곽연과 함께라면 몰라도 '이환과 둘이서 가게 된다면……' 하는 생각만으로도 뒷골이 당겼다.

그럴 줄 알았다는 듯 위청후가 한마디 했다.

"장담은 못하겠지만, 내 곽 당주와 함께 가게끔 말을 넣어주겠네."

덜컹!

느닷없이 창문이 열린 것은 그 순간이었다. 위청란의 무표정한 얼굴이 창가에 나타났다.

"내가 가죠."

놀란 두 사람은 잠시 말을 잇지 못했다.

"상처는 다 나았어요. 그간 누워만 지냈으니 몸도 풀 겸 내가 다녀오겠어요."

"그건 좀……."

위청후는 난색을 지었다. 숲 속엔 여러 종류의 맹수도 있고, 독충도 헤아릴 수 없이 많다. 그녀 말대로 부상이 다 나았다고는 해도 산속에서 노숙을 하는 것은 그리 만만한 일이 아닌 것이다.

그가 머뭇거리는 것을 위청란은 전혀 다른 방향으로 해석한 모양이다. 이어지는 말이 실로 엉뚱했다.

"설마 내가 저 덜떨어진 인간에게 험한 꼴이라도 당할 거라 여기는 건 아니겠죠?"

'뭐, 험한 꼴? 그냥 줘도 싫다!'

소운평이 사정없이 인상을 긁는 사이, 잠시 고민에 빠졌던 위청후는 결심을 굳힌 듯했다.

"네 뜻이 정 그렇다면 그렇게 하자꾸나."

말은 그래도 불안한 건 여전한 모양이었다. 사실 아도라는 든든한 보호자가 없다면 허락하지 않았을 것이다.

"언제 출발할 거야?"

쏘듯이 위청란의 시선이 날아들자 소운평은 멀뚱히 위청후를 응시했다.

"아무 때라도 관계 없겠지만, 더위를 피하려면 가급적 일찍 출발하는 것이 좋을 듯하군."

"그럼 인시(寅時) 말에 출발하는 게……."

"정자 앞에서 만나."

그 말을 끝으로 창문은 원래대로 돌아갔다.

'이게 뭔 꼴이야?'

소운평은 땅이 꺼져라 한숨을 내쉬었다.

동반자로 최상(最上)은 곽연, 조금 껄끄러운 상대는 이환, 그녀는 최악(最惡)이다. 알아서 하라 그리고 냅다 튀었으면 될 것을 괜히 욕심 부리다 쪽박 찬 꼴이라니……. 이틀 내내 그 얼음장 같은 얼굴을 대해야 할 것을 생각하니 벌써부터 정신이 아득해졌다.

"먼저 가 있게. 오래 걸리는 일은 아니니 일을 마치는 대로 곧장 가겠네."

채근하는 소리에 소운평은 저도 모르게 걸었다. 그 정신에 용케 연무장 방향이다.

궤적을 쫓기라도 하듯 위청후는 한동안 그의 뒷모습에서 눈을 떼지 못했다. 그렇게 약간의 시간이 흐른 후 그의 시선은 닫혀진 창문으로 향했다.

"……."

한동안 그렇게 서 있던 위청후는 왔던 길로 조용히 걸어갔다.

3

"어르신!"

서재로 들어서는 노인을 향해 위청후는 깊숙이 허리를 숙였다.

"이쪽으로⋯⋯."

안내에 따라 노인은 상석에 자리했다.

"그간 별고 없으셨지요."

"얼어죽을 별고는 무슨, 내 일거수일투족은 네가 더 잘 알지 않느냐?"

"어르신, 그렇기는 해도⋯⋯."

"됐다. 구구하게 늘어 놓아봐야 입만 아플 뿐이지. 아무튼 네 녀석은 말이 많아 탈이야."

노인은 귀찮다는 듯 손을 휘휘 내저었다.

"자당을 뵙고 오는 길이다."

노인은 잠시 말을 끊고 헛기침을 했다. 중대한 발표라도 하려는 사람처럼 갑자기 안색이 무거워졌다.

"상태가 급속도로 악화되고 있어. 설상가상으로 음식물을 전혀 삼키지 못하다니… 이 상태론 전에 말한 기간을 채우지 못할 가능성이 크다."

거기까지 읊은 노인은 품속을 뒤져 무언가를 탁자에 올려놓았다. 새하얀 자기 병 하나, 색깔과 크기가 속명환(屬命丸)이 담긴 병과 꼭 같았다.

"상태에 맞춰 약효를 좀 더 강하게 만들었다. 언제까지라 단언할 수는 없어도 당분간은 버틸 수 있으실 게다. 네가 원해서 하는 일이다만, 솔직히 말하자면 난 좀 회의적이다. 때가 되면 자연으로 돌아가는 것이 당연지사, 육체적인 고통도 그렇거니와 하루하루 예정된 순간을 기다려야 하는 심고(心苦)가 어찌 작다 하겠느냐. 단지 내 생각이 그렇다는 것일 뿐, 자당에 관한 일은 네가 심사숙고하여 잘 살피기 바란다."

"그렇게 하지요."

위청후는 조용히 약병을 갈무리했다.

상당히 오래도록 무거운 침묵이 두 사람의 어깨를 짓눌렀다. 결자해지(結者解之)라 했던가, 노인이 먼저 다른 화제를 입에 올렸다.

"언제쯤 내려갈 생각이냐?"

"글쎄요, 그건 아직……. 평생 저만을 위해 헌신하신 분이지요. 우선은 임종을 지킬 생각입니다. 산을 내려가는 건 그 다음이 되겠지요."

"그나저나 자신있는 게냐? 비록 병중이었다 하나 네 아비는 출중한 무인이었다."

"……"

위청후는 선뜻 대꾸할 수 없었다.

기억 속의 부친은 누구보다 강했다. 병중이라 해도 지닌 바 내공이나 무예에 큰 지장을 받지는 않는다. 손발이 떨어져 나가지 않는 한 말이다.

그러나 부친은 비명에 갔다. 그만큼 흉수의 힘이 막강하다는 걸 의미했다. 더군다나 흉수의 뒤엔 막강한 세력이 존재했다.

"반드시 이루어 내야지요."

노인의 물음에 대한 대꾸라기보다는 스스로 하는 다짐이리라.

"도와줄 수 없는 것이 안타깝구나."

"아닙니다. 어르신께도 그만한 사정이 있으시지 않습니까? 어려운 일이라는 건 알지만, 복수는 꼭 제 손으로 이루고 싶습니다. 욕심이겠지요?"

"아니, 좋은 각오다. 사내란 응당 그래야 하지."

노인의 입가에 깊게 패인 주름은 언제 그랬냐는 듯 흔적도 없이 사라졌다.

"하지만 집착은 말거라. 복수에 대한 맹목적인 집착은 너 자신을 황폐하게 만들 뿐 아니라 주변의 사람들 역시 불행하게 만들 뿐이다."

불행하게 만들 뿐이다.

마지막 말은 너무 작아 위청후가 제대로 알아듣지 못할 정도였다. 어쩐지 진한 아픔이 느껴졌기에 그는 새삼스런 눈길로 노인을 살폈다.

십육 년을 함께 보냈지만, 사실 노인에 대해 아는 것은 거의 없었다. 조부님과 친분이 두터운 사이로 상당한 의술과 강한 무공을 지닌 무림인이라는 것, 과거에 입은 상처 때문에 혈담(血潭)을 떠나서는 살 수 없다는 것, 그 두 가지 이외에는 아는 것이 없었다. 그저 어르신일 뿐, 심지어 이름이나 나이까지도 몰랐다.

군이 물을 필요는 없었다. 물어선 곤란할 것 같다는 예감, 물어서 말해 줄 거라면 묻지 않아도 말해 주었을 거라는 등등의 생각 때문이었다.

문득 산을 내려가지 전에 한 번쯤 노인의 과거에 대해 물어보아야겠다고 위청후는 생각했다.

"아시다시피 제 생사(生死)와는 무관하게 위가의 대는 이미 끊겼지요. 인력(人力)으로 어찌할 수 없는 일이기에 미련은 접었습니다만, 철검이 절전된다는 사실은 못내 아쉽습니다. 청란이가 있다고는 해도 여자의 몸으로 철검의 정화를 익히기엔 무리니까요."

"그래서 그 아이를 가르치는 것이냐?"

그 아이?

당연히 소운평을 말하는 것이다.

"알고 계셨군요."

위청후는 가볍게 미소를 지었다.

"애초에 그런 생각으로 시작한 일은 아닙니다. 관심이 있는 것 같아 약간 도와줄 생각이었지요. 그러다 보니 슬그머니 욕심이 생기더군요."

가전 무공을 연고도 없는 자에게 가르친다?

좀처럼 보기 드문 일이다. 노인이 도통 알 수 없다는 표정을 짓는 것도 무리는 아니었다.

"소심하고 나약한 성격에 속물 근성까지, 그럼에도 불구하고 갈수록 그 친구가 마음에 드는 이유가 뭔지 저도 모르겠습니다. 이왕 시작한 이상 어엿한 한 사람의 무인으로 성장할 수 있도록 도와주고 싶습니다.

그러나 역시 남을 가르친다는 건 쉬운 일이 아니라, 어르신께서 그 친구를 좀 도와주셨으면 합니다."

"불가(不可)!"

노인은 단호히 고개를 저었다.

"난 제자를 받을 만큼 대단한 인물이 못된다. 그럴 자격도 없고, 네 조부님과의 인연이 아니라면 솔직히 네 녀석 일가를 돌보는 일도 안중에 없었을 것이다. 두 번 다시 입밖에 내지 말거라."

"그렇다면 철검만이라도 완성할 수 있도록 도움을 주십시오. 다른 건 바라지 않겠습니다."

"음!"

신음도 모자라 노인은 눈까지 감았다. 위청후의 간절한 시선을 마주치다가는 마음이 흔들릴까 두렵다는 듯 말이다.

"정 곤란하시면 가부(可否)는 나중에 말씀해 주셔도 됩니다. 급한 일은 아니니까요."

더 이상 권하기 어렵다고 판단했는지 위청후도 굳게 입을 다물었다.

노인의 눈이 번쩍 뜨여진 것은 그때였다. 눈부신 광채와 함께 천천히 노인의 입이 열렸다.

"그놈, 쓸 만한 놈이더냐?"

*   *   *

"영차!"

초막 기둥에 등을 기대고 앉아 있던 소운평은 이내 자리를 박차고 일어섰다.

꽤 시간이 지나버렸으니 조만간 위청후가 모습을 드러낼 것이다. 그동안 농땡이 친 것을 들키지 않으려면 슬슬 눈가림을 준비할 때였다.

뙤약볕 한가운데로 나선 소운평은 멀리 보이는 연무장의 끝인 야트막한 언덕배기를 향해 달려갔다. 왕복하자면 언뜻 봐도 삼십 장이 훨씬 더 되는 거리였다.

"헉! 헉!"

턱밑까지 차 오른 숨을 고르며 소운평은 손바닥으로 이마를 문질렀다.

'애걔?'

겨우 살짝 묻을 만큼이라니, 이 정도로는 형편없이 부족하다. 소운평은 언덕을 향해 또다시 달려갔다.

그렇게 시작된 뜀박질은 꼬박 다섯 번이 되어서야 끝이 났다. 등 뒤는 경추(頸椎)에서 미골(尾骨)까지 마름모꼴로 젖은 자국이 생기고, 안면에도 땀방울이 줄줄 흐르는 모습이 되어서야 말이다.

'역시 이 정도는 돼야……'

소운평은 만족한 얼굴로 목검을 주워 들었다.

두 발을 모으고 검신을 거꾸로 해서 가슴 어림까지 들어 올린 다음, 두 손을 모아 가볍게 고개를 숙인다. 그간 위청후가 들인 시간과 노력이 헛되지는 않았던지 참으로 멋들어진 공수의 예(禮)였다.

홍얼홍얼!

등 뒤에서 인기척이 들려온 건 그때였다.

'엥?'

나타난 이는 웬 노인네였다.

허름한 마의에 산발한 머리칼, 바짝 마른 노인의 몸은 대꼬챙이를 연상케 했다. 태반이 가려진 얼굴엔 주름살이 가득했지만, 희디흰 머리칼 사이로 새어 나오는 안광은 어린아이의 그것처럼 맑고 정갈했다.

괴노(怪老)는 일전에 소운평의 중독을 치료해 주었던 혈담의 노인이었다.

당연히 위청후라 여겼던 소운평은 일순 멍청해졌다.

그도 그럴 것이, 운애곡의 인물 중 정상인 사람은 자신을 포함한 네 명이 전부였다. 위청후를 통해 들은 것은 제쳐 두고라도 직접 봐서 아는 사실이었다.

설마 길 잃은 노인네?

적게 봐도 환갑 근처인 노인네가 이 산중까지 산책을 나왔다가 길을 잃었다고 우기다가는 어디선가 돌팔매가 날아올 것이다. 그것도 수도 없이!

그럼 약초 캐러?

현 상황에선 그나마 현실에 가장 근접한 생각이지만, 그렇게 여기는 것도 무리였다.

숙달된 약초꾼은 맨손으로 땅을 팔까? 게다가 캐낸 약초는 사타구니 속에다 모아두고?

결국 오리무중이다.

'대체 누굴까?'

이리 재고 저리 재봐도 연고를 찾을 수 없게 되자 소운평은 엉거주춤 서서 곁눈질을 했다.

그사이 노인은 한쪽에 자리를 잡았다.

더위가 나이를 먹었다고 피해갈 리 없듯, 노인의 이마에도 땀이 흥건했다. 한동안 상의 자락을 펄럭이기도 하고, 손바닥으로 바람을 일으키는 것으로 더위를 달래던 노인이 문득 입을 열었다.

"하던 일이나 하지 그래?"

탁하고 갈라진 음성, 산정(山頂)에 올라 삼천 번쯤 만세를 부른다면 이렇게 변할 듯싶었다. 듣기에도 좋지 않을 뿐더러 묘하게 속을 긁었다.

'거, 기분 더럽네!'

무시당했다는 생각에 소운평은 기분이 상했다.

생각은 그래도 구경꾼이 생기면 흥이 나는 것은 정한 이치다. 더군다나 상대가 무공에 백치로 여겨지는 노인네라면 약간만 보여줘도 대단해 보일 터!

"합!"

또다시 멋들어진 공수의 예가 재현되었다.

한데…….

그게 전부였다.

기수식이랍시고 어깨 넓이로 발을 벌리고 검신을 수직으로 세울 때까지만 해도 좋았다.

보법을 밟을 때마다 다리가 꼬여 휘청거리기 일쑤요, 검을 휘두르는 것은 더욱 가관이었다. 맺고, 끊고, 찌름의 구분이 정확치 않아 누가 봐도 굼벵이가 꾸물거리는 것 이상으로 여기기에는 불가능했다. 그래도 제 딴엔 최선을 다한다는 눈치였다.

사십팔 수의 마지막은 왼다리를 들어 허벅지에 붙이고 상체와 우수를 쭉 뻗어내 상대를 찌르는 화룡점정(畵龍點睛)의 식이다. 초식을 종결 짓는 수이니만큼 장중하고 호쾌한 동작이 요구되는 것은 당연하다.

그러나 채 둘을 헤아리기도 전에 소운평은 바닥에 주저앉고야 말았다. 실로 끝내주는(?) 마무리였다.

'제길, 막판에 실수를 하다니…….'

막판에 실수를?

그럼 내내 잘했다고 여긴다는 소린데… 기가 막히다 못해 골치가 지끈거릴 지경이다.

아무튼 소운평은 초막으로 갔다. 그리고는 둔부의 흙을 털고 노인 옆에 자리했다.

"어허허험! 험!"

그러나 노인은 반응이 전혀 없다.

멋있다는, 대단하다는 등의 감탄사를 기대한 것은 절대, 결단코 아니었지만(?) 상대가 일언반구는커녕 먼 산만 응시하자 은근히 조바심이 일었다.

"이거 쑥스러워서… 간만에 손을 놀렸더니 영 제 실력이 나오지 않지 뭡니까? 사람이고 물건이고 역시 자주자주 써먹어야……."

"그래서?"

노인이 빤히 얼굴을 주시하자 일순 말문이 막혔다.

"아니, 뭐… 이유가 꼭 있다기보다는……."

"팔푼이 같은 놈!"

'뭐, 뭐얏!'

설사 팔푼이라 한들 길길이 날뛸 노릇이지만, 워낙 느닷없이 당한 일이라 소운평은 입만 쩍 벌렸다.

"그 따위 정신머리로는 백만 년을 수련해도 장작 패는 수준을 벗어나지 못할 것이다!"

노인은 얼굴까지 붉혀가며 화를 냈다. 누가 봐도 납득이 가지 않을 모습이었다.

검을 들게 된 지 채 한 달도 되지 않았다. 말문이 트인 어린아이가 쉴 새 없이 조잘거리려 하듯, 이 정도의 과시욕은 충분히 있을 수 있는 법이다. 더군다나 소운평 같은 인물이야 무슨 말이 더 필요하겠는가 말이다.

그 정도 사실은 수십 성상을 살아온 노인이 누구보다 잘 알고 있을 터였다.

하면 왜?

하기야 그 이유는 노인만이 알리라.

그사이 소운평은 제정신으로 돌아왔다.

"이 망할 노인네가 누구보고 팔푼이라는 거야? 뭘 안다고 함부로 지껄여!"

"이놈, 감히!"

바람 한 점 없는 날이거늘, 노인의 백미(白眉), 백염(白髯)이 폭풍을 만난 것처럼 요동 쳤다.

뇌전(雷電)을 방불케 하는 안광이 줄기줄기 뿜어지자 소운평은 일순 주춤했지만, 그보다 수십 배는 더 빨리 표정 관리에 들어갔다.

퉁기듯 일어서서 노인을 아래위로 쏘아보았다. 손에 든 목검으로 반대쪽 손바닥을 두드리며 말이다.

"노인네, 그렇게 노려보면 어쩔 거요? 이 한칼이면 그냥……!"

그 순간!

노인의 우수가 기묘하게 꿈틀거렸다. 손바닥을 활짝 펼친 상태에서 손끝이 안쪽으로 굽어진 모양새, 흔히 응조수(鷹爪手)라 불리는 형태였다.

우두두둑!

관절이 비틀리는 소리가 심상치 않았다.

이제 그 손이 움직여 목줄기를 움켜쥔다면 누구는 끽소리도 못하고 염왕(閻王)을 알현해야 할 판인데도, 그 누구는 여전히 꿈속을 헤매고 있었다.

"오호, 그래도 왕년에는 한가락 했다 이건데? 어디 그 왕년에 놀던 솜씨 좀 봅시다!"

소운평은 제법 호기롭게 가슴을 두드렸다.

'이렇게 나서면 분명 미안하다고 백배 사죄를……' 하는 생각이 주효했음이 분명한데, 만약 노인의 정체를 알고 나면 어떤 반응을 보일는지…….

"아, 그 대단한 솜씨 좀 보자니까!"

성큼 초막 밖으로 나선 소운평은 팔까지 둘둘 걷어붙이고 노인을 채근했다.

아니나 다를까, 노인은 기가 막힌다는 얼굴이다.

이거야말로 공자 앞에서 문자를 논하는 격이요, 대해(大海)를 바가지로 퍼내려는 놈이 아닌가 말이다.

'허, 그것 참!'

어울리지 않게 노인의 입가에 웃음기가 돌았다. 안색도 어느새 원래대로 돌아갔다.

쥐꼬리만한 실력을 자랑하려 애쓰는 것이며, 뜻대로 되지 않자 말도 안 되는 짓을—사실 평범한 사람이 보기에 노인 자신은 영락없는 촌로(村老)에 불과하니까—벌이는 것에서 상대가 어떤 위인인지 깨달은 것이다.

손 쓸 가치도 없는 철부지.

노인은 그렇게 결정을 내렸다.

그건 그렇다 치고, 놈의 오만불손함에 경종을 울려줄 무언가는 반드시 있어야 했다.

'뭐가 좋을까?'

노인은 기둥에 걸린 위청후의 목검을 들고 몸을 일으켰다.

저벅저벅!

주춤 물러나는 소운평을 지나친 노인은 초막에서 삼 장쯤 정도에서 걸음을 멈췄다. 집채만한, 장정 다섯이 팔을 벌려야 감쌀 수 있는 정도의 크기였다.

'뭐 하는 짓거리지?'

소운평이 고개를 까닥거리는 사이, 노인은 바위를 향해 목검을 휘둘렀다. 종횡(縱橫)으로 두 차례였다.

"십 년쯤 전만 했어도 네놈은 분명 이 꼴이 되었을 것이다. 다행으로 여겨라."

노인이 턱짓으로 바위를 가리켰다.

'이 꼴? 대체 무슨 꼴?'

순간 바위가 무섭게 요동을 치는가 싶더니 쩍 갈라지는 것이 아닌가! 조각난 상판 부위는 육중한 소리와 함께 아래로 떨어져 내렸다.

쿠우웅!

흙먼지가 뽀얗게 일었다.

"헉!"

소운평은 기절할 듯이 놀랐다.

목검은 나무고 바위는 당연히 돌이다. 나무가 돌을 당해내지 못하는 것은 당연한 사실. 그건 다섯 살박이 아이들도 아는 만고불변(萬古不變)의 이치였다.

한데 두부 썰 듯 잘라진 것이다.

그렇다면 이 늙은이는…….

'고수다!'

"아유, 영감님!"

쪼르르 달려가서 늘어놓는 소리가, 천하제일이 어쩌구, 힘드실 텐데 다리를 주물러 드릴까요 저쩌구, 원한다면 간이고 쓸개고 다 빼줄 기세다.

"썩을 놈!"

노인은 세차게 콧방귀를 뀌고는 걸음을 옮겼다. 노인의 노구는 곧 바위 틈새로 사라졌다.

'허참! 귀신에 홀린 것도 아니고.'

한바탕 꿈을 꾼 느낌인데 분명 꿈은 아니다. 조각난 바위가 그 증거였다.

하지만 소운평은 곧 생각을 지웠다. 노인보다도 더 그의 뇌리를 장악한 한 사람 때문이었다.

'대체 이 인간은 언제 온다는 거야?'

*   *   *

'이런, 늦었다!'

서둘러 옷을 걸친 소운평은 침상 밑에 놓아두었던 보퉁이를 들고 밖으로 뛰었다.

계곡을 감싼 안개를 뚫고 뿌옇게 여명이 밝아왔다. 초여름이라곤 믿기 어려울 정도로 서늘한 새벽 공기를 가르며 그는 정자를 향해 줄달음을 쳤다.

예상대로 두 사람은 벌써 나와 있었다. 남매는 어울리지 않게 각기 반대 편에 앉아 있었는데, 위청후는 꽤 일찍 나온 듯했다. 이슬에 젖은 그의 장포는 한눈에 봐도 눅눅해 보였다. 위청란은 엷은 하늘색 경장을 걸치고 허리에는 같은 색 수실이 달린 검을 걸친 모습이었다.

"조금 늦었군 그래."

위청후가 둔부를 털며 몸을 일으켰다.

소운평은 계면쩍게 웃으며 보퉁이를 내보였다.

"이걸 준비하느라 늦게까지……."

보퉁이 안에는 구운 생선과 주먹밥이 들어 있었다. 그렇지만 말처럼 늦게까지 고생한 것은 아니었다. 해시(亥時)가 다 가기도 전에 잠자리에 들어 코를 골아댔으니 순전히 핑계에 불과했다.

위청후가 책망하는 일 따위는 없었다.

그러나 등 뒤에서 들려온 한마디에 소운평은 잔뜩 인상을 긁어야 했다.

"일찍 자던데 뭘!"

음성의 주인은 위청란이었다.

'그, 그걸 어떻게?'

귀신이 아닌 다음에야, 더군다나 그녀가 하루아침에 천리안(千里眼)이 될 리도 없을 테고, 아무리 따져 봐도 역시 직접 와보지 않고는 알 수 없는 노릇이다.

그럼 왜?

대체 무슨 이유로?

소운평은 멍한 눈으로 그녀를 찾았다.

그러나 정작 의문을 던진 당사자는 저만치 정자 아래로 내려선 후였다. 그리고는 출발을 종용이라도 하듯 빤히 소운평을 응시했다.

"다녀오게."

"그럼 다녀오겠습니다."

안전이 안전인지라 소운평은 공손히 허리를 숙였다.

두 사람은 앞서거니 뒤서거니 정자를 떠났다.

"조심해서 다녀오게!"

위청후는 두 사람의 모습이 가려질 때까지 정자를 떠나지 않았다.

운애곡을 떠난 두 사람, 아니, 세 사람이 주점에 도착한 것은 그로부터 너덧 시진이 지난 뒤였다. 미시(未時) 중엽쯤에 그들은 조 노인은 만날 수 있었다.

조 노인은 몹시 놀라워했고, 또한 놀란 만큼이나 송구스러워했다.

제 20 장

짚을 찾아들고 전설의 무예 출현하다

1

한 달여 만에 다시 찾은 주점은 바뀐 게 없었다. 통나무 외벽을 감싼 담쟁이덩굴이 더욱 우거졌을 뿐, 여전히 손님이 든 기색은 없었다.

"어서, 어서 들어오십시오, 아가씨."

두 사람은 노인을 따라 주점 안으로 들어갔다.

"농사일에야 도움이 되겠지만, 요즘 날씨가 웬만해야지요. 고생이 많으셨지요?"

"당연한 소리를."

"어디 불편한 데는 없으시지요?"

"에구, 다리야! 종아리가 좀 붓고 발바닥에 물집이 잡힌 것 빼고는 괜찮네요."

순간, 앞서 가던 조 노인의 눈썹이 하늘로 솟았다.

존대를 하는 것은 다 위청란 때문인데, 엉뚱한 놈이 꼬박꼬박 대꾸를 하니 짜증이 치민 것이다.

"오호라! 그러셔?"

잡아먹을 것처럼 쏘아보는 눈길의 의미를 모를 소운평이 아니다. 슬그머니 노인의 시선을 외면하더니 있지도 않은 파리를 쫓는 시늉이다.

그 모습이 엉뚱했던지 노인은 실소를 지었다.

이윽고 두 사람을 실내 중앙 넓은 곳으로 안내한 노인은 식사를 준비하겠다는 말을 남기고 부랴부랴 주방 안쪽으로 사라졌다. 노인은 일각이 채 지나지 않아 나타났다.

"저녁 늦게 도착하실 줄 알고 미처 준비를 못해서… 이것으로 우선 목이나 축이시지요. 곧 제대로 된 음식을 올리겠습니다."

두툼하게 썬 삶은 고기와 술 두 병을 내려놓은 노인은 손수 술병을 잡았다.

쪼르륵!

주황색이 도는 반투명한 액체가 술잔을 채웠다.

위청란은 술잔을 입으로 가져갔다. 먼저 주향을 느껴보고, 윗입술에 적셔 핥듯이 맛을 음미했다.

향긋하면서 톡 쏘는 듯한 독특한 주향(酒香), 달짝지근하면서도 오미(五味)를 두루 갖춘 맛은 산중에서 접하기 어려운 귀한 술임이 분명했다.

"좋은 술이군요."

위청란은 빼앗듯 노인의 손에서 술병을 건네받았다.

"그럼 전 음식과 잠자리를 준비하러……."

"잠깐만요!"

돌연 위청란이 말을 자르자 노인은 인사를 하던 모습으로 엉거주춤 고개를 들었다.

"무슨 다른 분부라도?"

"잠자리를 준비할 필요는 없을 것 같군요. 이것만 마시고 곧장 돌아갈 거니까. 음식도 휴대할 수 있는 것으로 약간만 준비해 줘요."

"컥!"

막 첫잔을 들던 소운평은 입 안의 술을 몽땅 쏟아냈다.

그도 그럴 것이 다섯 시진의 중노동을 겪은 지가 방금 전인데, 발바닥에 붙은 불을 식히기도 전에 그 먼 길을 가야 하니 눈앞이 막막해질 법도 하다.

"지금 떠나시면 꼼짝없이 노숙을 하셔야……."

노인 역시 알 수 없다는 얼굴인데, 위청란의 중얼거림이 실로 가관이었다.

"왠지 산중에서 하룻밤을 보내는 것도 운치가 있을 것 같군요."

'운치? 아무튼 있는 것들은!'

노숙이야 얼마 전까지만 해도 늘 겪었던 일이지만, 그건 어쩔 수 없었기 때문이다. 따뜻한 식사에 편한 잠자리를 마다하고 기껏해야 먹을 것이라곤 육포 나부랭이일 게 뻔한 험한 곳을 택하다니 말이 되는 소린가 말이다. 그것도 단지 운치가 있을 것 같다는 이유만으로…….

소운평은 불끈 두 주먹을 움켜쥐었다.

너 혼자 가!

죽고 싶으면 뭔 짓을 못하랴. 그는 끝내 꿀 먹은 벙어리가 되는 수밖에 없었다.

'허어, 이거 참…….'

노인은 노인대로 난감했다.

비록 세상을 떠난 지 여러 해지만, 병에 걸린 아들을 팔 년 가까이 돌봐준 은인의 금지옥엽(金枝玉葉)이다. 찬 땅바닥에 누울 줄 뻔히 알면서 보낼 수는 없는 노릇인데, 문제는 제 자식 대하듯 할 수 없다는 것이다.

"신경 쓰지 않아도 돼요. 든든한 보호자도 있고, 이게 지켜줄 테니까."

위청란은 허리춤에 매인 철검을 가리켰다.

이렇게까지 말하는데 도리가 없다.

"알겠습니다. 분부하신 대로 준비하지요."

노인은 공손히 허리를 숙이고 다시 주방으로 향했다.

한데 무엇 때문인지 위청란이 몸을 일으켜 노인을 따라가는 것이었다. 두 사람은 주방 앞에 서서 이야기를 나누었다. 화자(話者)는 그녀였고, 노인은 경청을 하다 간혹 대꾸하는 듯한 형국이었다.

'대체 무슨 일이지?'

아무리 귀를 쫑긋 세워봐야 거리가 있는 이상 제대로 들릴 리가 없었다. 그 와중에 한 가지 알 수 있는 것은 노인이 몹시 난처해한다는 사실이었다.

위청란이 자리로 돌아온 것은 노인이 머리를 긁적거리며 주방으로 사라진 직후였다.

"좀 들지?"

주황색 액체가 그녀의 입술을 적셨다.

'그래. 어차피 죽어날 거, 먹고 죽은 귀신은 때깔은 좋다더라!'

부어라 마셔라, 소운평은 술잔을 기울였다.

두 사람이 세 근이 넘게 들어가는 술병 두 개를 모두 비우는 데는 이 각이 넘게 소요되었다.

조 노인이 다시 나타난 것은 공교롭게도 두 사람이 마지막 잔을 내려놓는 순간이었다. 양손에 세 개의 작은 보퉁이를 나눠 든 모습이었다.

"준비가 다 됐으니 이만 가시지요."

노인은 두 사람을 이끌고 뒤꼍으로 향했다.

그들이 옮겨야 할 보따리는 평상에 놓여 있었다. 두 개였는데, 큰 것과 작은 것의 부피 차는 한 배 반 정도였고, 누런 천으로 싸여 있었다. 마른 약재(藥材)가 태반이라 해도 꽤 무게가 나갈 듯싶었다.

그러나 두 개 모두 양쪽으로 튼튼한 노끈이 매여 있어 옮기는 데 별 지장은 없을 듯했다.

"이게 네 몫이다!"

노인은 대뜸 큰 쪽을 가리켰다.

따져 봐야 구박만 받을 게 뻔한지라 소운평은 순순히 노인의 말을 따랐다.

"끙! 차!"

노인은 뒤로 돌아가 보퉁이를 안쪽에 끼워 넣었다.

"한쪽엔 음식이 들었고, 다른 쪽엔 명반과 연초 가루, 대나무가 몇 토막 들었다."

명반과 연초 가루가 곤충과 뱀을 물리치는 물건이라는 것은 누구라도 아는 사실이다.

'그럼 대나무는?'

소운평이 고개를 갸웃거리자 노인은 친절하게 사용법을 일러주었다.

"대다수의 맹수들은 불을 피우면 가까이 다가오지 않지만, 개중엔 그렇지 않은 경우도 있지. 상처를 입어 제대로 사냥을 못하는 놈들이나 늙고 병든 놈들은 오히려 불빛을 향해 다가오는 수도 있단 말이다. 그러니까 불을 피우면 일단 대나무를 하나 불 속에 던져 넣고, 잠자리에 들기 전에 몽땅 집어넣어."

"그럼 어떻게 되는데요?"

"그거야 넣어보면 알겠지! 그리고 음식 찌꺼기는 될 수 있는 한 땅에다 묻고."

이것저것을 시시콜콜 지시한 후 노인은 남은 보퉁이를 작은 짐에 넣었다. 그리고는 위청란이 짊어지기 편하게 짐을 들어주었다.

그때였다. 스륵! 미풍이 스치는가 싶더니 검은 그림자가 노인을 막아섰다. 아도였다. 자신과 짐을 번갈아 가리키는 그의 의도는 누구라 해도 알 수 있었다.

"아냐. 내가 하겠어. 할 일이나 해!"

위청란은 굳이 그를 밀치고 짐을 받았다.

아도는 잠시 망설이더니 이내 몸을 감췄다. 그의 임무는 위청란을 보호하는 것이다. 등짐을 지고는 일을 제대로 할 수 없다는 것을 잘 아는 탓이다.

"그만 출발해!"

위청란이 먼저 걸음을 뗐다.

한데 서너 걸음 따라 걷던 소운평이 웬일인지 쪼르르 노인에게 다가오는 것이었다. 그리곤 한다는 소리가.

"영감님, 든든히 넣었겠죠?"

"이 자식은 그저 처먹을 궁리만!"

노인의 얼굴이 구겨졌다.

"빨리 못 가! 아예 안 처먹어도 되게 해주랴?"

노인의 손에 두꺼운 몽둥이가 들리는 것과 동시에 소운평은 후닥닥 내튀었다.

"살펴가십시오, 아가씨!"

멀리 일행의 뒷모습이 사라질 때까지 문 앞을 지키던 조 노인은 이내 안으로 들어갔다.

"룰룰루루……."

정리는 모두 끝났고, 지난 원단에 며느리가 장만해 온 새옷으로 갈아입으면 준비는 끝나는 셈이다.

막 계단을 밟으려던 노인은 무언가 이상한 느낌을 받았다. 누군가 자신을 노려보는 듯한 느낌. 아니나 다를까, 입구에 낯선 인물이 하나 서 있었다.

"식사를 하려 하오."

호화로운 금의(錦衣)를 걸친 사내였다. 나이는 대략 사십 후반에서 오십 초반 정도였고, 한 손에 일 장 길이의 장창(長槍)을 들고 있었다. 전체적으로 온화한 용모인데 비해 사내의 왼눈에 둘러진 검은 안대는 어딘지 모르게 섬뜩한 느낌을 안겨주었다.

이 계절에 손님이 든 것도 뜻밖일진대 그 손님이 외눈박이 무인(武人)이라니……. 노인은 애써 태연을 가장하며 허리를 숙였다.

"나리, 지금은 영업을 할 수 없습니다요. 죄송한 말씀이지만 다음에

다시 들러주시는 게……."

"영업을 못한다?"

언뜻 사내의 치아가 드러났다.

"아직 초저녁인데 벌써 문을 닫다니, 필경 그만한 사정이 있는 게로군."

"있고 말굽쇼."

노인은 내심 안도의 한숨을 불어냈다. 외모 때문에 잠시 선입관을 가졌던 자신을 탓하며 말이다.

"칠십 리(里) 밖 성도에 작은 아들놈이 사는데, 어제 며느리에게 산기(産氣)가 있다고 연락이 왔지요. 손자(孫子)를 안아볼 생각에 간밤에 어찌나 잠을 설쳤는지… 이런, 아직 손자인지 손녀인지도 모르거늘."

"허허! 축하드려야겠소, 노인장."

"고맙습니다요, 나리."

"허, 이해는 가지만 이걸 어쩌나?"

중년인은 난색을 지었다. 인근에 마땅히 요기할 곳이 없음을 잘 아는 듯했다.

"죄송합니다요, 나리!"

노인은 더욱 송구스러워했다.

"아니오. 사정이 있으니 그 정도는 양해하는 게 도리가 아니겠소? 대신 한 가지 물어볼 게 있소. 확답을 주는 즉시 떠나 드리리다."

"그야 당연히 도와드려야지요."

"창고에 마차가 있던데……."

장창을 탁자에 올린 중년인은 느긋한 자세로 자리를 잡았다.

"주인의 행방을 알고 싶군."

"예… 옛?"

조 노인은 주춤 물러났다.

"전, 전 모르는 일입니다요. 마차는 얼마 전에 이곳을 지나던 사람들이 맡긴 물건으로…….."

금의인이 돌변한 것은 그때였다. 온화하기만 하던 외눈에서 끔찍한 살기가 흘러나왔다.

"종종 어리석은 자들을 보곤 하지. 쓸데없이 의리를 지킨다며 버티다 자신은 물론이고 가족들의 목숨까지 위태롭게 하는 자들을 말이야."

말이 끝나는 것과 동시에 두 사람이 입구 쪽에 나타났다. 핏물을 뚝뚝 흘릴 것 같은 혈포를 걸친 무표정한 사내들. 일견키에도 무자비해 보이는 자들이었다.

"아, 아……!"

끊어질 듯 가는 신음이 실내를 울렸다.

금의인과 적포인들이 주점을 나선 것은 반 시진이 흐른 뒤의 일이었다. 그들은 소운평 일행이 떠난 방향을 따라 일제히 몸을 날렸다.

동시에 한 무리의 어둠이 움직였다.

*　　　　*　　　　*

"더 이상 날이 저물면 곤란하니 천상 노숙할 자리를 찾아야겠는데요."

선두의 소운평이 걸음을 멈추고 주위를 살피자 위청란도 자연스레 멈춰 섰다.

사실 도회지에서 나서 자란 그녀로서는 노숙에 관해서는 무지했다. 전적으로 타인에게 의지해야 하는 상황이었고, 무엇보다 그녀 역시 슬슬 피곤함이 느껴지던 차였다. 마다할 이유가 전혀 없었다.

"그렇게 해."

"조금 더 가면 황안령(黃眼嶺)이란 곳이 나오는데, 전에 보니 입구에 쓸 만한 장소가 많더라구요. 아무래도 그곳에서 쉬는 게 좋을 것 같은 데요?"

"……."

대꾸 대신 그녀는 우수를 들어 앞을 가리켰다. 군소리 말고 어서 가기나 하라는 듯.

'너 잘났다, 그래!'

일순 버리고 가고 싶은 마음이 머리꼭대기까지 치솟았지만, 그건 꿈속에서나 가능한 일이었다. 그저 입 닥치고 걷는 수밖에…….

산중에서 잠자리를 고를 때는 지형과 지리적인 여건을 잘 살펴야 한다. 여름에는 더욱더 그렇다.

우선 습기가 많은 지역은 피해야 한다. 밤의 물가는 맹수들의 사냥터일 뿐더러 습기는 모기와 하루살이 같은 피곤한 곤충들을 불러들인다. 그렇다고 물이 전혀 없는 지역은 곤란하다. 인간도 동물들과 마찬가지로 물을 마시거나 몸을 씻지 않고는 살 수 없으니까.

다음으로 사방이 트인 곳이라야 한다. 숲 속이나 바위들이 널린, 시야가 확보되지 않은 곳에서 밤을 보내는 것은 '날 잡아 잡수!' 하는 짓이나 마찬가지다. 그래도 안심할 수 없다면 주변에 은신처로 삼을 커다란 나무나 높은 바위가 하나쯤 있는 곳이라면 더 좋을 것이다. 이런 등등의 얘기를 종합하자면 대강 다음과 같다.

물가는 피하되 식수원과 멀지 않으며, 만일에 대비해 몸을 숨길 만한 은신처를 구비한 주위가 트인 장소!

소운평이 선택한 곳은 그 모든 곳을 두루 구비한 곳이었다. 그나마 자신하는 몇 가지 중에 하나였다.

"여기서 쉬죠?"

입으로는 묻고 있지만, 소운평은 벌써 등에 멘 보따리를 풀고 있었다. 은신처로 삼을 고목 아래 짐을 풀고 그는 차례대로 할 일을 했다.

땔감을 모아 불을 피우고, 구석구석을 돌며 명반과 연초 가루를 뿌렸는데, 양이 어찌나 많았던지 연초 냄새가 진동할 지경이었다. 하기야 흑점사(黑點蛇)에 물려 황천에 갈 뻔한 경험이 있었으니 이해가 가는 일이기도 했다.

일을 마친 소운평은 음식이 담긴 보퉁이를 풀었다.

보퉁이엔 술병 세 개와 육포가 약간 들어 있었다. 거기다 노릇하게 구워진 오리인지 닭인지 모를 날짐승 고기와 한 달이 다 되도록 구경도 못했던 만두까지.

'말은 그래도 제법…….'

그래 봐야 다 위청란을 위한 것이겠지만, 소운평은 새삼 진 노인의 호의가 고마웠다.

대충 자리를 만들고 음식이 차려질 무렵, 나무둥치에 기대앉아 있던 위청란이 문득 물었다.

"근처에 계곡이 있다고 하지 않았어?"

"있죠."

"어디야?"

"이쪽으로 내려가면 될 겁니다."

소운평은 남서(南西) 쪽을 가리켰다.

"한 오 장쯤 되려나? 쭉 내려가서 맨 처음 만나는 바위를 끼고 왼쪽으로 돌아가면 되는데… 갑자기 그건 왜?"

"신경 쓸 것 없어."

그녀는 보따리를 뒤적였다.

이유는 셋 세기도 전에 밝혀졌다. 보따리 안에는 큼직한 수건과 수욕을 하는 데 필요한 몇 가지 물건이 들려 있었으니까.

그냥 주점에서 묵어도 될 것을 부득불 산행을 고집할 때부터 미리 작정을 한 듯싶었다. 온종일 찌는 듯한 무더위에 지친 터라 시원한 계곡에 몸을 담그는 건 누구라도 기꺼워할 만한 즐거운 일이다.

"먼저 먹도록 해."

위청란은 소운평이 가리킨 곳으로 향했다.

'천상 여자로군, 저렇게 챙기는 게 많다니…….'

피식 웃음이 새어 나왔다. 그녀가 여염집 여자들처럼 쪼그리고 앉아 사타구니를 문질러 댈 것을 상상하니 불현듯 묘한 감정이 생겨났다.

달밤에 산중에서 홀로 목욕하는 미녀……. 분위기가 분위기인지라 그녀를 여자로 느끼는 것일까?

아무튼 그녀의 모습은 금세 시야에서 사라졌다.

"그나저나……."

'그림의 떡!' 이란 바로 이런 걸 말하는 것일 게다.

먹음직한 음식이 눈앞을 어지럽히는데, 먹어야 할지 말아야 할지 고민이다. 허락은 떨어진 상태였어도 선뜻 손을 댈 수 없었다. 대나무에 생각이 미친 것은 그 순간이었다.

대통은 어린 대나무를 마디째 자른 것이었는데, 굵기는 손가락 두 마디 정도에 길이는 세 치 정도였다. 수량은 모두 다섯 개였다.

'이걸 불 속에 넣어라 이건데……'

우선 두 개를 집어넣었다.

잠시 후 치이이 하는 물 끓는 소리가 요란하게 들려왔다. 그러더니 갑자기 요란한 소리가 울렸다.

꽈아앙!

소리는 무척 컸다. 멀리 산정 꼭대기까지 쩌렁쩌렁하게 울릴 정도였다.

소운평은 앉은 자세 그대로 뒤로 넘어갔다.

짐승들은 오감(五感)이 민감하다. 그중에서 후각과 청각이 예민한데, 대통은 그런 점을 노려 근처에 다가오지 못하게 하는 일종의 폭음탄(爆音彈)인 셈이었다. 놀란 것은 산짐승뿐이 아니지만.

'에구, 일어나기도 귀찮다!'

등도 배기고 차가운 맨바닥이지만 더없이 편했다. 오래전에 떠나 왔던 고향에 온 것 같은 그런 느낌. 때맞춰 시원한 바람이 머리칼을 간질렀다.

달도 밝고, 별은 많고, 바람은 산들산들 불고… 슬슬 눈이 감기기 시작했다.

2

"으응?"

깜박 잠이 들었던 모양이다.

얼마나 지난 걸까? 한기와 잔돌에 노출된 탓에 등판이 떨어져 나갈 듯 아팠다. 눈을 깜박이자 보석을 흩뿌려 놓은 듯한 밤하늘이 눈에 들어왔다. 더불어 고목에 기댄 채 술병을 기울이는 위청란의 모습도.

'오리는? 만두는?'

소운평은 퉁기듯 일어났다.

다행스럽게도 음식은 남아 있었다. 오리 반 마리와 만두 두 개가 사라졌는데, 주변에 흔적이 전혀 없는 것으로 미루어 그녀가 먹은 것 같지는 않았다.

"난 먹었으니까 신경 쓰지 말고 먹도록 해."

신경 쓰지 말고?

참으로 반가운 소리였지만, 그녀가 아무것도 먹지 않았다는 사실을 아는 터라 신경이 쓰이는 건 당연지사.

소운평은 보퉁이를 잡고 슬그머니 등을 돌렸다.

오도독! 오도독!

바닥엔 뼈다귀가 수북하게 쌓였고, 오리 다음으로 만두가 모조리 입 속으로 사라졌다. 잠시나마 미안하게 여겼다는 사실이 무색할 지경이었다.

'그 와중에 육포는 왜 남겼냐?'고 묻는다면 분명 이렇게 대꾸했을 것이다.

멍청이! 깡술은 몸에 해로워!

"꺼어어억!"

소운평은 뒤로 물러나 바위에 등을 기댔다.

배부르면 만사가 다 귀찮아진다. 거기다 슬슬 오르는 술기운이 간을 배 밖으로 끄집어낸 터라, 모닥불이 거의 사그라지는데도 그는 꼼짝도 않을 기세다.

그렇다 해도 위청란이 몸을 일으킨 것은 뜻밖이었다. 그녀는 불가로 내려와 장작을 던져 넣었다. 그리고는 한쪽에 털썩 주저앉았다.

일이 이렇게 되자 소운평은 어쩔 수 없이 몸을 일으켰다. 딴청 피우는 시늉을 하려 해도 상대가 바로 코앞에 있으니 시선을 둘 곳이 만만치 않았다. 그저 두 손으로 무릎을 감싸고 고개를 숙이는 수밖에.

타다닥! 탁! 탁!

모닥불은 금세 주위를 밝혔다.

두 사람은 약속이라도 한 듯 침묵을 지켰지만, 주위는 전혀 그렇지 않았다. 갖가지 풀벌레가 찌르륵거리고, 늑대도 울고, 야묘자(夜猫子)

도 울었다. 그래서인지 두 사람의 침묵은 무게를 더해갔다.

"마셔!"

불쑥 술병이 건네져 왔다.

마다할 일이 없는지라 소운평은 냉큼 받아 마셨다. 그가 한바탕 진저리를 치며 육포를 우물거릴 무렵 다시 그녀의 음성이 들려왔다.

"내가 어때 보여?"

"네?"

실로 엉뚱한 질문이었다. 소운평은 동그래진 눈으로 그녀를 살폈다. 불꽃으로 발갛게 물든 그녀의 반쪽 얼굴은 여전히 아름다웠다. 하지만 그녀에게선 그늘진 반쪽 얼굴의 어둠만큼이나 짙은 고뇌가 느껴졌다.

사실 그녀의 질문은 생각하는 관점에 따라 여러 가지로 해석될 수 있었다. 가장 쉽게 접근한다면 외모에 관한 것일 수도 있었고, 그녀의 환경이나 내면 상태를 지칭하는 것일지도 몰랐다. 아무튼 이유가 무엇이든 간에 소운평으로선 선뜻 대꾸할 수 없기는 매한가지였다.

위청란은 침묵으로 일관하며 술만 마셨다. 그녀가 입을 연 것은 무려 이 각이 지난 후였다.

"내가 태어났을 때 부친은 매우 기뻐하면서도 근심스러워했다고 해. 건강하게 태어났다고는 해도 언제 병마가 닥칠지 모르는 일이니까."

그렇게 시작된 얘기는 대부분이 그녀 자신의 어린 시절 기억들이었다.

무엇 하나 부족할 것 없이 행복했던 유년 시절, 그녀의 오해로 인해 어긋나 버린 부친과의 관계, 술, 그리고 방황. 얘기는 위충량의 은둔 생활이 몰고 온 여러 가지 일들에 이어 모친인 기여영에게 이르렀다.

"어머닌 평범한 분이셨어. 질투도 하고 사치도 부릴 줄 아는 여염집 아낙들과 다름없었지. 그래서 문제였어. 아버지와는 어울리지 않는 여자였으니까. 아버지가 은둔한 후 어머니가 처음으로 택한 것은 눈물이었어. 그 다음은 술, 그리고 다음은 사치였어. 온갖 보석과 비싼 장신구들을 사들이곤 했는데, 아마도 중원 전역의 내노라하는 보석상들은 한 번쯤 어머니의 거처를 다녀갔을 거야. 하지만 누구도 이의를 제기하지 않았어. 나 역시도 그랬고. 방주 대리라는 직함 때문이 아니라, 솔직히 그렇게 해서라도 어머니가 안정을 찾을 수 있다면 굳이 만류할 필요가 없다고 생각했어. 그렇게 일 년이 넘게 지난 어느날이었을 거야. 갑자기 어머니가 변했다고 느껴졌어. 특별한 이유는 없었어. 늘 굳어 있던 얼굴에 웃음이 늘었다는 것 이외에 달라진 것은 없었지만 난 분명히 느낄 수 있었어."

위청란이 잠시 말문을 닫고 술병을 기울였다.

말하는 당사자야 어떨지 몰라도 이런 종류의 얘기를 듣는 건 참으로 따분한 일이다. '누가 묻기나 했냐!' 소운평의 솔직한 심정은 그랬다. 그사이 밤은 깊어 해시(亥時)도 거의 지난 듯싶었다.

'에구, 제발 잠이나 좀 잤으면!'

소운평은 간절히 빌었다.

그러나 위청란은 그의 바람을 싸늘히 외면했다.

"무얼까? 어머니를 변하게 만든 것이 무엇일까? 난 잠시 생각해 보다 곧 잊어버렸어. 결과가 좋으면 과정이야 그리 중요한 게 아니었으니까. 아마 며칠이 지난 후였을 거야. 그날도 난 운영루에서 술을 마시다 새벽녘에 거처로 돌아오는 중이었어."

가까스로 담을 넘은 위청란은 비틀거리며 걸었다.

초저녁부터 마신 다섯 말의 술은 의지와 육체를 거의 분리해 놓았는지라, 그녀는 십여 장을 이동한 후에 담벼락에 등을 기댄 채 주저앉고야 말았다.

"욱! 우우욱!"

토악질은 서너 번이나 계속되었다. 하늘도, 땅도, 모든 것이 빙글빙글 돌며 그녀를 괴롭혔다. 그 와중에 그녀는 인기척을 들었다.

끼이익! 탁!

멀리서 들렸어도 분명 문을 여닫는 소리였다.

곧바로 규칙적인 발자국 소리가 이어지더니 갑자기 뚝 끊겼다. 그리고 이어진 파공음(破空音). 가볍게 담을 넘은 사내는 탄탄한 등을 내보인 채 어둠 속으로 사라졌다.

위청란은 퍼뜩 정신을 차렸다.

담 안쪽은 녹매원(綠梅院)의 후원, 분명 어머니의 처소였다. 그런데 정체불명의 사내가 그곳에서 나온 것이다. 그것도 모두 잠든 새벽녘에 말이다.

지끈거리던 술기운이 일시에 사라져 버렸지만, 어떻게 거처까지 돌아왔는지 기억조차 나지 않았다. 침상에 누운 채 그녀는 생각에 잠겼다.

'누굴까? 왜 거기서 나온 것일까?'

그녀는 밤새도록 잠을 이룰 수 없었다.

다음날부터 그녀는 아침 저녁으로 드나들던 운영루에 발을 끊고 한가지 일에 몰두했다. 녹매원의 후원에는 수령이 백오십 년이 넘은 커다란 매화나무가 심어져 있었는데, 그녀는 밤마다 그 매화나무에 올라 모친의 처소를 감시하기 시작한 것이다.

첫째 날과 둘째 날은 아무 일도 벌어지지 않았다. 그리고 셋째 날도……. 사내가 모습을 드러낸 것은 닷새가 지난날 축시(丑時)가 거의 지나는 순간이었다.

담을 넘어 사라지던 전날과는 달리 사내는 당당히 월동문을 지나 나타났다. 얼굴을 확인할 수는 없었지만 사내의 전신에서 풍기는 기도는 예사롭지 않았다. 정원을 지난 사내는 불이 밝혀진 규방으로 다가갔다.

'저, 저자는?'

하마터면 그녀는 종적을 드러낼 뻔했다.

방문을 열며 사내가 힐끔 뒤를 살폈는데, 그 덕에 사내의 신분을 알아버린 것이다. 그는 좌총관 진무방이었다.

대외적인 일을 총괄, 처리하는 그가 어머니와 만나는 것은 새삼스런 일이 아니다. 어머니는 엄연히 대리 방주의 신분이었으니까. 하지만 지금은 밤이다. 더군다나 집무실이 아닌 규방에서 두 사람이 만날 일이 있을까?

그녀는 차마 더 이상 지켜볼 수 없었다. 허겁지겁 거처로 돌아온 그녀는 침상으로 뛰어들었다.

다음날이 밝았다. 여전히 변한 것은 없었다. 간밤에 본 사건은 그녀만의 비밀이 되었으니까.

"나 때문이야. 모든 건 나 때문에 벌어졌어. 그때 그 사실을 알리기만 했어도……."

위청란의 음성이 거세게 떨렸다.

그 당시 그녀는 어린 나이였음에도 불구하고 두 사람의 만남이 잘못된 것임을 분명 알고 있었다. 그 일이 몰고올 여파 역시 두려웠지만, 그녀로 하여금 침묵을 지키게 만든 가장 큰 이유는 부친에 대한 반감이었다. 그것이 그녀를 괴롭게 만드는 이유였다.

'그랬구나. 일이 그렇게 된 거였어.'

소운평은 단번에 그간의 일을 알아차렸다.

정부와 눈이 맞아 남편을 살해한 여자!

진부한 얘기였다. 선술집에서 술안주로 오르내리기 딱 좋은 얘기이고. 물론 남의 얘기라면 그렇겠지만, 막상 당사자의 입장이라면 그렇지 않을 것이다. 더군다나 그녀의 말처럼 미연에 막을 수 있었던 일인 바에야……

누구에게도 털어놓지 못했을 것이다. 주변 인물들에게는 더 더욱 그럴 것이고. 그러고 보니 한 가지 사실도 이해가 갔다. 산을 내려오기 전날 자신이 일찍 잠자리에 들었던 사실을 말하던 그녀, 아마 자신에게 털어놓기 전에도 상당히 망설였던 것이 분명했다.

'응? 뭐야? 우는 거야?'

그랬다. 그녀는 울고 있었다. 두 팔로 감싼 무릎 위에 얼굴을 묻고 새우처럼 웅크린 모습으로 말이다.

눈앞에서 젊은 여인이 울고 있다면 '나 몰라라!' 할 사내는 아마도 거의 없을 것이다. 뭐 생긴 게 영 아니라면 약간 문제가 달라지겠지만, 아무튼 그건 남자들의 본능에 가까운 일인 것이다.

소운평은 잠시 주저하는 듯했으나 곧 그녀를 달래기 시작했다.

"그게 말입니다. 꼭 그렇게 단정할 일이 아닌 것 같은데요. 뭐 그렇고 그런 장면을 직접 본 것도 아니고, 사람 속을 누가 알겠습니까? 어쩔 수 없어서 그랬을 수도 있는 거고, 또 이번 일과 무관할 수도 있고요."

"그럴까? 그렇겠지?"

발딱 고개를 들고 되묻는 눈동자엔 눈물이 가득하다. 이렇게 되면 아니라고, 안쓰러워서 그냥 빈말했다고 말할 수는 없는 노릇이다.

"그럼요. 그렇고 말고요!"

소운평은 정신없이 고개를 끄덕였다.

"그리고 정 못 믿겠으면 찾아가서 만나보면 될 게 아닙니까?"

"그렇겠지. 가보면… 직접 만나보면 모든 걸 알 수 있겠지. 하지만 난, 난……."

그녀는 말을 잇지 못하고 고개를 떨궜다.

확인하고 싶다는 욕구를 수십, 수백 배 능가하는 결과에 대한 두려움, 그러면서도 단호히 떨쳐 내지 못하는 이율배반적인 감정, 그녀는 복잡한 심정을 달래기라도 하듯 긴 한숨을 내쉬었다. 그녀는 한동안 그 상태를 유지했다. 한숨은 여전했고, 가끔 손을 들어 눈가를 훔치기도 하고.

이윽고 일각 정도가 흐른 후, 그녀가 고개를 들었을 땐 한결 편해진 모습이었다.

"고마워!"

"아, 아뇨. 고맙기는요."

소운평은 머쓱하게 웃으며 뒤통수를 긁었다.

"근데… 밤도 깊었고 그만 쉬시는 게……."

"신경 쓰지 말고 먼저 자."

"예, 그럼 염치 불구하고 먼저 눕겠습니다. 뭐 시킬 일이 있으면 깨우세요."

불가에서 조금 떨어진 곳에 자리를 잡고 누웠는데 생각처럼 잠은 오지 않았다. 그녀의 고민이 전염이라도 된 탓인지 머리 속만 복잡해질 뿐이었다.

아우우우!

'저놈의 늑대 새끼를……!'

잠은 안 오고 마땅히 할 일이 없었는지라, 소운평은 대나무나 집어넣을 생각으로 몸을 일으켰다.

최초로 비명이 울린 것은 거의 같은 시각이었다.

"큭!"

비명이라고까지 할 수는 없었다. 억눌러 고통을 참는 듯한 짧은 신음 같았다. 한차례 짧은 신음이 끝나고 본격적인 비명이랄 수 있는 소리가 울렸다.

"크아악!"

동시에 위청란은 몸을 날렸다.

슈슈슉!

그녀가 소운평을 찍어 누르는 것과 때를 같이해 십여 개의 암기가 날아왔다. 암기는 옷자락을 스치듯 지나쳐 고목 중간에 깊숙이 박혔다.

위청란은 고개를 들고 주변을 살폈다.

놀랍게도 미세한 인기척이 사방에서 들리고 있었다. 그것은 포위되었다는 증거. 상대가 누구든 간에 만반의 준비를 갖췄다는 것은 불을 보듯 뻔했다. 빠져나가기도 힘들 뿐더러 목숨을 장담하기도 어려운 상황이었다.

"오라버니께 알려!"

오라버니! 그녀는 처음으로 위청후를 그렇게 불렀다. 그것도 전혀 거부감없이.

"무, 무얼요?"

소운평이 온전한 정신일 리 없었다. 두려움에 잔뜩 커진 눈동자만 쉴 새 없이 굴려댈 뿐이었다.

그러자 위청란의 우수가 불을 뿜었다.

짝! 짜악!

입술이 갈라지며 핏물이 튀었다.

"날 봐! 날 똑바로 보란 말야!"

그녀는 소운평의 머리를 잡고 앞으로 끌어당겼다. 서로의 숨결이 느껴질 정도로 가까운 거리였다.

"똑똑히 들어. 내게 들었던 얘기를 오라버니께 그대로 전해. 미안하다고… 잠시였지만 오라버니의 애정 잊지 않겠다고, 그리고 이곳 일을 알려. 놈들이 추격해 왔으니까 서둘러 피하라고. 만약 중도에 허튼수작을 부린다면 귀신이 되어서라도 네놈을 저주하겠어!"

'으, 으……!'

그것은 사람의 눈길이 아니었다. 차갑게 가라앉은 두 눈에서 시퍼런 귀화가 치솟고 있었다. 서늘한 한기가 등골을 꿰뚫고 지나갔다.

"내가 유인할 테니까 그사이 이곳을 빠져나가."

"예, 예!"

소운평은 정신없이 고개를 끄덕였다.

등 뒤에서 요란한 기합 소리와 병장기 부딪치는 소리를 들으며 그는 전력으로 반대쪽을 향해 뛰었다. 다행스럽게도 막아서는 이는 아무도 없었다. 소운평의 모습은 곧 풀숲의 어둠 속으로 사라졌다.

하지만 두 사람은 전혀 모르고 있었다. 득의의 미소를 지으며 소운평의 뒤를 쫓는 두 쌍의 눈동자가 있다는 사실을 말이다.

*　　　　　*　　　　　*

"대주, 하명 바랍니다!"

곽명환(郭明環)은 상관을 향해 절도있게 예를 취했다.

독목(獨目)의 금의인, 한 손에 장창(長槍)을 꼬나들고 오연히 절벽 아래를 내려다보는 인물이 바로 적마대의 새로운 총대주인 손철기(孫鐵棋)이다.

사용하는 병기가 말해 주듯 그는 스스로를 창절(槍絶)이라 칭했는데, 조금이라도 그를 겪어본 이들은 창마(槍魔)라 부르기를 주저하지 않았다. 그만큼 그가 펼치는 화륜창(火輪槍)의 절기는 악랄했던 것이다.

" '깡그리 죽여라' 였던가?"

손철기가 느긋하게 뒷짐을 지며 물었다.

"그렇습니다. 그대로 시행할까요?"

"아니, 아니야. 혹시 모르니 만일을 대비해 한 사람 정도는 남겨두는 게 옳겠지. 사람의 일이란 늘 예상한 대로 진행되는 게 아니니까."

"그럼 누구를?"

문득 손철기의 시선이 이동했다. 세 명을 맞아 좌충우돌 철검을 휘두르는 섬세한 그림자 하나.

"저 계집이 위가의 핏줄인가?"

그 뜻을 모를 곽명환이 아니었다.

"알겠습니다. 그렇게 하지요."

"최단시간에 끝내고 본진과 합류하도록!"

"복명(伏命)!"

곽명환이 고개를 들었을 땐 이미 손철기는 자리를 박차고 몸을 날리고 있었다.

그 뒤를 따라 정확히 일백 명이 이동하는데, 한 점 흐트러짐 없는 일사불란(一絲不亂)한 모습이다. 적마대 열한 개 분대 중에 수위를 다투는 자들만 모아온 위용이 여실히 드러나는 광경이었다.

곽명환은 저도 모르게 주먹을 움켜쥐었다.

"모두 똑똑히 들었겠지? 시작해라!"

"복명!"

우렁찬 외침을 끝으로 수십 개의 붉은 그림자가 어둠 속에서 튀어나왔다. 그들의 목표는 절벽 아래서 일장혈투를 벌이는 아도였다.

'계집, 넌 내 몫이다!'

사아악!

곽명환의 장도가 달빛을 흩뿌렸다.

*　　　　*　　　　*

"헉! 헉!"

소운평은 달리고 또 달렸다.

"귀신이 되어서라도 널……."

살얼음을 흩뿌리는 듯한 위청란의 음성이 아직도 귓가에 생생했다.

황안령에서 운애곡까지는 빨라도 한 시진은 걸려야 닿을 수 있는 거리다. 그 거리를 그는 반 시진 남짓한 시간 만에 도착하는 기사(奇事)를 연출했다.

운애곡에 도착한 그는 다짜고짜 위청후의 거처로 뛰어들었다.

우당탕!

방문이 부서질 듯 요동쳤다.

"그, 그들이… 그놈들이……."

"그 몰골은 뭔가? 그리고 그놈들이라니?"

위청후는 해연이 놀라 일어섰다.

아닌 게 아니라 소운평은 엉망이었다. 의복은 너절한 걸레 조각을 방불케 했고, 얼굴을 비롯해 전신엔 가는 핏줄기가 가득했다. 가시덩굴에 긁히고 수십 번도 넘게 넘어지고 자빠진 결과였다.

짧은 순간, 위청후의 안색이 수십 차례 돌변했다.

"설마 그 아이에게 무슨 일이 생긴 겐가?"

대답은 엉뚱한 곳에서 들렸다.

"아아아악!"

뼈마디를 저미는 듯한 섬뜩한 비명, 여운이 끝나기도 전에 위청후는 소운평을 끼고 몸을 날렸다.

콰작!

창문이 속절없이 부서졌다.

3

삼삼오오(三三五五) 대형을 이룬 적포인들은 운애곡 안으로 진입했다. 절벽이 가로막은 북쪽 산등성이를 제외한 삼면에서 동시에 이루어진 일이었다.

가옥으로 난입한 그들은 무차별 살수를 뿌려댔다. 대다수가 무공을 모르는 일반인인데다 병자(病者)들인 주민들로서는 막아낼 도리가 없었다. 파죽지세(破竹之勢)요, 일방적인 도륙(屠戮)이었다.

"크아악!"

"케엑!"

끝없이 이어지는 비명은 마치 둥지로 날아가는 새의 궤적처럼 한곳을 향해 이어졌다.

그곳엔 다섯 명이 있었다. 모친을 안아 든 위청후와 소운평, 그리고 신발도 신지 못하고 침의만 달랑 걸친 차림의 곽연과 이환이었다. 일백 대 오, 결국 완벽하게 포위를 당한 셈이었다.

화악!

기름에 절인 목면(木棉)이 시커먼 연기를 내뿜었다.

주위가 환히 밝아지자 겹겹이 펼쳐진 포위망 한쪽이 갈라지더니 뜻밖에도 의자가 놓여졌다.

손철기는 장창을 곽명환에게 넘기고 의자에 앉았다. 장내의 다섯 사람을 차례대로 응시한 후, 그는 곽연에게 시선을 고정시켰다.

"곽가야, 꽤나 놀란 모양이구나."

"그렇소. 실로 뜻밖이구려. 이런 산중에서 귀하를 다시 만나게 되리라고는 짐작조차 못했소."

곽연은 나직이 신음을 토했다.

그의 말대로 확실히 놀라운 일이었다. 이십 년 전, 한차례 접촉 이후 최초의 만남이었건만 두 사람 중 그 누구도 그날의 일을 잊지는 못할 것이다. 손철기의 한 눈을 앗아간 이가 바로 곽연이었으니까.

아니나 다를까, 손철기의 눈에는 서서히 살기가 감돌기 시작했다.

"비가 오거나 눈이 내리는 밤이면 난 잠을 이루지 못했다. 들쑤시는 상처의 고통은 그날의 원한을 한시라도 잊지 않게 했다. 그걸 아냐? 외눈에 적응하는 데 팔 년이 걸렸다. 팔 년! 무려 팔 년이다!"

뿌드득!

악다문 입술 새로 섬뜩한 소리가 울려 나왔다.

"오늘 같은 날을 얼마나 꿈꿔 왔는지 모른다. 이제 고스란히 갚아주마!"

스윽!

손철기가 우수를 움직이자 서서히 포위망이 좁혀지기 시작했다.

그때였다. 돌연 위청후가 입을 열었다.

"하나 묻고 싶은 게 있소!"

적포인들이 잠시 주춤하는 사이, 그는 모친을 바닥에 내려놓고 앞으로 나섰다.

"내 동생을 어떻게 했소?"

"동생?"

손철기는 잠시 뭔가를 생각하는 듯하더니 곧 놀란 얼굴이 되었다.

"명환, 위가에 아들이 있었나?"

곽명환이 앞으로 나섰다.

"제가 알기로는 오래전 실종된 것으로 기억합니다. 한때 소주 전역이 떠들썩했던 일이었으니, 대주께서도 기억이 나실 겁니다. 이곳 인물들 전부가 나환자인 것과 저자 역시 같은 행색인 걸로 미루어, 아마도 실종을 가장하여 이곳에서 치료를 했던 것으로 여겨집니다."

몇 가지 사실을 근거로 추정한 것에 불과할진대 눈으로 본 것처럼 정확하다.

'흠! 그랬군, 그랬어!'

손철기는 무릎을 쳤다.

솔직히 옛 원한을 갚을 생각이 아니었다면 그는 적검문을 떠났으면 떠났지 이곳에 오지 않을 생각이었다. 어쩐지 패잔병 몇 명 처리하는 일을 너무 거창하게 벌인다 했더니 다 그만한 까닭이 있었던 것이다.

"내가 그 계집을 어떻게 했을 것 같나?"

"계집이라니? 말을 삼가라!"

이환이 발끈 소리쳤다. 어느새 그의 손엔 작은 비도(飛刀)가 들려 있었는데, 여차하면 손철기의 미간을 향해 던져낼 기세였다.

그러자 곽명환이 비웃음을 던졌다.

"주인 안전에 개는 나서지 않는 법이거늘!"

실로 입에 담기조차 모욕적인 언사였다.

그러나 이환은 침묵했다. 더 이상 상대를 자극했다가는 위청란에게 해가 될까 염려한 탓이었다.

"데려와라!"

곽명환이 눈짓을 하자, 뒤쪽에서 세 명의 적포인이 누군가를 끌고 걸어나왔다.

"아, 아!"

위청후는 금세 쓰러질 듯 비틀거렸다.

그렇다. 혈도가 제압당하고 포승으로 묶인 여인은 다름 아닌 위청란이었던 것이다. 적지 않은 일전을 치른 듯 그녀의 전신은 온통 피투성이였다.

"소방주!"

"소방주님!"

속이 타기는 이환과 곽연이 더했다.

좀 전만 해도 탈출할 가능성이 조금은 있었다.

그러나 이렇게 된 이상 위청후는 절대 피하지 않을 것이 자명했다. 결국 방법은 한 가지밖에 없었다. 죽기를 각오하고 그녀를 구출해 내는 것!

곽연은 문득 소운평에게 다가갔다.

"곧 일전이 벌어질 것이다. 피아(彼我)를 구분하기조차 어려운 난전(亂戰)이 되겠지."

곽연은 잠시 머뭇거리더니 박도(朴刀)를 내밀었다. 그의 손에 유명을 달리한 자의 것인지 도신은 피 한 방울 묻어 있지 않고 깨끗했다.

박도의 의미는 명확했다.

네 안전은 네가 지켜라!

'제기랄! 내 이럴 줄 알았다. 그냥 뒤도 안 돌아보고 튀는 건데……'

후회해 봤자 항구를 떠난 배요, 초야를 치른 신부다. 그래도 없는 것보다는 낫다고 여긴 소운평은 냉큼 박도를 받아 들었다.

"상황을 봐서 달아나거라! 네게 주기로 약속했던 돈은 침상 아래 숨겨두었다."

그 한마디를 남기고 곽연은 돌아섰다.

한 걸음, 한 걸음 걸음을 내디딜 때마다 바닥에선 흙먼지가 피어 올랐다. 손철기를 마주했을 때, 그의 손엔 이미 연검이 들려 있었다.

이제 남은 것은 한바탕 피바람이 부는 일밖에 없었는데, 손철기가 뜻밖의 소리를 했다.

"난 네놈을 제외하곤 별 관심 없다. 일일이 상대하기도 귀찮고, 이미 망해버린 대풍방의 떨거지 몇몇을 놓아준다고 대세에 영향을 끼치는 것도 아니고."

"요점이 무엇이오?"

"수하 중에 철탑왕(鐵塔王)이라 불리는 자가 있다. 타고난 용력(勇力)이 가히 경이로운데다 외문무공에 꽤나 조예가 있는 자이지. 맨몸으로 이자의 삼 권을 받아내고도 무릎을 꿇지 않는다면 저들만은 놓아주겠다. 어떠냐? 응할 생각이 있느냐?"

손철기의 입가에 비릿한 미소가 어렸다. 곽연이 거절하지 않을 것이라는 걸 확신하는 듯한 태도였다. 손안에 든 먹잇감을 가지고 노는 고양이처럼 느긋하게 앉아 즐기려는 심산인 것이다.

확실히 그랬다. 곽연은 그 제안을 뿌리칠 수 없었다. 길이 있다면 쥐구멍이라도 선택할 그였다.

'곽 당주!'

위청후는 차마 그를 만류하지 못했다. 곽연의 눈엔 누구도 꺾을 수 없는 의지가 서려 있었다.

곽연은 위청후에게 목례를 보낸 다음 연검을 풀었다. 그리고 조용히 앞으로 나섰다.

그러자 적포인들이 쫙 갈라지며 길을 텄다. 그 사이로 한 사내가 걸어나왔다.

삼십 초반 정도인 사내의 위용은 진정 놀라웠다. 키는 구 척에 달할 것 같고, 덩치 역시 그에 어울리게 집채만했다. 근육으로 울퉁불퉁 뭉친 팔뚝과 허벅지는 곽연의 두 다리를 합친 두께만큼이나 굵었다. 가히 인간철탑이라 불려도 좋을 거구 사내의 이름은 용무(龍武)였다.

"노인네, 어디부터 주물러 줄까?"

용무는 코웃음을 쳤다. 한마디로 자신이 처한 상황이 우스운 모양이었다.

'한 방에 쓰러뜨려 주마!'

부우웅!

허공을 가르는 소리가 칼처럼 예리하다. 용무의 철권(鐵拳)은 무방비 상태인 곽연의 가슴을 정통으로 가격했다.

뻐억!

곽연은 비틀거리며 물러났다. 비록 일 장 이상을 퉁겨지긴 했지만, 무릎을 꿇는 일은 없었다. 툭툭 바지 자락에 묻은 먼지를 턴 후, 곽연은 제자리로 돌아왔다.

이렇게 되자 '한 방에 끝'을 자신했던 용무는 귀에서 연기가 날 정도로 분노했다.

'어디 이번에도 견디나 보자!'

웡! 위이잉!

용무는 우수를 풍차처럼 회전시켰다. 속도를 붙여 위력을 배가시키려는 노력은 과연 성과가 있었다.

뻐억!

콰지직!

다른 종류의 소리가 울리는 가운데 곽연은 무려 이 장이 넘는 거리를 퉁겨졌다.

"쿨럭! 쿨럭!"

곽연은 끊임없이 선혈을 게워냈다.

심각한 내상은 둘째치고, 그의 왼쪽 가슴은 눈에 띄게 함몰된 상태였다. 당장은 어떨지 몰라도 부러진 갈비뼈가 행여 심장이나 폐를 찌르기라도 하는 날엔 속절없이 명을 놓아야 할 위험한 상태였다.

"당주!"

"난 괜찮네!"

곽연은 달려나오는 이환을 제지했다. 그리고는 비틀거리는 몸을 이끌고 다시 원래 자리로 돌아왔다.

"젊은이, 이제 한차례가 남았네!"

'이 늙은이가 정말!'

"우와아아악!"

용무는 한 마리 곰처럼 울부짖었다. 말아 쥔 주먹에선 쉴 새 없이 뿌득거리는 소리가 울려 나왔고, 전신으로 매서운 살기가 뿜어졌다.

"쓰러져랏!"

이번에는 아무런 기척도 없었다. 그만큼 빠른 공격이었고, 빠른 만큼 상상을 절하는 위력이 담겨졌을 것이다. 목표는 곽연의 왼쪽 가슴이었다.

절체절명의 위기의 순간, 느닷없이 손철기가 입을 열었다.

"숨은 반드시 붙여놔라!"

'젠장, 그럴 거면 좀 일찍 말하든가!'

용무는 진땀을 흘렸다.

전력으로 펼친 공세를 완벽히 회수하는 일은 거의 불가능하다는 것이 통념이었다. 내외공이 입신지경(入神之境)에 들었다면 또 모를까, 시전자에게 치명적인 부작용을 일으키는 경우가 다반사이기 때문이다.

그러나 명은 명이기에 용무는 억지로 이 할의 공세를 회수했다. 그것만으로도 금세 기혈이 들끓었다.

'큭!'

더 이상은 위험 수위였다. 용무는 최대한 허리를 비틀며 목표 지점을 수정했다.

빠아악!

철권은 또다시 곽연의 몸에 틀어박혔다. 위력이 현저히 줄었다고는 해도 거듭 내상을 입은 곽연에게는 감당하기 어려운 충격을 안겨주었다.

"우웨에엑!"

피화살이 뿜어졌다. 놀랍게도 먹물을 풀어놓은 듯한 새카만 흑혈(黑血)이었다. 안색은 백지장보다도 희었고, 주름진 턱은 쉴 새 없이 경련을 일으켰다.

그래도 곽연은 버티고 있었다. 입으로는 핏물을 연신 흘리고, 쓰러질 듯 쓰러질 듯 비틀거리면서도 앞으로 걷고 있었다. 이윽고 최초의 자리에 도착한 그는 마지막 힘을 쥐어짜 한마디를 뱉었다.

"약속을 지키시오."

그렇다. 중도에 벌어진 일이야 어찌 됐든 곽연이 삼 권을 받고도 무릎을 꿇지 않은 것은 분명했다.

"난 승복할 수 없다!"

손철기의 눈에 살기가 돌았다.

실로 예상치 못했던 일이 발생한 것은 그때였다.

"거, 한마디로 개자식이구만!"

그 한마디로 인해 장내는 찬물을 끼얹은 것처럼 조용해졌다.

목소리의 주인공은 놀랍게도 위청란을 지키던 세 적포인 중 하나였다. 시선이야 집중되거나 말거나 세 사람은 두런두런 이야기를 주고받았다.

"후레자식 같으니!"

"그러게 말입니다, 형님. 사내놈이 약속을 했으면 당연히 지켜야지요!"

"옳습니다, 두 분 형님. 헛소리를 하는 자식은 사내 될 자격이 없지요. 그저 그런 자식은 불알을 발라내서 내시를 만들어줘야 된다니까요."

세 사람이 이구동성으로 욕을 해대는 '개자식'이며 '후레자식'인 자가 누군지는 뻔했다.

　"놈들을 잡아라!"

　어이가 없어 말문조차 열지 못하는 손철기를 대신해 곽명환이 발악하듯 외쳤다.

　우르르 적포인들이 달려들었지만, 세 사람은 위청란을 안은 채 여유있게 몸을 피했다. 공교롭게도 그곳은 위청후와 이환이 서 있는 곳이었다.

　"이놈들! 감히 하극상에 배신까지!"

　"누가 누구를 배신했다는 거냐? 잘 보고 확인해 봐라, 내가 누구인지를!"

　스윽!

　세 사람이 얼굴을 문지르자 위장용으로 덧칠했던 숯검정이 벗겨지며 맨얼굴이 드러났다.

　"네, 네놈은?"

　순간, 곽명환의 눈꼬리가 쭈우욱 찢어졌다.

　하긴 그럴 만도 했다. 그들 셋은 각기 안도와 홍사독, 그리고 왕노충이었던 것이다.

　"노인네, 좀 전엔 아주 멋있었어!"

　사내다움은 미친개의 눈에도 보이는 모양이다. 안도는 엄지손가락을 치켜 올리며 위청란을 내밀었다. 애타게 바라보는 위청후는 안중에도 없었다. 오직 곽연만이 그녀를 인계받을 자격이 있다고 여기는 듯했다.

　환자를 돌보는 것은 언제부터인가 줄기차게 소운평의 몫이 되어버린 터였다. 당연한 순서인 양 위청란은 그에게 인계되었다.

"대협, 무어라 감사를……."

"됐어. 말은 나중에 하고, 일단 저 뻘건 귀신들 상대할 생각을 하는 게 어떨까? 누가 이 노인네 좀 끌어내. 거치적거리잖아!"

위청후는 어이가 없다는 듯 눈을 치켜떴다.

그것은 시작에 불과했다. 넌 여기! 넌 저기! 모르는 사람이 본다면 영락없이 안도를 수뇌로 여길 판이었다. 그 점은 손철기 역시 별반 다르지 않았다.

"솔직히 쥐새끼를 달고 왔을 줄은 꿈에도 몰랐다. 그 쥐새끼가 이번 일의 배후에 있을 줄은 더 더욱 몰랐고. 그렇다고 변하는 것은 없다. 네놈들은 오늘 이곳에서 뼈를 묻게 될 것이다! 반드시!"

촤차창!

눈앞에서 백삼십이 인이 일제히 병기를 뽑는 광경을 대하고 평상심을 유지할 수 있는 자는 드물 것이다. 그런 점에서 안도는 과연 특이한 자였다.

"종쾌는 잘 있나?"

"애송이, 양주(揚州)에서는 어떨지 몰라도 여기서는 허세가 통하지 않는다!"

"허세? 큭큭! 그렇지. 이곳은 절대 양주가 될 수는 없지. 하지만 적 검문 안마당도 아니다."

"놈, 주둥이만 살았구나!"

"잘 봤다. 내 주둥이는 살아 있지."

시도 때도 없이 푸들푸들 웃는 안도와는 반대로 손철기는 완전히 똥씹은 얼굴이다. 말로는 도무지 당해낼 수 없었는지 손철기는 자리를 박찼다.

"목을 따도 떠들 수 있나 봐야겠다!"

"얼마든지."

"명환, 창(槍)을 다오!"

손에 든 물건을 내주는 게 무에 어렵겠냐만은 곽명환은 군이 일을 번거롭게 만들고 싶지 않았다.

"대주, 어찌 손수 손을 쓰시려 하십니까? 맹룡(猛龍)은 맹룡과 어울려야 하는 법입니다. 미친개를 잡는 데는 그저 사나운 몽둥이만으로도 충분하지요."

나서면 맹룡이 아니다?

상대로 하여금 옴짝달싹 못하게 옭아매는 실로 교묘한 언변이었다.

결국 손철기를 대신해 곽명환이 전면에 나섰다.

"포진(布陣)!"

사사사삭!

적포인들은 자로 잰 듯 이동했다.

열 명이 한 조를 이루어 정(井) 자 형태로 사방을 포위하고, 이와 동일한 형태로 세 겹의 포위망이 더해졌다. 사방진(四方陣)의 형태를 갖춘 이 같은 모양은 견고할 뿐더러 공격과 수비, 다른 진세로의 변환이 용이하여 다수의 공격자들이 가장 선호하는 형태이다. 그런 만큼 공격받는 입장에선 최악의 상황이라 여겨야 했다.

일행 역시 그에 맞춰 방어진을 구축했다. 동쪽은 안도가, 서쪽은 홍사독이, 남쪽은 위청후가, 북쪽은 왕노충과 이환이 맡았다. 운신이 불가능한 세 사람과 그들을 돌보는 소운평을 에워싼 형태였다.

"발동(發動)!"

"왼쪽부터다! 막아!"

안도가 발악하듯 외쳤다.

까가강!

선제공격을 한 다섯 명이 위청후의 검에 물러났다.

내공과 초식의 정교함은 위청후가 우세였지만, 실전 경험이 전무했다. 생사가 촌각에 나뉘는 순간을 지배하는 것은 경험과 전신의 감각이라 해도 좋았다. 안도의 목청이 커지는 이유였다.

일행은 그야말로 사투를 벌였다. 그 와중에 안도가 보여준 무위는 인상적이었다.

검(劍)이면 검, 도(刀)면 도, 도신에 닿는 병기란 병기는 모조리 잘려 나갔다. 임천행에게 빼앗은 보도(寶刀)는 그의 무공을 서너 단계 이상 급진전시켜 준 셈이나 마찬가지였다. 보도가 없었다면 일진(一陣)을 거의 와해시키는 전과도 없었을 터였다.

일진이 속절없이 궤멸되자, 전투의 양상은 크게 달라졌다. 가장 취약한 남쪽과 북쪽으로 공격이 집중되었고, 그 결과는 오래지 않아 나타났다.

"큭!"

왕노충은 왼팔과 허리에 검을 맞고 비틀댔다. 그 덕에 이환 역시 위기를 맞았다.

팽팽하던 균형에 금이 가면 일시에 허물어지는 건 당연한 일, 보다 못한 안도가 달려들었다.

"크아악!"

"케엑!"

두 명이 피를 뿌리며 쓰러졌고, 왕노충과 이환은 가까스로 위기를 벗어났다.

그러나 안도의 행위는 더 큰 위험을 초래했다.

위청후는 두 방향에서 몰려드는 두 배의 적을 상대해야 하는 처지가 된 것이다.

상황을 깨달은 안도가 제 위치로 돌아가려 했지만, 이미 때는 늦은 후였다. 그 자신도 수십 명의 적포인들에게 둘러싸여 몸을 빼낼 수 없는 처지였으니까.

"이놈은 죽여도 된다! 죽여!"

순식간에 십여 명이 달려들어 위청후를 압박했다.

실전 경험이 적고, 누구처럼 보도를 지니지 않은 것만이 약점의 전부가 아니었다. 가장 큰 약점은 간밤에 엄지손가락 한마디가 떨어져 나갔다는 사실일 것이다.

까아아앙!

마침내 위청후는 생명과 같은 검을 놓치고 말았다.

맹렬히 회전하며 허공을 날아간 검은 공교롭게도 곽명환의 발치 아래 떨어졌다.

'결국 극복할 수 없는 것인가?'

시간이 흐를수록 점차 부스러지는 육체는 늘 마음의 짐으로 남아 그를 괴롭혀 왔다. 복수를 성취할 무공이 있다 해도 정작 검을 제대로 쥘 수 없다면 무슨 소용이 있을까?

쉬잇!

누군가가 검을 후려쳐 왔다.

정수리를 향해 다가오는 검신 속에 담긴 반월(半月)이 눈부시게 빛을 뿌렸다. 그리고 살기를 이기지 못해 잔뜩 일그러진 얼굴들, 어울리지 않게 웃음이 새 나왔다.

'비명은 지르지 않겠다!'

어머니가 놀라실지도 모르니까!

위청후는 조용히 눈을 감았다.

그때였다.

"우우우우우우우!"

암천을 가르는 장소가 울려 퍼졌다. 엄청난 내공이 실린 사자후(獅子吼)였다. 내력이 약한 몇몇 인물들은 서둘러 귀를 막고 기혈을 다스려야 했다.

곧 한 사람이 허공을 가로질러 나타났다.

"이놈! 물러나라!"

꽈르릉!

"으아아악!"

막 위청후의 정수리를 가르려던 적포인이 철벽에 부딪친 것마냥 퉁겨졌다.

그것은 시작에 불과했다. 사뿐히 바닥에 내려선 괴인의 손엔 어느새 검이 들려 있었다. 괴인은 곧 눈부신 속도로 적포인들 사이를 누비기 시작했다.

과연 인간의 능력은 그 한계가 어디까지인가?

움직임이 보이지도 않았다. 그저 희뿌연 그림자가 일렁일 뿐이었다. 그림자가 스치는 곳엔 비명이 일었고, 그때마다 한무리의 적포인들이 피를 뿌리며 쓰러졌다. 모습을 드러낸 지 채 열 호흡도 되지 않았건만, 반수가 넘는 인물들이 차가운 대지에 얼굴을 묻고 있었다.

"이놈! 손을 멈춰라!"

보다 못한 손철기가 몸을 날렸다. 삼 장을 이동한 그는 바위를 차는 반동을 이용해 괴인의 배후로 날아갔다.

"꺼져라!"

괴인은 뒤도 돌아보지 않고 검을 내던졌다.

'감히 이따위로!'

손철기는 코웃음을 쳤다. 쳐내면 그만인 것이다.

깡!

"크윽!"

검에 실린 힘이 상상할 수 없을 정도였다. 내상을 입지는 않았지만, 양손 호구가 찢겨진 탓에 창간(槍杆)을 타고 핏물이 줄줄 흘렀다.

'으으, 죽여 버리겠다!'

살심이 도진 손철기는 괴인을 향해 달려들었다. 그의 눈에는 무방비 상태인 괴인의 등판만 보였다.

한순간, 그의 금의가 풍선처럼 부풀어 올랐다.

파파파파파팍!

일수에 상체의 열여섯 개 대혈을 찌르는 이 수법은 그가 가장 즐겨 사용하는 초식이었다. 설사 상대가 막아낸다 해도 제이, 제삼의 공격이 준비되어 있다. 거센 불길이 타오르는 듯 퍼부어지는 현란한 연환 공격은 결국 상대에게 최후를 안겨줄 것이다.

화륜창(火輪槍)은 그런 무공이었다.

사력을 다한 공격은 괴인을 돌아서게 만들었다. 그렇다고 놀라거나 당황하는 일 따위는 없었다. 돌아섰을 뿐, 그것 이상은 아니었다.

스윽!

활짝 펼쳐진 우수가 손철기를 향했다.

곧 놀라운 일이 생겨났다. 괴인의 우수가 점차 붉게 변하더니 종국에는 팔꿈치까지 시뻘겋게 변한 것이다. 그러던 어느 순간.

번쩍!

번쩍!

두 차례 눈부신 혈광이 뿜어졌다. 혈광은 손철기를 휘감고 장내를 휩쓸었다.

…….

비명도, 아무런 소리도 없었다.

이윽고 혈광이 사라지고 드러난 장내는 처참했다. 시산혈해(屍山血海)! 일행을 제외하고 그 누구도 두 다리로 서 있는 자가 없었다.

"혀, 혈수(血手)! 그건 혈수였어!"

곽연은 전신을 와들와들 떨어댔다.

혈수!

그것은 공포였다. 아니, 공포를 넘어서 이미 하나의 전설이 되어버린 끔찍한 무예였다.

제 21 장

어제의 적은 동지가 되고 소운평은 억지훈인을 하다

1

혈수에 관한 소문을 나열하려면 사흘 밤낮을 새도 부족할 정도로 부지기수였다.

고대기인(古代奇人)이 남긴 절세무학이라는 등, 세외(世外)의 신학(神學)이라는 등, 대다수가 말도 안 되는 헛소문에 불과했지만 확실한 점은 한 단체의 수장을 대표하는 무공이라는 사실이었다.

혈교(血敎)!

이름만 들어도 섬뜩하기 그지없는 이 단체는 혈수를 논하는 데 빼놓을 수 없는 단체이다.

그들은 홀연히 나타나 전 무림을 피로 물들이려 했던 사악한 집단이었다. 사실 혈교가 언제, 어떤 목적으로 생겨났는지 정확히 아는 사람은 아무도 없었다. 단지 혈교의 전신이 천사교(天赦敎)라는 단체였다는 사실만이 밝혀졌는데, 그것은 그들이 기치로 내건 것이 '멸망한 천사교의 복수' 였기 때문이었다.

　인간은 본디 평등하다. 왕후장상(王侯將相)의 씨가 어찌 따로 있단 말인가!
　또한 인간은 사악한 존재다. 천사교만이 사악한 영혼을 교화해 만복(萬福)을 누리게 해줄 수 있다!

　만민 평등 사상과 원죄 사상을 주창하는 이 단체는 무림 세력이 아니라 종교 집단에 가까웠다. 이들은 원(元), 명(明) 교체기의 혼란을 틈타 무섭게 세를 넓혀갔고, 마침내 조정이 위기를 느낄 정도가 되었다.
　그러나 당시 조정은 원의 잔당들을 소탕하는 막중대사를 치르는 중이라 신경을 쓸 여력조차 없었다.
　그래서 동원된 것이 소림사(小林寺)와 무당파(武堂派)로 대표되는 구파일방(九派一幇)의 무림 세력이었다.
　아무리 세력이 강대하다 한들 전문적으로 무공을 갈고 닦은 이들을 당해낼 수는 없는 법이다. 천사교는 드디어 중원에서 자취를 감추고야 말았다. 연합군의 행보가 시작된 지 정확히 팔 개월 만의 일이었다. 그로부터 삼십 년 후, 혈교라는 단체가 출현했다.
　혈교는 등장부터 큰 파문을 던졌다.
　무당파 장문인의 피살!
　그 경악할 일에 전 무림은 들끓었다. 무당과 소림을 주축으로 다시 연합군이 결성되었고, 혈교의 무리와 공전절후의 결전을 치렀다.
　스스로를 천사교의 후예라 밝힌 혈교주의 무공은 강했다. 혈수! 그 가공할 무공에 숱한 고수들이 피를 뿌리며 사라졌다. 무당은 회생 불가능 상태로 전락했고, 소림은 장문제자와 원로원 전체를 잃는 혹독한 대가를 치러야 했다. 물론 현판을 내리는 문파도 여럿 생겨났다.

그 결과 혈교는 멸망했다. 혈교주는 피를 뿌리며 쓰러졌고, 남은 교도들은 뿔뿔이 흩어졌다. 혈교주의 신물과 경전을 불문 성역인 소림사에 봉인하는 것으로 혈전은 막을 내렸다. 세간에서는 이것을 제일차 혈수겁(血手劫)이라 명명했다.

제이차 혈수겁은 그로부터 오십 년이 지난, 지금으로부터 사십여 년 전에 발발했다.

놀랍게도 혈수가 또다시 출현한 것이다.

그러나 과거와는 양상이 판이하게 달랐다. 천사교나 혈교를 운운하지도 않았고, 소림이나 무당을 향해 살수를 펼치지도 않았다. 기이하게도 혈수의 주인은 당문(唐門)의 인물만을 공격했던 것이다.

무림은 안도했고, 한편으로 당문의 함구(緘口)에 진한 의구심을 던졌다.

그 외중에 구원(舊怨)으로 얽힌 소림과 무당은 전면전을 선포했고, 중원을 가로지르는 일대 추격전 끝에 삼파는 혈수의 주인을 막다른 곳에 몰아넣었다. 강서성(江西省) 구강(九江)에서 장강(長江)을 따라 이백여 리 내려간 곳에 위치한 해벽파(海闢波)라는 곳이었다.

이곳에서 혈수의 주인은 최후를 맞았다. 금강장에 가슴이 박살나고, 복부가 무당검에 뚫리고 독에 중 된 채 장강으로 추락한 것이다.

시체를 발견한 자는 아무도 없었지만, 누구도 혈수의 주인이 죽음을 맞았다는 사실을 부인하지는 않았다.

다행히 혈수가 또다시 출현하지 않았다.

막대한 피해를 입은 삼파는 각기 십 년 간의 봉문을 선언하고 세력을 키우는 데 주력했다. 혈수의 주인과 당문의 미묘한 관계를 숙제로 남긴 채 제이차 혈수겁은 그렇게 막을 내린 셈이었다.

혈수재림(血手再臨) 무림혈세(武林血洗)!
혈수출현(血手出現) 생불여사(生不如死)!

당시 항간에 떠돌던 동요(童謠)였다. 비록 철없는 아이들의 흥얼거림에 불과했지만, 혈수의 무서움을 가장 적절히 표현했다 해도 과언이 아닐 것이다.

한데 말이다.

그 혈수가 다시 모습을 드러낸 것이다. 무려 사십 년의 세월을 훌쩍 뛰어넘어 소림사도 아니고, 무당산도 아니고, 당문도 아닌 황산의 산골짜기에 말이다. 더욱이 위기에 빠진 자신들을 도우려고 말이다.

과연 어떻게 된 일일까?

아무리 다각도로 생각을 봐도 곽연은 도무지 결과를 이끌어낼 수 없었다.

한 시진 가까이 곽연의 얘기를 경청한 위청후는 몹시 혼란스러웠다.

칠흑 같은 어둠!

눈이 아프도록 현란한 움직임!

그럼에도 불구하고 그는 모두를 경악케 한 혈수의 주인이 누구인지 정확히 알고 있었다.

십육 년, 다소 개인차가 있다 해도 한 사람의 성정(性情)을 알기엔 결코 부족하지 않은 시간이다.

그는 성격이 괴팍했다. 타인과 쉽게 어울리는 사람도 아니고, 복잡한 것과 말이 많은 것을 제일 싫어하고, 그런 만큼 언변 또한 거침이 없었다.

어쩌면 그 모든 것이 가식이었을지도 모른다.

그러나 한 가지만큼은 자신있게 말할 수 있었다. 그는 생명을 함부로 해치는, 피에 굶주린 살인자는 절대 될 수 없다는 사실 말이다.

'어르신!'

위청후는 노인의 주름진 얼굴을 떠올렸다. 지금이라도 달려가 속시원히 묻고 싶었다.

―지금은 아무것도 말해 줄 수가 없다. 이틀 후 그 녀석과 함께 찾아오너라!

노인이 사라지며 남긴 전음이 없었다면 그는 이 자리에 있지 않았을 것이다.

'그래, 이틀이 지나면 모든 것을 알 수 있겠지!'

위청후는 애써 감정을 다스렸다.

'후우……..'

얘기가 길어진 탓에 곽연은 조심스레 호흡을 가다듬는 중이었다.

응급조치를 하고 어긋난 가슴뼈를 맞추기는 했어도 노쇠한 몸에 비해 워낙에 중상이었다. 숨을 들이쉬고 내쉴 때마다 가슴을 난자하는 느낌이 들었다.

그 고통을 반감시켜 주는 것은 우습게도 괴인의 정체에 대한 의구심이었다.

이번 일에 동원된 인물들은 적마대를 통틀어 가장 성취가 깊은 자들만을 추린 것으로 밝혀졌다. 압도적인 숫자적 열세가 다소 위안이 되기는 했지만, 적의 근간이 되는 무리는 그보다 수십 배는 강하다. 이런 상황에서 등장한 전설의 무예는 일말의 희망을 안겨주었다.

혈수가 가세해 주기만 한다면……. 물론 그렇게 생각하게 된 배경에는 괴인과 위청후가 모종의 관계가 있다는 확신이 있었기 때문이었다.

생각은 끝났고, 이제는 확인을 할 차례였다.

"소방주."

신중한 태도로 말문을 열었지만 곽연의 말은 더 이상 이어지지 못했다. 누군가가 문을 열고 실내로 들어왔기 때문이었다.

"당주, 몸은 좀 어떠십니까?"

이환이었다.

"괜찮네. 좀 쉬었더니 이젠 견딜 만하네."

"그만 하길 천만다행입니다."

"밖의 일은 어찌 되었나?"

이환은 잠시 멈칫하더니 맞은편에 앉았다. 그가 입을 연 것은 꽤 시간이 흐른 뒤였다.

"생존자는 겨우 두 명입니다. 그나마 한 사람은 출혈이 심해 얼마 버티지 못할 것 같더군요. 시신이 워낙 많은 데다 다들 온전한 상태가 아닌지라, 망자에 대한 예의가 아닌 줄 알면서도 합장을 해야 했습니다. 막 지전(紙錢)을 태우는 중에 들어오는 길입니다."

"……."

"……."

두 사람은 약속이라도 한 듯 침묵했다.

여든다섯 명이 죽었다. 아니, 곧 여든여섯이 될 것이다. 한 시진도
채 안 되는 짧은 시간 동안 겪은 일치고는 참으로… 참으로 혹독한 결
과였다.

"참, 광구자가 소방주님을 뵙자고 하더군요. 어떻게 전할까요?"

"독대를 원하던가?"

곽연이 뭔가 미심쩍다는 눈치를 보였다.

"꼭 그런 건 아닌 것 같았습니다. 당주도 계시는데 설마 무슨 일이
야 생기겠습니까? 적의가 있었다면 애초에 돕지도 않았을 테지요."

"옳게 보셨습니다."

위청후는 천천히 고개를 끄덕였다.

"다른 곳은 모두 엉망이 되었을 테니 이곳에서 만나도록 하지요."

"알겠습니다."

이내 몸을 일으킨 이환은 성큼성큼 밖으로 향했다. 반쯤 문을 여는
그를 향해 위청후가 물었다.

"어머님과 청란이는 좀 어떻습니까?"

*   *   *

"시간 났을 때 눈 좀 붙여둬. 밤새 한잠도 못 잤을 텐데 피곤할 것
아냐."

상의를 꿰며 위청란이 말했다.

평소 같으면 한 번쯤 사양하는 척이라도 할 법한데 이번엔 그런 것
도 없다. 냉큼 침상에 오른 소운평은 채 다섯을 헤아리기도 전에 코를
골아댔다.

침상 반대 편에는 또 다른 침상이 하나 놓여 있었는데, 굵은 발이 쳐져 있었다.

　옷매무새를 가다듬은 위청란은 그곳으로 향했다.

　거기 이청란이 누워 있었다. 새카만 얼굴, 거의 기복이 느껴지지 않는 가슴은 누가 봐도 오래 버티지 못할 것임을 느끼게 했다.

　위청란은 가만히 그녀의 손을 잡았다.

　온기(溫氣)!

　죽음을 목전에 둔 사람이라고는 믿을 수 없을 정도로 손은 따듯했다.

　쓰다듬는 손길을 느껴서였을까. 이청란의 눈꺼풀이 움직임을 보였다.

　"너로구나."

　귀를 기울여야 간신히 알아들을 수 있을 음성. 이청란의 손에 잔뜩 힘이 들어갔다.

　"네, 네가 무사해서 정말… 정말 다행이다."

　그 말을 끝으로 이청란은 또다시 혼절했다. 고통으로 일그러졌던 얼굴을 차지한 것은 놀랍게도 환한 미소다.

　무엇이 그녀를 웃게 만드는 걸까?

　물론 위청란은 그 이유를 잘 알고 있었다.

　'어머니를 용서하세요.'

　또르르…….

　눈물 한 방울이 뺨을 타고 흘렀다.

　이청란의 환한 미소는 그녀로 하여금 한 가지 일을 결심하게 만들었다.

　　　　　*　　　　　*　　　　　*

"안녕들하쇼?"

문가에 서서 우수를 흔들어 보인 안도는 휘적휘적 걸어 들어와 자리에 앉았다.

곽연은 이맛살을 찌푸리며 노골적으로 불만을 드러냈지만, 위청후는 전혀 개의치 않는 듯했다. 자리에서 일어나 정중히 예를 표했으니 말이다.

"안 대협, 도움을 주신 점에 대해 진심으로 감사를 드리겠습니다."

"아, 아! 될 수 있으면 그 대협이란 말은 좀 뺐으면 하는데? 난 대협의 대 자만 들어도 온몸에 두드러기가 돋는 특이 체질이라서 말이야."

안도는 자신의 말을 증명이라도 하려는 듯 부르르 떨며 엄살을 부렸다.

"하면 어찌……?"

"귀에 거슬리지 않으면 호칭이야 무슨 상관이 있나? 약관은 지난 것 같은데, 안 형이라 불러도 되고."

"이놈! 해도 너무 하는구나!"

탕!

참다 못한 곽연이 탁자를 내리쳤다. 허연 수염 끝이 푸들푸들 떨리는 것은 가슴패기가 떨어져 나가는 고통 때문만은 아니었으리라.

"전 괜찮으니 괘념치 마십시오."

위청후가 나서자, 곽연은 노기(怒氣)를 거뒀지만 안도를 보는 눈은 여전히 곱지 않았다.

안도는 눈곱만큼도 신경 쓰지 않는 눈치였다.

"뭐, 서로에 대해 알 만큼 아는 사이니까 긴말은 필요없겠군. 단도직입적으로 말하지. 난 합작(合作)을 원해!"

"그게 말이 된다고 여기는가?"

곽연은 기어이 자리를 박차고 일어섰다.

"네놈 손에 죽어간 본 방의 식솔이 수십이다. 그들의 울부짖는 소리가 아직도 귓가에 쟁쟁하거늘… 그들의 무덤에 흙도 마르지 않았거늘… 내 어찌 네놈과 한솥밥을 먹을 수 있단 말이냐! 우욱!"

분을 이기지 못한 곽연은 한 모금의 선혈을 토했다.

그날 목숨을 잃은 서른 다섯 모두는 그의 수하였다. 이름은 물론, 가족은 몇 명이고 집에서 기르는 가축의 종류까지 줄줄이 꿸 정도로 아끼던 이들이었다. 곽연의 항변은 충분히 이유가 있는 셈이다.

"그건 그때 일이고."

안도는 천연덕스럽게 말을 받았다.

"난 종쾌를 원해. 솔직히 말하자면 내 능력 밖의 일이라고 볼 수 있지. 연맹에서도 쫓겨나고, 그나마 수하라고 데리고 온 것들은 계집이나 팔아먹는 삼류 인생들이니까. 뭐, 구차한 소리는 않겠어. 그만한 도움을 줄 테니까, 가는 길에 같이 가자구!"

"헛소리!"

곽연은 한마디로 일축했다.

"소방주의 생각은 어때?"

"글쎄요……."

한 달 전까지 엄연히 부친과 창칼을 맞대던 자였다. 어느날 불쑥 나타나 동생의 목숨을 구하고 도움을 주었다 해서 쉽게 결정할 문제가 아닌 것이다.

"좋아! 사흘 간 기다리지!"

안도는 이내 자리에서 일어났다. 할 말은 다했으니 너희끼리 지지든 볶든 알아서 하라는 태도였다. 안도는 휘적휘적 걸어나가 문을 열었다.

"아, 그리고 말야. 설마 뒤를 노릴 거라는 걱정을 하는 건 아니겠지? 내게 필요한 존재들이니까 그럴 일은 없을 거야. 오히려 든든한 경호원이 생긴 셈일걸?"

씨익!

잇몸이 드러나도록 웃어 보인 안도는 문을 닫았다. 뒤꿈치를 끄는 소리가 유난히 오래 들려왔다.

그때까지도 곽연은 홀린 듯 방문을 주시하고 있었다. 혹여 안도의 잔영(殘影)이라도 쫓는 것일까. 좀처럼 시선을 거두지 못하고 있었다.

"소방주, 한 마리 짐승 같은 자입니다. 될 수 있으면 가까이 하지 않는 편이 좋을 듯싶습니다."

곽연이 신음처럼 내뱉었다.

맹수(猛獸)는 두려운 존재다. 그들은 밤을 꿰뚫는 눈과 두툼한 앞발의 발톱, 날카로운 송곳니를 지녔다. 밤을 틈타 순식간에 덮쳐 들어 인간의 목숨을 앗아간다.

그러나 그것보다 더욱 무서운 것은 그들에겐 인간의 사고(思考)가 통하지 않는다는 점이다.

'음, 이자는 이런 사람이군!'

누구에게나 있을 정체성이 그에게는 없었다.

예측할 수 없다는 것, 인간이되 여타의 인간과 전혀 다른 사고방식과 행동을 지닌 존재, 그것만큼 섬뜩한 것이 또 있을까!

위청후의 생각이 정리된 것은 한참이 지난 뒤였다.

"선악(善惡)을 논하는 것이 어찌 쉽다 하겠습니까만, 한 가지는 확실해 보이는군요. 그는 거짓을 모르는 사람입니다. 그의 말처럼 최소한 목적을 달성하기 전에는 배후를 노리는 일은 없을 테지요."

'흠······!'

곽연의 안색이 순식간에 어두워졌다.

삼 일 후에도 안도의 얼굴을 보게 될지도 모른다는 불길한 예감이 뇌리를 스친 탓이다.

그사이 위청후는 실내를 나서고 있었다.

"약효가 떨어질 시간이 됐으니 어머님을 좀 뵈어야겠군요. 함께 가시겠습니까?"

"그렇게 하지요. 밖의 일도 살필 겸."

곽연은 서둘러 뒤를 따랐다.

열려진 창문 새로 뿌옇게 날이 새고 있었다.

己

"혼인하겠어요!"

"소방수!"

"지, 지금 무어라 했더냐?"

곽연의 음성은 거의 비명에 가까웠고, 여간해서 감정을 드러내지 않는 위청후조차도 말을 더듬었다.

두 사람은 헛것을 들은 사람처럼 놀란 얼굴이었는데, 위청란이 재차 입을 열고서야 자신들의 귀가 잘못되지 않았다는 사실을 깨달을 수 있었다.

"혼인하겠다고 말했어요."

혼인이 무얼 뜻하는 말인지 모르는 이는 없을 것이다. 나이가 차면 출가를 하는 것은 당연했다. 더군다나 열일곱의 나이라면 한 사내의 아내요, 어머니가 되기에는 적령기(適齡期)랄 수 있었다.

누구와?

당연한 의문이 떠올랐지만 곽연은 훌륭하게 결과를 이끌어냈다.

"그렇지요. 잘 생각하셨습니다. 사실 몸이 유약하다는 점만 빼고는 관 공자만한 인재도 드물지요. 허허, 두 분이 그동안에 연락을 주고받으실 줄이야… 전 꿈에도 몰랐습니다."

"그 자식이 아니에요."

"그게 무슨? 관 공자가 아니라면 대체……?"

"아주 가까운 곳에 있죠."

'가까운 곳이라?'

자신과 이환, 그리고 위청후를 제외하면 남는 이는 안도 일행밖에 없었다. 그렇다면… 설마 은혜 갚기를 종용당해서 억지로? 아니다. 그건 아니었다. 그녀의 성격상 절대 그런 식으로 끌려 다닐 일은 없었다.

결국 그녀가 입을 열기 전엔 알아낼 방도가 없었다.

위청후가 조용히 입을 열었다.

"누가 뭐라 해도 난 네 의사를 존중할 생각이다. 하지만 한 번 정도는 묻고 싶구나. 나중에 후회하지 않을 자신이 있느냐? 이유야 어찌 됐든, 한번 쏟아진 물을 돌이킬 수는 없는 법이다!"

의미심장한 소리다.

"그를 좋아해요."

"그래, 그렇구나. 네 생각이 그렇다면 오래 끌어서 좋을 것은 없겠지?"

'이거야 도깨비 놀음이 따로 없구나!'

두 사람의 대화가 곽연에겐 선문답이나 다름없었다. 그렇다고 함부로 끼어들 상황도 아닌지라 그저 귀를 바짝 세우는 것이 전부였다.

그때였다.

"아우, 왜 이리 시끄러워?"

소운평이 부스스한 얼굴로 몸을 일으켰다. 눈곱이 덕지덕지 앉은 눈을 비비던 그는 세 사람을 발견하고 서둘러 침상에서 내려왔다.

"간밤에 한잠도 못 자서 그만……"

"괘념치 말게. 그건 그렇고, 축하하네."

'갑자기 웬 축하?'

축하받을 일이라면 꼭 한 가지밖에 없었다.

그간 고생했다며 두툼한 전표 다발을 내미는 것이 아니고 무엇이겠는가!

절대 그런 일은 없을 거라 여기면서도 소운평은 기대에 찬 시선으로 위청후를 주시했다.

"이 아이가 자네와 혼인하겠다고 하는군. 이젠 매제(妹弟)가 되는 셈인가?"

"네—에?"

두 사람의 혼인이 기정사실로 굳어지자 일은 일사천리로 진행되었다.

"내가 증인이 돼주지!"

안도는 흔쾌히 증인이 되길 청했다.

홍사독은 전 재산이라는 말과 함께 금 열 냥을 예물로 내놓으며 엄살을 떨었다. 그나마 곁에서 안도가 눈을 부라리지 않았다면 어림도 없을 일이었다. 이렇다 할 방도가 없는 왕노충은 자신만큼이나 커다란 산돼지 한 마리를 잡아오는 것으로 축하를 대신했다.

처음엔 반대 의사를 표명했던 곽연도 종국에는 생각을 바꿨다. 위청란의 고집을 잘 아는 그로서는 반대해야 소용없다는 것을 잘 알기 때문이었다. 이해라기 보다는 거의 체념에 가까운 선택이었다.

그러나 이환은 좀처럼 자신의 의견을 굽히지 않았다. 그가 누이와 위청란 앞에서 언성을 높인 것은 아마도 생애 처음이었을 것이다.

혼례 준비가 유래없을 정도로 빠르게 이루어진 터라 신시(申時)가 지날 무렵 초례청이 차려졌다.

청사초롱도 없고, 떠들썩한 풍악은 더더욱 없다.

여건이 될 때, 최악의 상황에서 흔히 등장하는 건 예나 지금이나 냉수 한 그릇일 것이다. 폐허를 뒤져 어렵사리 구한 황촉(黃燭) 두 개가 놓였을 뿐, 초례상이라 부르기엔 너무도 초라했다.

위충량의 위패가 놓인 제단에서는 쉴 새 없이 향연이 피어 올랐고, 그 앞에는 빈자리가 두 개 놓여 있었다. 곽연과 이환은 빈자리에서 약간 아래쪽 좌측으로 앉아 있었고, 우측은 두말할 것도 없이 안도 일행의 차지였다.

소운평은 그 앞에 서 있었다. 목욕재계는 물론이고 새 옷으로 갈아입은 말쑥한 모습이었다.

곧 위청후가 이청란을 안고 들어왔다. 도움이 없다면 몸을 일으키지도 못하는 그녀였지만, 필생의 염원이 이루어지는 순간을 놓칠 수 없었을 것이다. 빈자리가 채워짐으로써 준비는 모두 끝난 듯했다. 이윽고 문이 열리며 신부가 등장했다.

머리를 틀어 올리고 눈 아래를 면사로 가렸다.

얼음꽃을 보는 듯한 무표정함은 여전했지만 어쩐지 평상시의 그녀와는 다른 느낌이었다. 그녀는 또박또박 걸어 소운평과 나란히 섰다.

"어이, 신랑! 꽃 같은 신부를 맞는데 어째 얼굴이 그 모양인가 그래. 배탈이라도 났나?"

홍사독이 놀리듯 말했다.

아닌 게 아니라 소운평의 안색은 엉망이었다. 정인(情人)을 두고 원치 않는 혼례를 올리는 새색시의 표정도 그보다는 나을 것이다.

"형님, 따로 숨겨둔 여자라도 있나 본데요?"

왕노충이 장단을 맞췄다.

"예끼, 이놈아! 나 같으면 숨겨놓은 여자가 아니라 양귀비나 서시가 와도 거들떠보지 않겠다!"

"와……!"

왁자한 웃음이 터졌다.

"모두 정숙(靜肅)하시오!"

곽연이 소란을 일소시키며 앞으로 나섰다. 혼례를 주관하는 이가 그였다.

예식은 아주 간단했다.

곽연이 먼저 향을 사르고 혼례가 시작됨을 천지만물에게 고(告)했다. 그리고…….

"천신(天神)께 일배(一拜)!"

"지신(地神)께 재배(再拜)!"

"위가의 선령(先靈)께 삼배요!"

그의 음성에 따라 세 번 절하는 게 고작이었다.

이후 상견례를 마친 두 사람은 상석 앞에 무릎을 꿇었다. 이제 위가의 어른인 이청란과 위청후에게 인가(認可)를 받으면 정식 부부가 되는 셈이었다.

위청후가 조용히 입을 열었다.

"일생의 중대사를 이렇게밖에 치를 수 없는 현실이 안타깝기만 하구나. 좀 더 나은 상황이 되면, 그때가 되면 성대하게 치르도록 하자꾸나. 두 사람 모두 건강하게 오래오래 행복하거라."

좀 더 나은 상황!

물론 부친의 복수를 마치고 위가가 예전 모습을 되찾는 날을 말하는 것일 게다.

"덕담(德談) 한말씀 하셔야죠?"

그러나 이청란은 한가하게 덕담을 나눌 처지가 아니었다. 이미 그녀는 의식이 없었다. 그럼에도 꼿꼿이 앉아 있던 것은 예식을 마치는 것을 두 눈으로 보고자 하는 의지의 소산일 것이다.

"어머님!"

위청후가 황급히 속명환을 복용시켰다.

약간의 시간이 지나고 호흡은 정상으로 돌아왔지만 그녀는 여전히 정신을 잃은 모습이었다.

어색한 순간을 아우른 건 홍사독이었다.

"자, 자, 이럴 게 아니라 밖으로 나갑시다! 이런 날에 술 한잔이 빠지면 되겠소?"

"갑시다, 새신랑!"

왕노충이 달려들어 소운평을 번쩍 안아 들었다. 그를 필두로 안도와 홍사독이 밖으로 몰려 나갔다.

*　　　*　　　*

술을 마시면 취하는 것은 당연하다.

물론 개개인에 따라 주량의 차(差)가 있다지만, 양에 한정을 두지 않는 경우라면 종국에는 누구나 취하기 마련이다. 더군다나 기분이 상했을 때나 뭔가 근심이 있을 때는 평상시보다 훨씬 취기가 빨리 오르는 법이다.

소운평은 취했다. 그것도 왕노충과 홍사독이 곁에서 부축을 하지 않으면 제대로 걷지도 못할 정도로 엉망으로 취했다.

"이렇게 취해서야 원! 형님, 이 친구 초야(初夜)나 제대로 치를 수 있을는지 모르겠수."

"정신만 있으면 그건 다 되는 법이지. 게다가 신부는 됐다 엿 바꿔 먹을까?"

"그나저나 곧 죽어도 싫다는 걸 억지로 하는 걸 보니 이 친구 물건 하나는 끝내주는 모양이유. 그런 미녀가 홀딱 빠지다니… 에이!"

"암, 네 녀석 뻔데기로는 어림도 없지!"

"뻔데기라니! 언제 형님이 봤수?"

"꼭 그걸 봐야 아냐? 전에 유곽에 갔을 때 네 녀석을 상대했던 계집이 불평을 하더라. 덩치는 곰 같은 자식이 문전만 어지럽히더라고!"

제 버릇 개 못 준다더니, 걸음걸음 나오는 소리마다 음담패설(淫談悖說)이다.

이윽고 두 사람은 불이 훤히 밝혀진 신방 앞에 도착했다. 따로 꾸밀 것도 없이 위청란이 그동안 사용하던 후원의 별채다.

"이봐, 다 왔으니까 정신 좀 차려!"

왕노충이 아무리 흔들어봐도 소운평은 축 늘어진 채 요지부동이다.

"야, 야! 대충 밀어 넣어!"

"알았수."

쿵! 쿵!

"여기 신랑 왔수다!"

문을 연 왕노충은 소운평을 살짝(?) 밀어 넣고 잽싸게 문을 닫았다.

"갑시다, 형님! 우린 가서 술이나 더……."

"멍청한 놈! 좋은 구경거리를 목전에 두고 가긴 어딜 간단 말이냐!"

홍사독은 고목에 붙은 매미처럼 창문가에 찰싹 달라붙었다. 그리고는 침을 듬뿍 묻힌 검지손가락을 창문으로 가져갔다.

우당탕!

왕노충의 무지막지한 힘에 떠밀린 소운평은 탁자에 부딪쳐 나동그라졌다.

쨍그랑! 쨍!

술병이며 접시가 박살나 흩트러졌다.

아무리 술기운이 강해도 깨진 접시 조각이 등판을 쪼아대는 고통을 전부 막아줄 수는 없다. 소운평의 의식은 서서히 현실 세계로 돌아왔다.

'여기가?'

빙글빙글 돌아가는 천장이 눈에 들어왔다. 분명 어딘가의 안이라는 얘기였다.

그렇지. 난 술을 엄청 마셨었어!

한데 왜 마셨지?

갑자기 머리 속이 깨지는 것 같다.

'아우……! 이놈의 술, 내 두 번 다시 술을 마시면 성을 갈고야

만다!

순간, 번쩍 하고 뭔가가 눈앞을 스쳐 갔다. 조각조각 끊긴 기억이 순서에 따라 이어져 만들어낸 것은 '한데 내가 술을 왜 마셨지?'에 대한 해답이었다.

소운평은 작살에 꽂힌 물고기처럼 튀어 올랐다.

'제기랄!'

바라고 또 바랐건만 확실히 꿈은 아니었다. 한바탕 꿈을 꾼 것이라면 저기 면사를 두른 채 침상에 앉아 있는 위청란이 눈에 띄지 않아야 정상이었다. 남은 술기운이 일시에 날아가 버렸다.

그러나 그녀는 별반 반응이 없었다. 그저 다소곳이 앉아 있을 뿐이었다. 살포시 고개까지 숙이고, 누가 보아도 영락없는 새색시의 모습 그대로였다.

'이거 봐라?'

너무도 뜻밖의 일이었다. 게다가 오늘 이 같은 일이 벌어진 것도 모두가 그녀의 의지에 의해서였다. 어떤 여인도 마음에 없는 남자를 택하지 않을 것이다.

'흐흐, 그렇다면 이건?'

차려진 밥상, 아니, 꿀떡인 것이다.

하지만 소운평은 선뜻 손을 뻗지 못했다. 아무리 꿀떡(?)이 맛나 보여도 목에 걸려 두 차례나 죽을 뻔한 기억이 있는 사람에겐 쉬운 상대가 아니다.

언제, 어느 순간에 맘이 변할지 모르는 일이다. 좋은 쪽으로 파격적일 수 있다는 것은 그 반대쪽으로도 얼마든지 가능하다는 얘기니까.

확 덮쳐?

말아?

그렇게 약간의 시간이 흐른 뒤였다.

"면사를 벗겨주세요."

느닷없이 들려온 소리에 소운평은 거의 정신을 잃을 지경이었다.

신랑이 신방에 들면 합환주(合歡酒)를 마시는 것이 제일 먼저요, 화관과 면사를 벗기는 게 다음 순서다. 추후의 일은 설명하지 않아도 누구나 아는 사실!

술병과 집기가 모두 박살났으니 합환주를 마시는 일은 불가능하고, 화관이야 아예 쓰지 않았으니 그렇고, 이런 와중에 면사를 벗겨달라는 요구는 곧바로 다음 순서로 가자는 얘기나 다름없지 않은가?

게다가 그를 기절초풍하게 만든 것은 그녀가 존대를 했다는 사실이었다. 예서 더 이상 망설인다면 어렵사리 말을 꺼낸 신부를 모독하는 셈이다.

"아, 알았소!"

어느새 말투까지 변한 그였다.

툭!

하늘하늘 떨어진 면사는 침상 모서리에 걸렸다.

'허억!'

그녀는… 너무 예뻤다!

화장한 얼굴은 본 것은 처음이었다. 볼엔 엷은 분홍색 분을 바르고, 입술은 붉게 칠했다. 전에 느낄 수 없었던 묘한 색기까지 느껴졌다.

이쯤 되면 옷고름으로 향하는 손끝이 떨리는 것은 그 누구라 해도 마찬가지일 것이다.

"불을 좀……."

위청란이 몸을 틀어 손길을 뿌리쳤다.

그럴 것이다. 부끄러울 것이다. 아무리 대담한 여인이라도 엄연히 순백의 처녀다. 훤한 불빛 아래 알몸을 드러내는 일이 쉽지는 않을 것이다.

소운평은 유등이 놓인 곳으로 달려갔다.

"후욱!"

순식간에 실내는 어둠에 잠겼다.

'쓰벌! 꼭 결정적인 순간에……'

어차피 구경꾼들이 볼 수 있는 건 여기까지가 한계라는 사실을 홍사독은 잘 알고 있었다. 그럼에도 푸념이 나오는 것은 역시 위청란의 자태 때문일 것이다.

불 꺼진 곳 더 들여다봐야 뭔 소용이 있을까. 좀 있으면 부러운 소리만 들릴 테고.

"야, 야! 그만 가자! 괜히 입맛만 버렸다!"

한데 앞서거니 뒷서거니 걷는 자세가 심상치 않다. 둔부를 뒤로 쑤욱 빼고 두 손을 바지춤에 찔러 넣은 것이 영락없는 비상시국이다.

두 사람이 사라지는 것과 동시에 실내에선 다음과 같은 소리가 들렸다.

빠아악! 뻑!

"죽고 싶지 않으면 손 떼고 밑으로 내려가!"

"벌써 바닥에 누웠는데요?"

　　　　＊　　　　＊　　　　＊

　"어젯밤에 그분을 뵈었단다. 처음 뵈었을 때처럼 환한 미소로 날 반기시더구나."

　불 꺼진 창을 응시하며 이청란은 말을 이어갔다.

　"이제 홀가분히 그분 곁으로 갈 수 있을 것 같구나. 저 아이들을 잘 지켜주리라 믿는다."

　"그럼요."

　"못난 어미를 만나 네가 고생이 많구나."

　그녀는 가만히 아들의 손을 잡았다.

　정상이라면 따스한 체온을 느낄 수 있을 터, 느껴지는 건 아무것도 없다. 평생을 고통 속에 살게 한 것도 모자라 더 큰 굴레를 씌워야 하는 모정은 기어코 그녀의 눈에 눈물을 고이게 만들었다.

　"후야, 어미는 그만 쉬고 싶구나."

　'어머니……!'

　위청후는 아무 말도 할 수 없었다. 단지 모친의 손을 힘주어 잡아주는 것 외에!

　그날 밤 위청후는 더 이상 속명환을 사용하지 않았다.

3

운애곡이 훤히 내려다보이는 절벽 위, 채 어둠이 가시지 않은 그곳에 위청후와 노인이 앉아 있었다.

두 사람의 뒤쪽으로 무덤이 하나 보였는데, 물기가 가시지 않은 붉은 진흙으로 뒤덮인 것이 생긴 지 얼마 되지 않은 것임을 말해 주었다.

투두둑! 툭!

끈적거리던 새벽 공기가 드디어 빗방울을 토해냈다. 엄지 손톱 크기만큼 굵은 방울의 소나기였다.

'허어! 하늘도 아시는가? 한 쌍의 원앙(鴛鴦)이 재회하는 날임을!'

노인은 천천히 위청후의 어깨를 두드렸다.

"어차피 그리 될 일이었다. 너무 자책하지 말거라. 좋은 곳으로 가셨을 게다."

"그렇겠지요?"

"그럴 게다. 반드시!"

노인은 거듭 고개를 끄덕였다.

여름날 소나기는 언제나 그렇듯 한차례 빗물을 흩뿌리고 사라졌다.

숲은 또다시 살아났다. 바람이 불어올 때마다 '쏴아아!' 하는 울음 소리를 토했고, 계곡 아래서 밀려 올라온 안개는 거대한 고리처럼 산등 성이를 겹겹이 휘어 감았다.

절로 탄성을 발할 만한 절경을 눈앞에 두고도 두 사람은 누구 하나 입을 열지 않았다.

이윽고 노인이 먼저 입을 열었다.

"대충 짐작하고 있을 텐데, 여전히 내 정체를 묻지 않는구나."

"……"

"물을 가치도 없다는 게냐?"

"그렇다면 묻겠습니다. 어르신께서 혈수의 주인이 맞습니까?"

노인은 담담히 그의 시선을 받았다.

"그렇다. 당년 혈수의 주인이 바로 나다!"

쿵!

언뜻 위청후의 눈이 커졌다.

혈수와 모종의 관계가 있다는 사실은 알았지만, 설마 제이차 혈수겁 을 일으킨 장본인일 줄은 몰랐던 것이다.

"네놈도 다르지 않구나!"

어쩐지 쓸쓸함이 묻어나는 음성, 노인의 목소리엔 회한이 가득했다.

"그렇다. 나는 사문(師門)을 저버린 배덕자(背德者)요, 숱한 인명을 살상한 살인마(殺人魔)다! 하지만 그때 내겐 그게 최선의 선택이었다. 그 또한 늙은이의 어줍잖은 변명에 불과할 테지만… 솔직히 그때는······."

한때 전 무림을 뒤흔들었던 비사(秘事)가 사십 년의 시공(時空)을 넘어 모습을 드러내는 놀라운 순간이었다.

내 이름은 연무종(燕茂宗). 사천(四川)과 호북(湖北)에 잇닿은 한 작은 마을에서 태어났다.

부친은 인근 여섯 마을에 하나뿐인 의원이었다.

매일같이 환자들이 문전성시(門前成市)를 이룬 것이 부친의 뛰어난 의술 탓인지 그 이유 때문인지 아직도 나는 잘 모르겠다.

"의술(醫術)은 생명을 다루는 신성한 일이다. 인술(仁術)이요, 곧 천술(天術)이다. 그렇듯 인명을 다루는 자가 어찌 한낱 쇠붙이 따위에 연연하겠느냐!"

부친은 어린 나에게 그렇게 말씀하시곤 하셨다.

덕분에 나는 늘 허름한 옷만 걸쳐야 했고, 어머닌 사나흘에 한 번쯤 끼니 걱정을 하셔야 했다.

그래도 행복한 나날이었다.

항상 과묵하셨지만 가정적인 분이셨다. 때때로 새벽 늦게까지 책을 읽어주시고는 하셨는데, 아직도 그 기억이 선명하게 떠오르는구나.

독자(獨子)인 나는 대를 이어 연가의술(燕家醫術)을 전수받아야 했다. 수업은 혹독했다. 일곱 살 나이로 견디기 힘든 일이 대다수였지만, 부친은 아무리 작은 실수도 용납하지 않을 정도로 엄격하셨다.

하지만 한 번도 부친을 원망한 적은 없었다. 벌을 선 날 밤이면 늘

잠결에 머리를 쓰다듬는 따스한 손길을 느낄 수 있었으니까······.

막 여덟 살이 되던 해 봄이었다.

왕진을 마치고 돌아오신 부친이 책자 한 권을 보여주셨지. 양피지를 덧댄 고서(古書)였다.

환자의 집안에 대대로 전해지던 책자로, 치료비 대신 책자를 내미는 노파의 손에 부친은 가지고 계시던 은자를 모두 건네주셨다고 하셨다. 오래전이라 제목은 기억이 나지 않지만, 용독술(用毒術)에 관한 책이었다.

의가에서는 약(藥)과 독(毒)의 구분이 모호하다.

실제로 의원이 처방하는 약재 중에는 치명적인 독성을 함유한 것이 이루 헤아릴 수 없이 많다. 책자가 부친의 그림자가 된 것은 아주 자연스러운 일이었다.

그 해 여름이었다. 새벽녘에 부친의 서재에서 불길이 솟았다.

마을 사람들이 달려오고, 어머니와 나까지 물동이를 잡았지만 무섭게 치솟는 불길을 잡기에는 역부족이었다. 부친은 그렇게 세상을 떠나셨다.

워낙 빈곤한 가세(家勢)에 겹친 부친의 죽음은 우리 모자를 더욱 힘겹게 했다. 처음 몇 달은 주변의 도움으로 버틸 수 있었지만, 결국에는 산 밑에 움막을 짓고 살아야 하는 처지가 되었다.

악재(惡災)는 꼬리를 무는 법일까?

어머니는 화려하고 빼어난 미모는 아니었지만, 시골 구석에선 좀처럼 대하기 어려운 용모였다. 물 한잔 얻어먹으려던 장한들의 음심(淫心)을 자극하기 충분했다.

단 한 차례 발길질에 나는 피를 토하고 쓰러졌고, 음마(淫魔)들은 어머니께 달려들었지.

그때 그가 나타났다.

눈부신 비단 백의(白衣), 바람에 흩날리는 영웅건(英雄巾)과 한 손에 쥔 철검(鐵劍)!

음마들은 추풍낙엽처럼 쓰러졌다. 오연히 서서 음마들을 훈계하는 그의 모습은 내가 꿈속에서 그리던 무림영웅의 모습 그대로였다.

그러나 어머니는 이미 깊은 상처를 입은 후였다.

그는 인자하고 정의로웠다. 상처 입은 모자(母子)는 자연스레 그의 가문으로 거처를 옮기게 되었다. 그리고 그 해가 다 갈 무렵 어머니는 그와 혼인했다.

그때부터 나는 연무종이 아닌 당무종(唐茂宗)으로 사 년을 살아야 했다.

그는 무림세가의 장자(長子)였다. 특이하게도 독(毒)과 암기(暗器)를 주 무기로 사용하는 그의 가문은 소수(小數)였지만, 사천(四川) 전역은 물론 무림 전체에도 상당한 영향력을 가진 세력이었다.

천덕꾸러기에 불과했던 나는 열한 살이 되면서부터 가신(家臣)들에게 인정받기 시작했다.

어려서부터 반복되었던 부친의 엄한 수업 덕택이라기보다는 순전히 책자를 통해 익힌 용독술 때문이었다. 그렇게 나는 서서히 그들의 세계로 몰입해 들었다.

그러나 그것은 큰 착오였다.

내가 가진 재주는 채 일 년이 되기도 전에 바닥났고, 그날 새벽녘에 악몽이 시작되었지.

비명!

새벽을 찢어발기는 비명 소리에 나는 어머니의 처소로 달려갔다. 그리고 보았다. 목이 잘린 채 바닥을 뒹구는 어머니의 시신을!

놀라 벌어진 입을 다물기도 전에 아랫배를 관통하는 검의 차가운 감촉을 느껴야 했다.

검의 주인은 그였다. 그토록 인자하고 정의롭던, 사 년이란 세월을 통해 부친의 빈자리를 메워줄 유일한 사람으로 여기게 된 바로 그였다.

빙글거리며 웃는 눈동자에서 나는 느낄 수 있었다. 부친의 돌연사도, 어머니를 겁탈하려던 음마들도, 상처 입은 모자를 자신의 품으로 끌어들인 것도, 모두가 머리 속에 담긴 책자의 내용 때문이라는 것을 말이다.

"가까스로 목숨을 구한 이후에 참으로 많은 일이 있었다. 그리고 이십 년이 지난 당시 치명상을 입은 채 해벽파에서 추락한 나는 천신만고 끝에 네 조부께 구원을 받았고, 그분의 배려로 이곳에 은거할 수 있었다."

사천(四川), 독(毒), 그리고 당(唐)이라는 성씨!

그 세 가지로 대표되는 곳이 당문(唐門)이라는 것 정도는 굳이 칼을 든 자가 아니라도 아는 사실이다. 곽연의 얘기에도 분명 당문이 등장했었다. 제이차 혈수겁은 당문을 겨냥한 일방적인 살상이었다고 말이다.

그러나 정작 중요한 얘기는 빠진 채였다. 제일차 혈수겁의 주인인 혈교와의 관계, 혈수를 익히게 된 과정 등은 전혀 언급하지 않은 것이다.

위청후는 귀를 세운 채 이어질 얘기를 기다렸다.

"이십 년의 공백 기간이 무척 궁금할 것이다. 하지만 일일이 거론키엔 내 마음이 편치 않구나. 또한 그럴 만한 시간적 여유도 없고!"

"시간이 없다 하심은?"

연무종은 대꾸 대신 몸을 일으켰다. 그리고는 돌연 장삼을 벗었다. 놀랍게도 안쪽은 알몸이었다.

상반신은 흠잡을 곳 하나 없었다. 근육으로 뭉친 젊은이의 그것에 비할 바는 아니지만, 여든이 넘은 노인의 육체로써는 극상(極上)이었다.

그에 비해 하체는 실로 끔찍했다. 설사 고사목(枯死木)도 이렇지는 않을 것이다. 생기라고는 한 올도 느껴지지 않은 말라 비틀어진 육체, 어린아이의 하체에 어른의 몸뚱이를 얹어놓은 것 같은 그런 모습이었다.

모두가 하체 전체를 휘감은 푸른 기운 때문이라는 사실은 너무도 자명했다.

"이것이 당문이 비밀리에 완성한 칠음마독(七陰魔毒)의 독기다. 전설의 무예라 불리는 혈수의 양강지기(陽剛之氣)로도 완벽하게 태울 수 없어 하반신에 가둬둔 독중지독(毒中之毒)이지. 무림사(武林史)를 통틀어 가히 음독(陰毒)의 최고봉이라 해도 좋을 것이다."

최고봉(最高峰)!

쉽사리 입에 올릴 수 있는 말이 아니지만 천하를 공포에 떨게 만든 혈수의 주인을 궁지에 몰아넣은 독이라면 능히 그렇게 불릴 자격이 있을 것이다.

그렇지만 중독된 것은 이미 사십 년 전의 일이다. 과연 시간이 없다는 말과 무슨 관련이 있는 것일까?

그것은 균형과 관련이 있었다. 독기가 다른 부위로 침범하지 못하는 것은 혈수와 혈담의 양강지기가 독기를 견제하기 때문이었다. 당무종이 지난 십육 년 동안 한차례도 무예를 펼치지 않은 이유도 거기 있었다.

한데 이틀 전, 혈수를 사용함으로써 팽팽하던 균형이 허물어졌다. 이제 독기는 다른 부위로 이동할 테고, 당무종은 서서히 죽어갈 것이다.

총명한 위청후는 금세 사실을 알아차렸다.

"죄송합니다, 어르신! 저 때문에……."

"아니다. 내가 원해서 벌인 일, 네가 미안하게 생각할 필요는 없다. 내 나이 어언 여든넷! 곧 무덤으로 들어갈 목숨 하나를 담보로 아홉 생명을 구했다면 결코 손해 나는 장사는 아닐 게다"

"어르신!"

"아, 아! 그렇게 울상 짓지 말아라. 네 조부께 빚을 청산한 것뿐이니까. 사십 년 내내 지고 있던 짐을 조금이나마 벗은 것 같아 아주 홀가분할 뿐이다. 길어야 팔 개월, 갈수록 독기가 확산되는 속도가 빨라지는 것을 감안하면 그보다 더 빠를 수도 있겠지. 어찌 됐든 내가 죽는다는 사실은 변하지 않는다."

'어르신…….'

뉘 있어 자신의 목숨을 가볍게 여기겠는가!

그가 아무렇지도 않은 듯 행동하면 할수록 위청후는 더욱더 가슴이 아팠다.

"그래서 생각했지, 네게 일말의 도움이라도 줄 수 있는 방법이 과연 무얼까 하고. 생각처럼 어렵지 않더구나. 네 뜻을 받아들이기로 했다.

시간이 촉박하다는 것이 흠이라면 흠이지만, 가급적 네게 짐이 되지 않을 정도로 다듬어볼 생각이다. 결과는 미지수지만……."

이윽고 옷을 걸친 연무종은 빠른 걸음으로 산을 내려갔다. 노구(老軀)가 절벽에 가려 사라지기 전 카랑카랑한 음성이 다시 들려왔다.

"그만 내려가 보거라. 정리할 일이 꽤 많을 게다."

그렇게 연무종이 산을 내려간 연후에도 위청후는 한동안 홀로 앉아 있었다. 반대 편 절벽에 고정된 시선과는 달리 그의 눈동자는 쉴 새 없이 움직였다.

무엇을 생각하는 것일까?

어느 순간 움직임은 멈췄고, 동시에 그의 두 발은 바닥을 차며 도약했다.

멀리 안개를 뚫고 태양이 솟았다.

*   *   *

"일어나!"

여름이라 해도 산중의 새벽은 싸늘하다 싶을 정도로 차갑다. 술에 취한 몸뚱이로 차가운 바닥에 맨몸으로 누워 잤으니 멀쩡할 리 없다.

골치는 딱딱 아프지, 몸은 통나무처럼 뻣뻣하지, 아무튼 죽을 맛이다.

"어서 일어나라니까!"

'아우, 제발 조금만 더…….'

"이번엔 반대쪽도 물들여 줄까?"

섬뜩한 목소리에 번쩍 정신이 들었다.

"아닙니다! 일어납니다, 일어나요!"

이상한 느낌에 후닥닥 일어나긴 했는데 이놈의 손은 왜 자동으로 눈가로 가는 거지?

등판은 또 왜 이리 아픈 것이고?

하긴, 초저녁부터 그렇게 퍼댔으니 기억이 난다면 오히려 그게 비정상일 것이다.

"오라버니를 만나야 해. 빨리 준비해."

위청란이 불쑥 옷을 내밀었다. 먹물을 뿌린 것처럼 검은 흑의(黑衣)였다.

"좀 클 거야. 나중에 줄여줄게."

걸쳐 보니 확실히 그랬다. 다른 곳은 자로 잰 듯이 꼭 맞아떨어졌는데 어깨 부분이 약간 늘어졌다. 누구 눈에도 어정쩡하게 보이겠지만, 뭐 그래도 이게 어디야? 난생처음 입어보는 비단옷인데!

"빨리 가죠."

"이건 먹고 가야 할 거 아냐?"

그녀가 턱짓으로 탁자를 가리켰다.

경황이 없어 몰랐는데, 탁자엔 식사가 차려져 있었다. 밥, 탕국, 반찬 몇 가지, 제법 풍성한 조반상이었다.

"난 생각 없으니까 혼자 다 먹도록 해."

'허, 좋은 점도 있군.'

그렇지 않아도 속이 쓰린지라 소운평은 대뜸 탕국 먼저 들이켰다.

"흡!"

"왜? 맛이 이상해?"

"아, 아뇨. 맛있어요. 끝내줍니다. 지금까지 먹어본 것 중에 단연 최곱니다!"

와다다다다!

이건 젓가락이 보이지 않을 정도다. 먹는다기보다는 아예 입속에 쓸어 넣는다고 해야 옳을 것이다. 씹기나 제대로 하는 건지 원!

음식은 눈 깜짝할 새 바닥났다.

"정말 잘 먹었습니다. 솜씨가 좋으시네요."

그의 말대로라면 세상에서 둘도 없이 맛난 음식이라는 소린데… 얼굴이 붉은 물감을 푼 것 같고, 땀을 비 오듯 흘리는 것은 웬 까닭일까?

"자, 이제 가죠?"

"기다려!"

섬세한 손가락이 막 둔부를 일으키는 소운평의 어깨에 올려졌다. 단지 그것뿐인데도 그는 내동댕이쳐진 사람처럼 도로 자리에 앉아야 했다.

"우린 혼인을 했어. 그건 알고 있지?"

"그거야 제 생각과는 전혀 관계가… 아이고!"

손가락이 견갑골(肩胛骨) 사이를 파고들자 소운평은 비명을 질렀다.

'아이고, 나 죽는다… 아!'

"다른 사람 앞에서는 우린 부부처럼 보여야 해. 아니, 부부가 돼야 해! 내 말 무슨 뜻인지 알겠지?"

"알았어요. 알았으니까 제발 손 좀……."

"제 명대로 살고 싶다면 잊지 않기를 바라겠어!"

재삼 강조를 한 후, 위청란은 먼저 실내를 나섰다.

한데 이번에는 쪼르르 따라나서는 소운평이 그녀의 발목을 잡았다.

"죄송한데 먼저 좀 가시면 안 될까요?"

두 손으로 둔부를 누른 채 다리를 비비 꼬는 사람에게 필요한 곳은 어디일까?

"대신 너무 늦지 않도록 해!"

위청란은 살짝 아미를 찌푸리고는 먼저 걸어갔다.

이윽고 그녀의 모습이 저만치 멀어지자 소운평은 측소가 아닌 주방으로 달음질쳤다. 그리고는 대뜸 커다란 물 항아리에 고개를 처박았다.

"꿀꺽! 꿀꺽!"

'제기랄! 왜 물이 반밖에 없는 거야!'

                    *   *   *

"소방주, 이 시간에 어쩐 일인가?"

안도가 눈가를 훔치며 물었다. 부스스한 머리칼이며 달랑 속바지 차림인 것이 막 잠자리에서 나온 듯했다.

막 날이 새는 묘시(卯時) 말엽이다. 전날 마신 술이 머리 속을 뒤흔드는 데다 잠자리가 바뀐 탓에 몹시 잠을 설친 안도가 기분이 좋을 리 없었다.

"웬만하면 나중에 보자구. 꼴이 말이 아닌 데다 지금 난 잠이 부족하거든!"

끼이……!

순간, 위청후의 우수가 문고리를 잡았다.

덜컹!

문이 요동 쳤고, 그 덕에 안도는 크게 비틀대다 문짝 모서리에 이마를 부딪쳤다.

"이… 쌍!"

막 발작하려던 안도는 멈칫했다. 그제야 위청후의 뒤쪽에 서 있는 다른 사람들을 발견한 것이다.

곽연과 이환을 위시해 지금쯤 초야의 달콤한 여운을 즐기고 있어야 할 신혼부부까지, 자신들을 제외하면 운애곡의 모든 인원이 모인 것이다. 이쯤 되면 이마에 혹이 생긴 것쯤은 아무것도 아니었다.

"헛, 험! 좀 기다리지?"

반쯤 문이 닫혔다.

"이놈들아, 일어나! 빨리 못 일어날래?"

우당탕! 쿵탕!

"대충 정리하란 말야!"

요란 삐근한 소리가 울려 나오더니 곧 잠잠해졌다. 그리고 채 옷깃을 여미지도 못한 홍사독과 왕노충이 개 쫓기듯 쫓겨 나왔다.

왕노충이 누런 이가 드러내며 말했다.

"헤헤! 들어가시죠?"

제22장

떠나는 자와 남는 자, 소운평은 사부를 모시게 되다?

1

"허, 그것 안됐구만."

안도는 애도를 표하며 위청후를 살폈다.

단지 모친의 부음을 전하기 위해 만든 자리라고 여기는 건 역시 무리였던 것이다.

다른 이들도 벽두부터 이루어진 회동의 이유가 궁금하기는 마찬가지인 모양이었다. 두 사람이 그저 예의상 주고받는 몇 마디 말이 오가는 도중에도 위청후에게서 시선을 거두지 않았다.

"이렇듯 여러분을 모이게 한 것은 몇 가지 당부의 말씀과 함께 추후의 일을 논하기 위해서입니다."

이윽고 위청후가 입을 열자 좌중은 귀를 기울였다.

위청후는 먼저 곽연과 이환을 응시했다.

"이곳에 더 이상 대풍방의 소방주는 없습니다. 단지 위가의 어린 가주(家主)가 있을 뿐이지요. 이것은 가주의 권위로 내리는 최초의 명이 니만큼 두 분은 어김없이 따라주셔야겠습니다."

권위 운운하는 강압적인 말과는 달리 그 뜻은 더없이 정에 겨웠다. 상하 관계가 아닌 수평적인 관계, 다시 말해 부친의 수하로서가 아니라 가족의 일원으로 여기겠다는 소리인 것이다.

"알겠소이다, 가주!"

곽연은 진심으로 승복했다.

"안 대협도 그렇게 여겨주시길 바랍니다."

"나야 뭐 상관이 있겠나? 호칭이 약간 바뀐다고 사람까지 바뀌는 건 아니니까."

안도는 대수롭지 않게 대꾸했다.

"그리고 본인은 심사숙고 끝에 안 대협의 제의를 수락하기로 결정했 습니다."

"큭큭, 내 그럴 줄 알았지."

당연하다는 표정의 안도와는 달리 대다수의 인물들이 인상을 찡그 렸다. 그중에 가장 거부 반응을 보이는 이는 역시 맺힌 것이 많은 곽연 이었다.

그렇지만 위청후의 의지는 확고했다.

"압니다. 한때 적의를 나누었던 이와의 연수(連手), 물론 탐탁지 않 을 겁니다. 그러나 앞으로의 행보는 누구도 결과를 예측할 수 없는 혈 로(血路)가 될 것입니다. 한 손이 여러 손을 당할 수는 없는 법, 앞으로 본 가주는 오직 그것만을 생각할 것입니다."

과정은 중요치 않다!

복수를 위해서라면 어떤 방법도 마다 않겠다!

그간 한없이 침묵하기만 했던 위청후가 내비치는 처절한 의지의 천명이었다.

"이젠 돌아가야 할 때지요."

음성은 나직했지만 그것이 주는 의미는 실로 크다 할 수 있었다.

곽연과 이환은 갑작스런 변화에 무척 놀라워하면서도 한편으로 기뻐했다. 이것이야말로 그들이 늘 기대했던 위청후의 모습이었던 것이다.

기쁘기는 소운평도 마찬가지였다. 지겨운 산중 생활을 벗어날 수 있다는 생각에 서둘러 자리에서 일어섰다.

"그럼 저는 나가서 준비를……."

"아니, 그럴 필요 없네. 자넨 이곳에 남아야 하니까."

"네… 에?"

떡 벌어진 입이 소운평이 얼마나 실망했는지를 단적으로 말해 주었다.

"놀랄 필요 없네. 자네뿐만 아니라 나와 자네 처(妻), 이렇게 셋은 이곳을 떠나지 않을 걸세."

"그게 무슨 말씀이십니까? 모두 함께 가는 게 아니었습니까?"

이번엔 이환이 대경해 소리쳤다.

위청후가 간략하게 사정 설명을 했다.

"흉수는 강합니다. 그에 비해 우리 측은…… 저 역시 미처 철검을 완성하지 못했지요. 해서 당분간 이곳에 머무르며 미진한 부분을 가다듬을 생각입니다. 운평 역시 나름대로 할 일이 있습니다, 외숙."

충분히 일리가 있는 소리였다. 소운평이 남는다면 위청란이 남아야 하는 이유는 자명하다. 바늘 가는 데 실도 따라가는 법이니까.

다만 이환이 끝내 이해할 수 없는 것은 '소운평이 남아서 과연 무엇을 하느냐?' 하는 것이다.

'혈수와 관련이 있다!'

어째서였을까?

특별한 이유도 없었건만 곽연은 첫 순간에 혈수의 주인을 떠올렸다.

위청후의 말은 계속 이어졌다.

"대략 팔 개월 정도 걸리리라 예상하는데, 상황에 따라 더 단축될 수도 있겠지요. 그간 두 분이 애써주셔야겠습니다. 홍수의 코앞이라 어려운 점이 많을 테지만, 연 부당주와 여기 안 대협의 도움이 가세한다면 거점을 확보하는 데는 무리가 없을 것으로 여겨집니다."

"그야 물론이지!"

안도는 호기롭게 말하며 자리를 박찼다.

"자, 자, 여기 세 사람은 남고 다른 사람은 떠난다! 쇠뿔도 단김에 뽑으랬으니, 결정 난 김에 빨리 준비하자구. 갈 길이 머니까 말이야."

과연 안도다운 처신이었다.

그때였다. 내내 잠자코 있던 위청란의 입에서 거의 비명에 가까운 소리가 터졌다.

"나도 가겠어요!"

"그건 안 될 말이다."

위청후는 단호히 고개를 저었다.

"넌 이미 출가한 몸이다. 여필종부(女必從夫)! 굳이 그 말을 거론할 필요도 없이 네가 떠나면 우리 두 사람 수발은 누가 들겠느냐? 설마 이 오라비가 손수 밥을 지어 먹도록 만들지는 않겠지?"

"……."

그녀는 쉽사리 대꾸할 수 없었는지 고개를 숙였다. 침묵은 곧 수긍이다.

"자, 나가자구! 각자 필요한 걸 챙겨야지!"

안도가 먼저 실내를 나섰다.

이윽고 위청후가 고개를 끄덕이자 다른 이들도 하나둘씩 자리에서 일어섰다.

사실 준비하고 자시고 할 것도 없었다.

어차피 상처 입고 빈 몸으로 쫓겨온 곳이었다. 그 사정은 안도 일행도 별반 다르지 않았기에 일단 가고자 결정한 것으로 준비는 거의 끝난 것이나 마찬가지였다.

왕노충과 홍사독이 전날 먹다 남은 구운 돼지고기와 식수를 약간 챙기는 것이 고작이었다.

그사이 곽연과 이환은 이청란의 묘소를 찾았다. 두 사람이 참배를 마치고 돌아오는 것을 끝으로 일행은 운애곡 초입에 모이게 되었다.

"가주, 다시 뵙는 날까지 보중하십시오."

"건강하십시오!"

곽연과 이환이 포권하며 인사했다.

"두 분도 부디 몸조심하십시오."

위청후도 마주 포권했다.

그것이 다였다. 사지(死地)가 될지도 모르는 곳으로 떠나는 사람들, 긴 시간을 떨어져 있어야 하는 사람들의 이별치고는 너무도 간단했다.

인사를 나눈 두 사람은 곧 걸음을 뗐다.

"위 가주, 나중에 보자구. 그리고 새신랑, 너무 무리하지 말아. 뼈삭아!"

안도는 특유의 웃음으로 작별을 고했다.

"저희도 갑니다!"

"위 가주, 안녕히 계십시오."

왕노충과 홍사독도 한마디씩 건넨 후 안도를 따라갔다.

그들 다섯 명은 두 패로 나뉘어 앞서거니 뒤서거니 걸어갔다. 곧 짙푸른 녹음이 그들의 모습을 삼켜 버렸다.

"우리도 그만 가세나."

위청후가 먼저 등을 보였다.

짐 보따리를 든 소운평과 위청란이 나란히 그를 따라 걸어갔다.

*　　　　　*　　　　　*

세 사람이 그곳에 도착한 것은 미시(未時)가 거의 지날 무렵이었다. 깎아지른 듯한 절벽 아래, 크기가 다른 통나무집이 두 채 서 있었다.

위청후가 주위를 돌아보며 입을 열었다.

"삼 년 만인가? 흉가(凶家)가 거의 다 됐군."

주변엔 잡초가 수북하게 올라오는 중이었고 지붕도 군데군데 시커멓게 변한 것이 흉가라는 소리가 나오는 것도 무리가 아니었다.

소운평이 쪼르르 다가왔다.

"흉가는 아닌 것 같은데요? 아무리 봐도 사람이 사는 곳이 분명합니다."

"그걸 자네가 어찌 아는가?"

"저길 보세요."

소운평이 가리킨 곳은 처마 밑이다.

그곳엔 거무튀튀한 덩어리가 하나 매달려 있었는데, 간간이 재잘대는 소리가 들려왔다. 아니나 다를까, 조금 후에 어미 제비가 먹이를 물고 날아들자 새끼 네 마리가 주둥이를 내밀고 서로 먼저 먹겠다고 아우성을 쳐댔다.

"저놈들은 사람이 기거하는 곳이 아니면 둥지를 틀지 않지요. 아마 사람의 온기(溫氣)를 느끼는 뭔가가 있나 봅니다. 그저 신기할 뿐이죠."

"내겐 자네가 더 신기해 보인다네."

위청후는 빙그레 웃었다.

사람 자체가 그렇다는 건지, 아니면 저런 시시콜콜한 것까지 안다는 사실이 그렇다는 건지 아무튼 모를 일이다.

"자, 우선 주변 정리를 하세."

위청후는 팔을 걷고 풀을 뽑기 시작했다.

소운평도 마지못해 쪼그려 앉았고, 위청란은 부엌으로 여겨지는 곳으로 향했다.

두 채 중에 크기가 작은 곳은 작은 방 두 개가 있는 기거용이었고, 다른 곳은 부엌과 헛간, 그리고 쪽방이 딸린 창고였다. 세 사람이 대충이나마 주변을 청소한 것은 목옥에 도착한 지 반 시진 정도가 흐른 뒤였다.

"그나저나 주인도 없는 집을 이렇게 들쑤셔놨으니 문제가 생기는 건 아닐까요?"

땀을 훔치던 소운평이 불안한 눈치를 보였다.

"자네 걱정이 이만저만이 아닌가 보군. 청소를 대신해 준 것뿐인데 설마 잡아먹기야 하겠나? 그렇지 않아도 곧 주인을 만나러 갈 생각이었네."

"이 산길을 또 간다구요?"

"하하! 이번엔 그리 멀지 않을 걸세."

위청후는 껄껄 웃고는 이내 위청란에게 다가갔다.

"얼마 동안 혼자 있어야겠구나."

"괜찮아요. 다녀오세요."

"늦지 않도록 하마."

그때였다. 소운평이 느닷없이 한다는 소리가…….

"설마 그런 일은 없을 테지만, 만에 하나 늦을지도 모르니까 저녁이라도 좀 해놓지."

간이 배 밖으로 나오기라도 한 걸까?

아니면 미치기라도 한 것인가?

한데 위청란의 태도는 더욱 놀라웠다.

"그럴게요."

존대도 모자라 선선히 고개를 끄덕인다. 놀랍다 못해 기절초풍할 일이 아닌가 말이다.

'그래! 바로 이거였어!'

소운평은 내심 쾌재를 불렀다.

일의 발단은 운애곡을 떠난 지 두 시진 가까이 흐른 뒤였다. 정오가 다 된 터라 나무 그늘에 주저앉아 식사를 하던 도중에 벌어졌다. 갑자기 사레가 들려 캑캑대다 무의식 중에 '물! 물!'을 외쳤는데, '여기 물 드세요!' 하며 위청란이 물통을 건넸던 것이다.

그땐 주린 배를 채우느라 정신이 팔려 대수롭지 않게 넘어갔지만, 오는 도중 내내 머리 속에 남아 있던 차였다. 새벽녘에 그녀가 했던 애기와 이렇듯 드러난 결과를 종합해 볼 때 이젠 확실히 알 수 있었다.

위청후가 곁에 있는 한 그녀는 고양이 앞의 쥐라는 사실을 말이다!

쯧쯧, 밤엔 어쩌려고 그러는지…….

"정담은 나중에 나누고 어서 출발하세. 자네 말대로 늦는 불상사가 없으려면……."

위청후가 등을 떠밀었다.

목옥을 떠난 두 사람은 숲길을 따라 언덕을 올랐다.

풀과 잡목이 무성한 건 여전했지만, 이미 누군가의 발길에 익숙한 길이라 이전처럼 고되지는 않았다.

새벽에 내린 소나기 덕분에 활엽수림은 싱그러운 기운으로 가득했다. 나뭇가지 새로 적당히 내리쬐는 햇살과 반짝이는 잎새들, 어디선가 지저귀는 산새 소리, 눈만 감으면 그대로 잠이 쏟아질 것 같았다. 참으로 여유있는 여름날의 오후였다.

그러나 새벽부터 산을 넘고 절벽을 오르느라 녹초가 된 이라면 이 같은 모습이 눈에 들어올 리 없는 것이다.

피곤한 것은 그렇다 치고 더욱 힘든 것은 얼마를 더 가야 하느냐는 거였다. 참다못한 소운평은 물었다.

"형! 아직 멀었어?"

"가정을 꾸렸으니 자네도 어엿한 성인이 아닌가? 그 어린아이 같은 말투를 좀 고치는 게 어떤가? 말은 그 사람을 재는 척도가 되기도 한다네."

위청후가 뒤도 돌아보지 않고 말했다.

'또, 또 그 소리!'

소운평은 잔뜩 인상을 긁었다.

아닌 게 아니라 요즘 위청후의 잔소리가 심해졌다. 전 같으면 허허 웃으며 넘길 일인데도 불구하고 사사건건 트집이다. 그 트집이라는 것이 대부분 '이렇게 고쳐라, 저렇게 고쳐라!' 하는 건설적인(?) 것들이었지만, 이제껏 자유분방하게 살아온 그에겐 실로 고역이었다.

그때였다. 앞서 가던 위청후가 돌연 걸음을 멈췄다.

경험에 비춰볼 때 이런 경우는 두 가지 중 하나였다. 목적지에 다 왔거나, 아니면 본격적인 설교가 이어지거나. 다행히 전자(前者)인 모양이었다.

"저곳일세."

위청후가 가리킨 곳은 거대한 돌산이었다.

산 아래 부근에 세 개의 구멍이 뚫려 있었다. 두 곳은 허리를 숙여야 들어갈 수 있을 정도로 입구가 좁았고, 한 곳은 장정 두엇이 나란히 들어갈 정도로 넓었다.

한데 이상한 것은 주변이 쥐 죽은 듯 조용하다는 거였다. 내내 들리던 새 울음은커녕 벌레 소리 하나 없다. 게다가 동굴을 기점으로 반 마장 거리 안쪽에는 풀 한 포기 자라지 않은 맨땅이었다.

이유는 곧 드러났다. 돌산과 거리가 점점 가까워질수록 지표에선 미미한 열기가 느껴졌다. 이윽고 동굴 앞에 서자 열기는 피부를 달굴 정도로 강해졌다.

"엇! 뜨거!"

암반을 만지던 소운평은 깜짝 놀라 물러났다.

마치 달군 석쇠를 만지는 듯했다. 설마 파초선(芭椒扇)에 의해 꺼져버린 화염산(火炎山)이 이곳에서 되살아나기라도 한 것일까?

한 달 가까이 지내던 곳 뒤편에 이런 곳이 존재한다는 사실이 무척 놀라웠다. 더불어 이토록 험한 곳에 산다는 인간의 정체가 더욱 궁금해졌다.

'설마 화귀(火鬼)는 아니겠지?'

"되도록 숨은 짧게 쉬는 게 좋을 걸세. 벽이나 다른 어떤 것에도 손대지 말고."

위청후는 그것 말고도 서너 가지 더 주의를 주었다. 신중한 음성과 단호한 태도에서 안쪽의 상황이 얼마나 위험할지 절로 알 수 있을 정도였다.

막 두 사람이 동굴로 들어가는 순간이었다. 어디선가 카랑카랑한 음성이 들려왔다.

"이쪽이다!"

목표로 삼았던 왼쪽이 아니라 오른쪽 끝 동굴 입구에 한 사람이 서 있었다. 허름한 마의와 대조적인 허연 백발, 바로 연무종이었다.

"이거 공연히 헛걸음할 뻔했군요."

빙그레 웃는 위청후와는 달리 소운평은 그야말로 똥 씹은 표정이다.

연무종은 뭔가를 꺼내 침상에 올려놓았다.

대나무를 잘라 만든 수통(水桶)이었다. 아마도 물을 뜨러 나갔다 돌아오는 길에 두 사람을 발견한 모양이었다.

석실은 서너 평 남짓했다. 구석에 침상이 하나 달랑 놓였을 뿐 다른 것은 일체 없었다. 그나마도 돌출된 암반을 깎아 만든 돌 침상이었다. 베개도 그랬고, 동굴 속이니 당연히 벽면도 돌이고, 온통 돌 천지였다. 수통을 돌로 만들지 않은 것이 신기할 지경이었다.

물을 마신 연무종은 침상에 올라 가부좌를 틀었다.

"거기 앉아라!"

'응? 어디?'

멀뚱거리며 주위를 살피던 소운평은 위청후가 하는 대로 바닥에 주저앉았다.

곧 둔부로 열기가 느껴졌다. 먼젓번 동굴만큼은 아니었다. 그저 약간 따뜻한 정도였는데, 잠시 시간이 지나자 자세를 바꿔야 할 정도로 견디기 힘들었다.

"다른 이들은 새벽에 산을 내려가더구나."

"보셨습니까?"

위청후는 멋쩍게 웃었다.

"이곳에 있어야 별 도움이 안 될 것 같더군요. 그것보다는 보다 효과적으로 대응하기 위해서였지요. 적은 거대하고 우리는 보잘것없습니다. 일의 성패(成敗)는 상대를 약점을 파악하는 데 달렸다고 생각했습니다만."

"좋은 생각이다. 어려운 싸움일수록 준비는 철저해야 하는 법이지."

보일 듯 말 듯 연무종의 입가에 엷은 미소가 어렸다.

헤어질 때까지도 흐트러진 모습을 보였던 그가 이렇듯 마음을 다잡은 것이 몹시 대견한 모양이다.

하지만 연무종은 곧 인상을 썼다. 남이야 서로 무슨 소리를 지껄이든 간에 쉴 새 없이 둔부를 촐싹거리는 어떤 인간 때문이었다.

"끈기라고는 병아리 눈물만큼도 없는 놈!"

난데없는 호통 소리에 소운평은 깜짝 놀랐다.

'병아리 눈물을 봤어? 봤냐구!'

아마 평범한 노인이었다면 대뜸 그렇게 외치며 으름장을 놓았을 것이지만 상대가 상대이니만큼 그는 후닥닥 자세를 바로했다.

'꼬락서니 하고는……'

연무종은 연신 혀를 찼다.

사실 혈담(血潭)이 존재하는 곳에 비할 바 아니지만, 이곳의 열기 역시 무시할 수 없었다. 범인(凡人)이라면 바닥에 몸을 붙인 채 일각 이상 버티기 힘들 것이다. 그럼에도 불구하고 그가 호통으로써 말문을 연 것은 다 그만한 이유가 있었다.

성격이 어떤지 이미 아는지라 만일에 있을 불상사를 미연에 방지코자 엄히 다룰 작정이었다. 가르칠 바에는 제대로 하겠다는 생각의 발로였다.

"네놈이 왜 이곳에 와 있는지 아느냐?"

"……."

귀신이 아닌 이상 어찌 알 수 있겠는가. 소운평은 꿀 먹은 벙어리 신세였다.

"제자를 거둘 입장이 아니라 그간 청후의 간곡한 부탁을 모른 척해 왔다만, 네놈이 위가의 일원이 된 이상 내게도 일말의 책임감이 생겼다. 그래서 오늘부로 네놈을 가르치기로 결정했다."

두둥!

머리 속에서 수천 근(斤)의 폭약이 터져도 이보다 충격적이지는 않을 것이다.

"운평, 어서 사제(師弟)의 예(禮)로 모시게. 어르신의 무예는 천하제일이라 칭해도 부족함이 없을 것이네. 자네에게는 두 번 다시 없을 좋은 기회일세."

'그렇지. 좋은 기회겠지.'

소운평은 코웃음을 쳤다.

동생은 억지로 혼인을 강요하고 오라비는 그것을 구실로 자기 대신 사지(死地)로 내몰려고 한다. 뜻대로 안 될까 봐 빌어먹을 노인네의 강압까지 동원해서 말이다. 이거야말로 웃기는 수작질이 아닌가!

"전 안 배웁니다!"

소운평은 단호히 고개를 저었다.

"무도(武道)에 그토록 관심을 보이던 자네가 어찌 이런 호기(好期)를 저버리려 하는 겐가? 어르신은 나와는 차원이 다른 분이네. 자네를 능히 새로운 세계로 이끌어주실 힘을 가진 분이라네."

'암만 그래 봐라. 내가 넘어가나.'

소운평은 아예 고개를 돌려 외면했다.

"이유가 무엇이냐?"

급기야 연무종이 나섰다.

묵묵부답(默默不答)으로 일관하던 소운평도 이번에는 경시할 수 없었는지 입을 열었다.

"그냥 배우기 싫습니다. 상관없는 일에 끼어들어 몸 상하기도 싫구요."

"상관이 없다니? 그게 무슨 망발이냐!"

연무종은 대노했다.

장인도 엄연히 아버지다. 극악무도한 패륜아도 제 부모는 챙기는 법이거늘, 아무리 철딱서니가 없는 놈이기로서니……

"이놈! 정녕 뜨거운 맛을 보아야겠구나!"

고오오오……!

석실의 공기가 무섭게 파동 쳤다.

이쯤 되면 다음에 벌어질 일은 뻔했다. 일장에 사망, 아니면 중상이다.

"어르신!"

위청후가 황급히 중재에 나섰다.

"알겠네. 자네 뜻이 정 그렇다면 더 이상 강요하지는 않겠네."

'그야 당연한 일이지!'

소운평은 얼굴 가득 미소를 머금었다. 악전고투 끝에 적을 물리친 장수의 얼굴이었다.

"어르신, 번거롭게 만들어드려 죄송합니다."

"싫다는 놈이 문제지, 네가 그런 소리 할 게 무에 있느냐."

연무종은 가볍게 한숨을 내쉬었다.

억지로 되는 일이 아니었다. 이것은 '소를 억지로 물가에 끌고 갈 수는 있어도 물을 마시고 안 마시고는 소에게 달렸다'라는 말과 꼭 닮았다.

때가 되면 누구나 생을 마감하기 마련이다. 그것은 자연이 정한 이치, 죽는 것이 두렵지는 않았다.

그러나 그에게는 남겨진 숙제가 있었다. 시한부 삶이 되면서 즉흥적으로 떠오른 생각은 절대 아니었다. 지난 사십 년 간 늘 마음에 담아두었던 짐이요, 배신에 대한 최소한의 속죄 의식이었다.

누군가가 반드시 필요했다.

"다시 한 번 묻겠다. 전혀 뜻이 없는 게냐?"

"네."

두려운 눈치를 보이면서도 무려 다섯 번이나 고개를 내젓는다. 이 정도면 스스로 생각을 바꿀 가능성은 전혀 없다고 여기는 것이 좋았다.

그렇다고 방관만 할 수는 없는 노릇이었다.

"좋다. 내기를 하나 하도록 하자!"

그렇게 말해 놓고 연무종은 깜짝 놀랐다. 불쑥 떠오른 것이 증손자
뻘 되는 어린아이와 내기라니!

그러나 이미 엎질러진 물이다. 그나마 위안이 되는 사실은 막무가내
였던 어린아이가 눈을 빛내며 호기심을 보인다는 사실이었다.

"만약 내기에서 이긴다면 기꺼이 백 냥을 내주고 이곳을 떠날 수 있
도록 해주마. 대신 네놈이 진다면 군소리없이 내게서 무공을 배워야
한다. 기한은 내일부터 정확히 팔 개월 동안이다. 어떠냐?"

소운평은 잠시 생각에 잠겼다.

황금 백 냥은 큰돈이다!

그래도 팔 개월 간의 중노동은 싫다!

하지만 금 백 냥과 팔 개월 간의 중노동을 같은 저울에 올린다면?

당연히 금 백 냥 쪽으로 기운다.

'그건 그런데……'

역시 문제는 노인에게 황금 백 냥이 있을 것 같지 않다는 거였다. 아
무리 뜯어보아도 무리였다.

시선의 의미를 모를 연무종이 아니었다.

'빌어먹을 놈 같으니!'

목구멍 안쪽까지 치밀어 오른 욕설 대신 그는 우수를 펼쳐 보였다.

"이것은 모친의 가문에 전해지는 귀물(貴物)이다. 모르긴 해도 그 정
도 값어치는 될 게다."

그럴 것이다. 동체는 그 귀한 백금(白金)이요, 상부에 커다란 홍옥(紅
玉)이 한 알 박혔다면 귀물의 가치에 문외한인 그로서도 황금 백 냥을

호가한다는 사실 정도는 충분히 알 수 있었다.

반지는 모친의 유품(遺品)이었다. 시신조차 보존하지 못한 모친과 그를 이어주는 유일한 물건이었다. 그 사실을 상기하며 연무종은 씁쓸히 웃었다.

"목옥 뒤편에 내가 기르던 닭이 몇 마리 있다. 그중에 수탉은 단 한 마리뿐이지. 그 녀석이 첫 울음을 내는 시간을 기한으로 하마. 그 안에 동굴로 돌아오지만 않는다면 네가 이기는 것으로 하겠다. 물론 나나 청후는 일체 관여치 않을 것이다."

첫닭이 우는 시간이라면 대략 인시(寅時) 말부터 묘시(卯時) 초쯤이다. 지금이 신시(申時) 말엽이니까 여섯 시진 정도가 남은 셈이었다.

'여섯 시진만 지나면, 흐흐!'

설마 그런 일은 없겠지만, 백번 양보해서 내기에 진다 해도 겨우 팔 개월 간이다. 이기면 황금 백 냥, 져도 별 피해가 없는 것이다. 무공이야 억지로라도 익히게 되면 살아가는 데 도움이 될 테니까.

결국 마다할 일이 전혀 없는 것이다.

"좋습니다. 그렇게 하죠."

소운평은 시원스레 고개를 끄덕였다.

"이만 내려가거라."

연무종은 눈을 감고 양손을 나눠 무릎에 올렸다. 좌공(坐功)의 전형적인 자세였다.

이윽고 두 사람은 석실을 나섰다. 등 뒤에서 들려오는 자신감으로 가득 찬 음성을 들으며 말이다.

"네놈은 첫닭이 울기 전에 반드시 이곳으로 돌아오게 될 게다!"

'힝! 누구 맘대로!'

소운평은 씩씩하게 동굴 밖으로 걸어갔다.

일견 말도 안 되는 내기 같지만, 아무튼 결과가 어찌 될지는 두고 볼
일이다.

2

"보고드릴 일이 있습니다."

원후승은 그렇게 서두를 열었다. 자칫 상전의 심기를 어지럽힐까 상당히 조심스러운 어조였다.

"토벌대로부터 전서가 도착하지 않았습니다. 사흘에 한 차례씩 연락을 취하기로 되어 있었는데, 세 시진이 지난 지금까지 무소식입니다. 적마대를 통틀어 수위를 다투는 자들만 백오십이 갔으니 설마 무슨 일이 있겠습니까? 잔당들을 소탕하고 자축연이라도 벌이는 모양인 게지요. 그렇지만 공과 사는 구분을 지어야 하는 법, 명을 어긴 책임은 엄히 질책을 받아야겠지요."

스스로 묻고, 스스로 답을 내린다. 그것도 모자라 사후 처리까지 줄줄이 읊어대고. 아무래도 평소 모습이 아닌 것은 확실했다.

"자네 생각은 어떤가?"

듣는 것만으로도 심신을 편안케 하는 음성이다.

상전은 이런 식이었다. 결정권을 가진 유일한 자이면서도, 종국에는 자신의 의도대로 일을 추진하면서도 항상 수하의 의견을 먼저 묻는다. 오늘도 여전했지만, 그는 불만을 드러낼 생각조차 못했다.

"손철기라 했던가요? 그자가 돋보이더군요."

원후승은 그를 거론하는 것으로 충분한 대답이 되었으리라 생각했다.

대풍방이 금전과 인정으로써 움직인다면 적검문의 원동력은 거침없는 힘이다. 대다수가 등소의 무공과 능력에 따른 대우를 동경하는 자들이었다.

그런 점에서 종쾌와 적검문은 딱 맞아떨어졌다.

등소의 목이 현판에 걸리고 대충 정리가 되자, 그는 유래없는 일을 벌였다. 총단주와 각 단주를 뽑는 비무대회를 공개적으로 연 것이다.

우승자인 손철기는 총대주가 되었고, 등위에 따라 각각 단주에 임명되었다. 이같이 파격적인 인사는 큰 호응을 불러일으켰고, 덕분에 아무런 추가 부담 없이 적검문을 고스란히 품에 넣는 결과를 불러왔다.

어쩌면 그것 자체도 상전의 계획에 의한 것일지도 몰랐다. 자신이나 악무비였다면 생각조차 할 수 없는 일이었기 때문이다.

각설하고, 그날 비무에서 보여준 손철기의 무예는 대단했다. 한 자루 장창을 장난감처럼 휘두르며 상대를 제압하는 모습은 보기 드문 광경이었다. 자신과 비교하면 오히려 한 수 앞선다 여겨도 좋을 지경이었다.

더군다나 그자는 곽연과 구원이 있다 했다. 거기다 백오십의 고수가 더해졌다면 승부는 애초에 결정난 것이나 마찬가지였다.

그것이 그가 말하고자 한 요지였다.

진무방은 느릿하게 찻잔을 내려놓았다.

"추호도 의심의 여지가 없다는 말이로군, 자네 생각대로라면 말이네."

"그렇습니다!"

"하긴, 그 친구 모습을 떠올리니 자네가 이토록 자신하는 것도 이해가 되는군. 한데 자네 황산까지 가는 데는 며칠이나 걸렸나?"

뜻밖의 질문이다. 하지만 머뭇거릴 수는 없었다.

"도중에 정보를 수집, 분석하느라 보낸 시간을 빼면 나흘 정도가 걸렸다고 사료됩니다."

"나흘… 나흘이라……."

진무방은 잠시 눈을 감았다. 이윽고 그가 눈을 뜨는 것과 동시에 착 가라앉은 음성이 들렸다.

"당장 발이 빠른 자들로 열 명을 추리게. 그들을 두 개 조로 나눈 다음 이틀 차이를 두고 황산으로 보내도록! 각 조원들은 자신들만 가는 것으로 인식시켜야 하겠지. 그리고 절대 충돌이 있어서는 안 되네. 보고, 듣고, 살피고, 그대로 돌아오도록 지시하게."

"알겠습니다."

원후승은 공손히 허리를 숙였다.

의심의 여지도 없다.

입으로는 분명 그렇다고 말한다.

하지만 두 개 조로 나누어 그들도 모르게끔 수색을 펼치도록 일을 꾸민다.

후텁지근한 날씨에도 불구하고 실내를 나서는 원후승의 등줄기는 싸늘히 식은 후였다.

그는 결심했다. 삼 일 전, 은밀히 착복한 은자 삼만 냥을 제자리에
돌려놓을 것이라고 말이다.

*   *   *

"차라도 한잔 올릴까요?"

간단한 식사가 끝나고 위청란이 물었다.

"난 별로 생각이 없군. 자넨 어떤가?"

"저도 그런데요."

두 사람이 약속이라도 한 듯 고개를 내젓자 그녀는 그릇을 소반에
담은 다음 자리를 떴다. 설거지를 끝내려면 당분간 들어오지 않을 것이
다.

탁!

문이 닫히는 소리와 동시에 두 사람은 누가 먼저랄 것도 없이 손을
뻗어 물그릇을 집으려 했다.

타닥 하며 손가락 끝이 부딪치고 서로의 얼굴을 응시한 두 사람은
어색하게 웃었다.

"자네가 먼저 들도록 하게."

양보를 받은 소운평은 삼 분지 이나 마시고 그릇을 건넸다.

두 사람 사이는 묘한 기류가 흘렀다. 연무종을 만난 후부터, 정확히
말하면 소운평이 무공을 배우기 싫은 이유를 말하면서부터였다. 목옥
으로 돌아오는 동안 두 사람은 한마디도 하지 않았던 것이다.

"자네가 그렇게 생각할 줄은 몰랐네."

위청후가 어렵사리 입을 열었다.

"난 자네를 진심으로 대했네. 어디서, 어떻게, 어떤 이유로 그런 생각을 하게 됐는지는 몰라도 자네 생각은 옳지 않네. 배우기 싫다면 배우지 않아도 되네. 그리고 소주로 돌아가는 일이 마음에 걸린다면 이곳에 남아도 좋네. 다른 어떤 것은 참을 수 있어도 자네가 나를 곡해하는 것만은 견디기 어렵군."

그의 진심이요, 본심은 그러했다.

그러나 한번 의심하기 시작하면 끝이 없는 법이다. 무슨 말을 한다 해도 소운평은 귀 기울이지 않을 태세였다. 반쯤 고개를 돌리고 귓구멍만 파댈 뿐이었다.

"난 한 번도 이곳에서 지낸 것을 후회하지 않았네. 그러나 지금은 후회가 되는군. 내가 다른 이들처럼 건강하여 많은 사람들과 함께 지냈더라면 자네의 심정을 미리 헤아릴 수도 있었을 테고, 내 생각을 좀 더 진솔하게 표현해 자네 마음을 바꿔놓을 수도 있었을 거라는 생각이 드네. 어리석게도 말일세."

위청후는 가볍게 한숨을 내쉬고 말을 이어갔다.

"아침이 되면 자네 생각을 말해 주게. 굳이 어르신과의 내기가 아니더라도 이번 일에 관해서는 전적으로 자네 의견을 따르도록 하겠네."

'거 끝까지 포기하지 않는구만!'

소운평은 코웃음을 치는 것으로 대답을 대신했다. 물론 밖으로 드러내지는 않았지만 말이다.

그때였다. 문이 열리고 위청란이 모습을 보였다. 그녀가 채 자리를 잡기도 전에 위청후가 몸을 일으켰다.

"피곤할 텐데 일찍 쉬게."

오라비가 뭐라 대꾸할 시간도 주지 않고 황망히 사라지자 위청란은 잠시 고개를 갸웃했다.

"무슨 일이 있었어?"

"아뇨. 무슨 일이 있을 리가 있습니까?"

"그래?"

그녀는 뚫어져라 소운평을 주시했다. 다소 과장된 반문(反問)이 이상하다 여기는 것 같았다.

'뭐야? 설마 그것 때문에?'

심장이 덜컥 내려앉았다. '혹시나?' 가 '역시나!' 가 되는 순간이다.

"낮에 일은 정말 죄송하게 됐습니다. 좀 더 잘하려는 욕심에서 그만 저도 모르게 실수를… 앞으로는 절대 그런 일이 없도록 하겠습니다."

"아냐, 잘했어."

한마디를 남기고 그녀는 침상으로 직행했다. 그녀 역시 매우 피곤했던 모양이었다.

"그만 자."

곧 불이 꺼지고 사위는 어둠에 잠겼다.

박살이 날 일을 피해가는 건 역시 좋은 것이다. 소운평은 헤벌쭉 웃으며 잠자리에 들었다. 차가운 바닥도, 노곤한 몸뚱이도 문제가 아니었다.

'하나, 둘, 셋, 넷……'

'십만 팔천구백삼, 십만 팔천구백사, 십만 팔천구백오……'

그렇게 이십만 번 가까이 숫자를 헤아리고 소운평은 슬그머니 눈을 떴다.

부우우—

부우—

멀리서 부엉이가 쌍으로 울어댔다. 스미는 달빛의 기울기가 자시(子時)경임을 알려주었다.

'자나?'

바라던 대로 새근거리는 숨소리만 들려왔다. 그렇다고 안심할 수는 없는 법이다.

"아우, 더워!"

소운평은 잠꼬대 비슷한 시늉을 하며 침상 다리를 툭 건드렸다. 침상이 흔들리는 소리가 날 정도였는데도 위에서는 아무런 반응이 없었다.

그러나 아직 최후의 시험이 남아 있다. 소운평은 이내 몸을 일으켰다.

"저기… 물 마시러 갈 건데 좀 가져올까요?"

"……."

그녀는 짧은 상의와 속바지 차림으로 옆으로 누워 있었는데, 깊이 잠든 듯 가볍게 코까지 골았다. 등을 보인 자세였는지라 몸 전체의 굴곡과 둔부를 적나라하게 드러낸 자극적인 모습이었다.

'좀 참아라, 이놈아! 날 밝는 대로 무지막지하게 혹사시켜 주마!'

소운평은 부풀어 오른 아랫도리를 슬쩍 쓰다듬었다. 그리고는 조심스레 실내를 빠져나갔다.

유난히 달이 밝은 밤이다.

등과를 꿈꾸는 유생은 달빛을 등불 삼아 붓을 놀릴 것이요, 사랑에 빠진 남녀는 달빛 아래서 서로의 몸을 부드럽게 어루만질 것이다. 그들에게 달빛은 축복받은 미래를 예고하는 고마운 선물인 것이다.

밝은 달에게 거듭거듭 감사하는 인간은 이곳 황산 산자락에도 있었다. 야반도주를 꿈꾸는 소운평이다.

"네게 줄 돈은 침상 아래 있다!"

생사 위기에 처했던 그날, 곽연이 한 말이 아니었으면 이런 일을 꾸미지도 않았다. 위험 부담이 있더라도 채무를 청산하는 날까지 눌러앉았을 것이다.

솔직히 지척에 달한 황금 백 냥이 아깝기는 했다.

그러나 반지는 남의 손의 귀물이다. 일단은 내 손에 쥔 개떡이 더 소중한 법이다. 게다가 그가 이긴다 해도 반드시 준다는 보장도 없질 않은가?

전표의 유무(有無)를 확인하는 게 급선무라는 생각에 그는 정신없이 밤길을 달리는 중이었다. 물론 곽연이 전표를 챙긴 후라면 두말할 것도 없이 왔던 길을 되돌아가야 하겠지만 말이다.

그렇게 한 시진이 넘도록 산길을 달린 덕에 소운평은 운애곡에 도착할 수 있었다.

달빛에 거니는 폐허는 과연 으스스했다. 쓰러진 가옥과 여기저기 널린 쓰레기들 속에서 귀신이라도 튀어나올 것 같았다. 곽연이 기거하던 곳 역시 반쯤 부서지고 불에 그슬려 금세 쓰러질 것처럼 위험천만했다.

끼이익!

문짝을 들어내고 소운평은 안으로 들어갔다.

안은 더 엉망이었다. 불에 탄 이불 조각이 즐비했고, 가벼운 물건은 하나같이 제자리를 벗어난 모습이었다. 당연히 침상만이 제자리를 지켰다.

목궤(木机)는 그 아래 있었다. 높이는 한 자에 가로와 세로의 비율이 이 대 일인 크기였다.

'제발 있어다오!'

소운평은 떨리는 손으로 뚜껑을 열었다.

맨 처음 모습을 보인 것은 자로 잰 듯 반듯이 접힌 장삼이었다. 황의(黃衣)를 즐기는 곽연의 성격상 그가 입는 옷이 분명했다. 다음은 책이었다. 처음부터 끝까지 온통 빽빽이 들어찬 글자만 있는 것이 무공에 관련된 것이 아님을 누구라도 알 수 있었다. 그리고 다음은 책, 또 책, 또다시 책, 온통 책자들뿐이었다.

'젠장, 재수도 더럽게 없지!'

곽연이 챙겨간 것일까?

그럼 옷가지와 책자는 왜 안 가져갔지?

생각이 거기까지 이르자 소운평은 황급히 책자를 들추기 시작했다. 전표는 있었다. 맨 마지막에 확인한 책 속에 다섯 장이나 들었던 것이다.

"이야아아—!"

소운평은 환호성을 질렀다.

액면가 일백 냥짜리 전표가 다섯 장, 잠깐 사이에 무려 은 오백 냥이란 거금이 생긴 것이다. 그는 곽연의 정신없음에 고마워했고, 곽연이 정신없도록 환경을 만들어준 위청후의 만수무강을(?) 거듭 빌었다.

은 오백 냥과 그가 지닌 혼옥(混玉)이면 웬만한 성읍에서 큰 장사를 벌이고도 남을 액수였다. 점원을 넉넉히 두고 계집이나 만나러 다니면 딱 좋을 것이다.

소운평은 서둘러 실내를 나섰다.

'잘 있어, 마누라!'

그래도 혼인을 했다고 위청란이 제일 먼저 떠오르는 모양이었다.

다음으로 위청후와 곽연, 이환을 거쳐 연무종까지, 기억에 남은 모든 이들에게 일일이 작별을 고했다. 그것으로 지금까지 인연을 모두 끝낼 셈이었다.

이곳에 더 이상 초라한 빈털터리는 없었다. 돈 많은 젊은 사업가가 있을 뿐.

"자, 슬슬 출발해 볼까?"

소운평은 날아갈 듯 운애곡 밖으로 걸어갔다. 막 곡구(谷口) 어림에 도착할 무렵이었다.

갑자기 사타구니가 근질거렸다. 옷 위로 벅벅 긁어보아도 전혀 소용이 없다. 이상하다 싶어 손을 넣어보니 뭔가가 만져졌다. 새끼 손톱만한 크기에 말랑말랑한 물체가 가득 만져졌다. 수포(水疱)였다.

'이게 왜 여기에?'

쭈뼛 머리털이 곤두섰다. 수포가 이 정도로 생길 정도라면 그냥 지나칠 일이 아닌 것이다.

아니나 다를까, 가려움증은 곧 사타구니를 벗어나 등쪽으로 번졌다.

손으로 긁어도, 옷을 부여잡고 비벼보아도 소용이 없었다. 참다못한 소운평은 웃옷을 벗고 나뭇등걸에 등을 문질렀다. 수포가 터져 진물과 핏물이 흐르는 느낌이 분명한데도 가려움은 조금도 사라지지 않았다.

'이러다 혹시 죽……'

말이 씨가 된다고 했다. 소운평은 황급히 뒷말을 주워 삼켰다.

의원에게 가야 했다.

그러나 이곳은 첩첩산중이다. 산을 내려가는 데만도 세 시진은 족히 걸릴 것이다. 내려간다고 해도 문제가 해결되는 것은 아니었다. 산골 벽촌에 의원이 꼭 있으리라는 보장이 없는 것이다.

어물거리는 사이 가려움증은 점점 심해졌다.

'그래. 일단 돌아가자!'

목표가 달성된 이상 떠나는 것은 언제나 가능했다. 우선은 치료가 먼저였다.

소운평은 몸을 돌려 산정을 향해 달려갔다. 올 때보다 두 배는 빠른 속도였다.

"청후 형!"

다짜고짜 실내로 뛰어든 소운평은 위청후를 마구 흔들어 깨웠다.

"이 시간에 웬일인가?"

잠이 덜 깬 목소리에 이어 유등이 켜졌다.

"아니, 자네 그게?"

위청후의 눈매가 찢어질 듯 팽창했다.

단지 소운평이 홀랑 벗고 있어서가 아니었다. 그도 온몸을 뒤덮은 수포를 본 것이다.

"절대 긁지 말게!"

위청후는 서둘러 상세를 살폈다.

구토나 토혈, 어지럼증, 가려움과 수포는 독상의 대표적인 징표다. 앞서 언급한 세 가지 징후를 동반하지는 않았다 해도 외견상으로 분명한 독상이었다.

'독은 독인데……'

곧바로 여러 가지 독물들이 떠올랐다.

충독(蟲毒)과 초독(草毒)은 산중에서 만나는 대표적인 독물이다. 함께 다니고 함께 먹었으니 초독은 일단 아니라고 봐도 좋았다. 그렇다면 충독일 확률이 지배적인데, 언뜻 떠오르는 것만 해도 수십 종이 넘었다.

정확한 매개체를 모르는 상태라면 섣불리 손을 쓸 수 없었다. 설사 매개물을 안다 해도 독성이 강한 독물이라면 그 역시 속수무책이었다.

"아무래도 독(毒)을 입은 것 같네."

'아이고, 이제 죽었구나!'

위청후의 음성이 전에 없이 심각했는지라 소운평은 영락없이 그렇게 여겼다.

"우선 이걸 복용해 보세."

위청후는 품속에서 속명환을 꺼냈고, 소운평은 허겁지겁 환약을 삼켰다.

속명환은 전문적인 해독약은 아니었다. 예전 언젠가 해독 작용도 있다는 소리를 들은 것 같아 응급 처치나 해볼 생각으로 복용시킨 것이다. 버리지 않기를 천만다행이라 여기며 위청후는 환부를 살폈다.

그러나 차도는커녕 가려움증은 점점 심해지는 모양이었다. 긁는 것으로 해결되지 않자 소운평은 데굴데굴 바닥을 뒹굴었다.

"안 되겠네."

보다 못한 위청후가 소운평을 부축했다.

"가세!"

"어, 어디를?"

"어르신께 가야 하네. 그분께 가지 않는다면 자네에겐 더 이상 내일이 없을지도 모르네."

이런 상황에서 '내일이 왜 없는데요?' 라고 묻는 놈은 아무도 없을 것이다.

죽는다는데 전표 나부랭이가 무슨 소용일까?

그깟 팔 개월이 대수일까?

"알았수. 갑시다, 가!"

소운평은 있는 대로 악다구니를 써댔다.

그렇게 두 사람이 목옥을 떠난 지 반 시진쯤이 지난 뒤였다. 요란한 소리가 새벽을 뒤흔들었다.

꼬끼오ㅡ!

수탉이 첫 홰를 치는 소리였다. 누군가가 내기에서 졌음을 알리는 처절한(?) 순간이었다.

3

"이제 예를 올리게!"

위청후의 음성에 맞춰 소운평은 대례(大禮)를 올렸다. 도합 구배(九
拜)를 마친 그는 석단 앞에 무릎을 꿇고 머리를 조아렸다.

"사부님, 인사드립니다."

"오냐, 내 생전에 이런 날이 있을 줄은 몰랐다. 오래 살고 보라는 말
이 이래서 생긴 게로구나."

잔뜩 볼멘소리와 푸르죽죽한 인상, 한눈에 봐도 억지로 하는 것임을
알 수 있었지만, 그래도 기분은 그게 아니었다. 참으로 묘했다. 연무종
은 사십여 년 만에 최초로 혈관을 치달리는 열의(熱意)를 느꼈다.

"감축드립니다, 어르신!"

위청후는 진심 어린 축하를 보냈다.

"고맙구나. 너도 거기 앉거라. 운평이도 그만 편히 앉아라. 그래도

된다."

"네."

얼굴은 아닌데 또박또박 시키는 대로는 한다. 도무지 알 수 없는 노릇이다.

두 사람이 나란히 자리하자 연무종은 한 권의 책자를 꺼내 들었다. 한지를 가죽 끈으로 엮은 평범한 책자였다.

"이것은 지난날 네 조부님과 철검을 논하며 함께 기록한 것이다. 언제고 전해준다는 것이 이제껏 가지고 있었구나. 제자가 생겼으니 당분간 네게 소홀해질 터, 배는 더 정진해야 할 게다."

연무종은 이내 책자를 건넸다.

조부의 친필이 적힌 유품을 어찌 평좌(平坐)를 하고 대할 수 있겠는가!

위청후는 무릎을 꿇고 공손히 책자를 넘겨받은 다음 품속에 갈무리했다. 연후, 그간 신경 써왔던 문제를 조심스레 거론했다.

"적에게 노출된 것이 분명할진대 이 근방에 계속 머물러도 좋을지 모르겠군요."

어차피 황산을 떠날 수 없었다. 혈담을 떠난 연무종은 채 사흘도 버티지 못한다. 그러니 좀 더 깊은 산중으로 들어가자는 얘기였다.

"별문제 없을 게다."

"그럼 운애곡의 잔해는 어찌할까요? 그것만이라도 없애는 것이 좋지 않겠습니까?"

"그냥 두어라. 오히려 그 편이 안전할 게다. 이런 때는 오히려 움직이면 표적이 되기 십상이다. 똑똑하고 치밀한 자일수록, 자신의 능력을 과신하는 자일수록 스스로의 한계에 속아 넘어가지."

이른바 등하불명(燈下不明)이란 건가?

"추적에 능한 자는 남은 재의 양이나 사용한 식기의 종류와 개수, 잠자리의 형태나 모양만으로도 적지 않은 사실을 파악해 내는 법이다."

불쑥 튀어나온 엉뚱한 소리 같겠지만, 이것을 반대로 생각하면 간단했다. 추적의 단서가 되는 것을 없애면 그만인 것이다.

연무종의 말은 다른 것은 아무것도 손대지 말되 자신이 거론한 것만은 반드시 없애라는 얘기로 이쪽 인원수를 숨기려는 차후를 위한 안배이기도 했다.

천성이 총명한 위청후는 금세 알아챘다. 그렇다고 불안감까지 가신 것은 아니었다.

"어르신, 그렇지만……."

"신경 쓸 것 없다."

연무종이 말을 잘랐다.

"운애곡에서 이곳은 대략 한 시진 거리다. 그것도 위치를 알았을 때의 얘기지. 예를 들어, 이곳을 기점으로 사방 한 시진 거리 모처에 내가 서 있다고 치자, 나를 찾는 데 얼마의 시간이 걸릴 것 같으냐?"

'사흘? 나흘?'

선뜻 대답할 수 없지만, 한 가지는 분명했다.

시간이 얼마나 걸리든간에 그가 찾기로 마음만 먹으면 종국에는 찾을 수 있다는 사실이다. 그것은 추적자들도 마찬가지일 것이다. 그들이 이곳을 수색하겠다고 생각한다면 발견되는 건 시간문제였다. 결국 거리상의 문제가 아니라 상대방의 의지에 달린 셈이었다.

"알겠습니다. 그렇게 알고 이만 내려가겠습니다. 해지기 전에 운애곡에 다녀오려면 서둘러야겠지요."

위청후는 이내 몸을 일으켰다. 그러자 연무종도 따라서 단상에서 내려왔다.

"슬슬 이 안이 지겨워지던 차였다. 운평아, 우리도 바람이나 쐬자꾸나."

두 사람은 앞서 석실을 나섰다.

'가증스런 늙은이!'

소운평은 악독한 시선으로 연무종을 노려보았다.

어쩌면 저리 태연할 수 있을까?

새벽에 벌어졌던 일을 생각하면 치가 떨리다 못해 경기마저 일으킬 지경이었다.

*   *   *

"어르신! 어르신!"

위청후는 다짜고짜 석실로 들이닥쳤다.

평소의 그라면 동굴 밖에서 '어르신!'을 찾고, 석실 입구에서 또 한 번 그랬을 터였다. 위급한 상황에 처하자 그 역시 한 사람의 젊은이에 불과했다.

"네가 이 시간에 웬일이냐? 그리고 그 녀석은 무슨 짓을 했기에 그 몰골이고?"

연무종은 막 연공을 마친 듯했다. 땀으로 흠뻑 젖은 모습인 반면, 여느 때보다도 활기 차 보였다.

"이 친구 몸에 큰 이상이 생겼습니다. 가려움증과 수포가 생기는 것으로 미루어 독상을 입은 것 같은데 종류를 전혀 모르겠습니다."

"언제까지 안고 있을 셈이냐?"

그제야 위청후는 돌 침상에다 소운평을 내려놓았다.

연무종은 세심히 환부를 살폈다. 수포를 직접 만지기도 했고, 때로는 수포를 터뜨려 진물을 살피기도 했다.

"충독은 분명한 것 같은데, 이런 건 나로서도 처음 보는 희귀한 종류구나."

"치료할 수 없다는 말씀입니까?"

"그렇지는 않다. 시간이 좀 걸릴 뿐이지 해독하는 데는 문제가 없다. 다만 이미 전신으로 퍼져 약을 조제하는 동안 버티지 못할지도 모른다는 게 문제지."

"다른 방법은 없는 겁니까? 전에 흑점사에 물렸을 때 사용했던 방법 같은……."

"지금은 그때와 사정이 다르다."

"큰일이군요."

'아이고, 이젠 죽었구나!'

해독을 못해서 죽나, 약 만드는 거 기다리다 죽나, 엎어 치나 메치나 같은 소리 아닌가 말이다.

소운평은 무릎으로 기어가 연무종에게 매달렸다.

"살려주십시오, 어르신! 살려만 주신다면 뭐든지 다 하겠습니다!"

눈물 콧물 쥐어짜는 얼굴을 마주할 수 없음인지 연무종은 고개를 돌려 버렸다.

"이렇게 부탁드리겠습니다."

급기야 위청후까지 무릎을 꿇고 머리를 조아리자, 연무종은 어쩔 수 없다는 듯 입을 열었다.

"한 가지 방법은 있다만 결과를 자신할 수 없다. 어쩌면 지금보다 더 심한 고통을 겪으며 죽게 될지도 모른다. 그래도 하겠느냐?"

"그럼요! 그럼요!"

한 가닥 삶의 길이 열릴지도 모른다는 기대감에 소운평은 정신없이 고개를 끄덕였다.

"넌 도움이 안 되니 이곳에서 기다리거라."

위청후를 남긴 채 두 사람은 서둘러 석실을 벗어났다.

얼마나 내려온 것일까?

수직으로 십여 장 가까이 내려온 듯싶었다. 동굴은 아래로 끊임없이 이어지고 있었다. 그렇지 않아도 후텁지근한 공기가 내려갈수록 더욱 뜨거워졌다.

"다 왔으니 조금만 더 참아라!"

연무종이 돌아보며 걱정스런 얼굴을 보였다.

아닌 게 아니라 소운평은 금방이라도 쓰러질 듯 힘들어했다. 열기 때문이었다. 석벽은 벌겋게 달아오른 아궁이처럼 열기를 토하고 있었다.

연무종의 말처럼 동굴은 곧 끝이 났다.

이십여 평쯤 되는 장방형의 공간, 내려오는 동안 줄기차게 괴롭히던 열기의 원천이 그곳에 있었다.

연못이었다. 시뻘건 진흙으로 가득 찬 연못은 부글부글 끓어오르며 쉴 새 없이 거품을 토했다. 그나마 수증기의 일부가 천장으로 빠져나가지 않았다면 이곳까지 내려오는 동안 생선찜이 되었을 것이다.

숨을 쉴 때마다 허파가 타는 듯 고통을 호소하자, 소운평은 황급히 웃옷으로 입가를 감쌌다.

연무종은 연못가의 석단에 자리를 잡았다.

"네놈은 졌다. 인정하겠느냐?"

세상이 아무리 각박하게 변했기로서니, 목숨이 간댕간댕하는 사람을 앞에 두고 천연덕스럽게 내기 운운하는 사람이 있을 줄이야!

하지만 결과가 그런데 어쩌겠는가.

"좋습니다, 진 놈이 무슨 할 말이 있겠습니까? 그깟 팔 개월! 배우죠, 배웁니다!"

시원스런 대꾸와는 달리 내심은 '아니올시다!' 였다.

지금이야 어찌 됐든 일단 몸만 나으면 그만이다. 그 길로 뒤도 안 돌아보고 떠날 참이니까.

"꿈도 꾸지 말아라!"

느닷없는 호통 소리에 소운평은 퍼뜩 정신을 차렸다. 빤히 자신을 내려다보는 눈엔 모든 것을 알고 있다는 듯한 비웃음이 가득했다.

"멀쩡하던 네놈이 갑자기 중독 증상을 보이는 이유를 한 번이라도 생각해 본 적 있느냐? 내가 왜 말도 안 되는 내기를 자처했겠느냐? 이상하지 않더냐?"

듣고 보니 확실히 이상한 점이 꽤 많았다.

하루의 대부분을 같이 보낸 위청후는 멀쩡한 반면, 유독 자신에게만 증세가 나타났다는 점이 그랬고, '반드시 돌아오게 될 게다!' 를 유난히 강조하던 연무종의 말도 선뜻 이해가 되지 않았다. '반드시!' 라는 말은 확신이 없는 일에는 절대 사용하지 않는 법이다.

과연 어떻게 확신할 수 있었을까?

'서, 설마?'

"다음번엔 너무 멀리 가지는 말아라. 돌아오는 데 시간이 오래 걸려 때를 놓치면, 그렇게 되면 내가 아니라 신선(神仙)이 와도 고칠 수 없다."

모든 것이 확연히 드러나는 한마디였다.

조금 전까지 꿈꾸던 찬란한 내일이 일시에 개꿈으로 돌변하는 순간이요, 꼼짝달싹 못하고 팔 개월 동안 고생해야 한다는 소리였다.

"알았으니까 얼른 해독이나 해주세요."

잔뜩 풀 죽은 음성에서 소운평의 심정이 어떠한지 고스란히 느낄 수 있었다.

이윽고 연무종은 몸을 일으켜 연못으로 다가갔다.

"이 연못은 지하를 흐르는 거대한 화맥(火脈)과 연결되어 있다. 쉽게 말해 용암에 의해 달궈진 지하수 중의 일부가 솟아오르는 곳이지. 혈담(血潭)이라 불리는 이 연못은 천하제일의 양기(陽氣)를 담고 있어 탁기(濁氣)를 제거하는 데 큰 효험을 발휘한다."

'그래서 그게 뭐 어떻다구! 설마?'

불길한 예감은 꼬박꼬박 적중하는 법이고, 마(魔)는 거듭거듭 끼는 법이다.

"옷을 모두 벗거라!"

'그래, 아예 삶아라, 삶아!'

소운평은 눈을 질끈 감고 옷고름을 풀었다.

*　　　　*　　　　*

"이곳이다."

연무종은 넓은 바위 위에 자리를 잡았다.

"가끔 들르는 곳이다. 경치도 이만한 곳이 없고, 틀어진 심사를 달래기 좋은 곳이지."

과연 그랬다. 뒤는 천장 절벽이요, 머리 위는 커다란 노송(老松)이 가지를 드리웠다. 그 앞에 바둑판이 놓이고, 상대를 마주한다면 그대로 한 폭의 신선도(神仙圖)라 여겨도 좋을 운치 있는 곳이었다.

소운평은 바위 아래 무릎을 꿇었다. 모르는 이가 본다면 참으로 예의 바른 제자라 칭찬할 것이다.

"여전히 불만인 게로구나."

"아닙니다."

"뭐가 아니냐? 얼굴에 써 있거늘."

그러자 소운평은 고개를 들고 헤벌쭉 웃어 보였다. 콧잔등 아래와 위가 따로 노는 것이 영락없이 주무르다 밀쳐 놓은 밀가루 반죽이다.

"그만 인상 펴거라. 억지 사부라도 사부는 분명 사부, 두 번 다시 그런 일은 없을 게다. 이미 미시(未時)가 지난 데다 오늘은 첫날이고 하니 사제 간에 담소나 나누자꾸나. 궁금한 것을 물어봐도 좋고."

"무공이란 대체 어떤 놈이, 왜 만든 겁니까?"

대뜸 한다는 소리가 그렇다.

'그 녀석 성격 하고는!'

연무종은 피식 실소를 지었다.

애초 죽지 않을 만큼 독을 쓰긴 했어도, 막상 죽음의 위기라 느낀 사람은 혼비백산했을 것이다. 솔직히 미안한 마음이 들지 않을 수 없었고, 그 덕에 그는 말도 안 되는 질문에 답을 해야 했다.

"글쎄다. 혹자는 소림의 달마 대사에 기원을 두기도 한다만, 달마 이

전에도 다툼은 있었을 테니 아마도 그건 호사가들의 입담에 불과할 게다. 신구(新舊)를 떠나 사람이 모이면 자연 이견(異見)이 생기고, 이견이 생기면 다툼으로 이어지는 법이지. 사내라면 남에게 지고 싶겠느냐? 승자는 얻은 것을 지키려 하고, 패자는 그것을 되찾으려 하겠지. 그런 과정 속에서 자연스레 생겨나 발전을 거듭해 왔다는 것이 솔직한 내 생각이다. 무공을 접하는 계기는 참으로 다양하다 할 수 있다. 사적으로는 부귀와 입신양명을 위해, 공적으로는 약자를 돕고 대의를 위해, 아무튼 참으로 다양하다 할 수 있지."

"거기엔 저같이 억울한 경우도 있죠."

"허허, 딴엔 그렇구나."

연무종은 너털웃음을 지었다.

그사이 소운평은 편한 자세로 고쳐 앉았다. 상대가 해를 입힐 생각이 없다면 고생을 자초할 필요는 없었다. 시간이나 때우자는 생각에 그는 물었다.

"그럼 사부님은 왜 무공을 익히셨는데요?"

"나 말이냐?"

연무종은 흠칫했지만, 곧 대수롭지 않게 대꾸했다.

"그야 필요했기 때문이지."

"전 그런 거 없이도 지금까지 잘 살아왔걸랑요. 안 배우면 안 될까요?"

"틈만 나면 달아날 궁리구나."

목소리에 실린 무게가 심상치 않았는지라 소운평은 찔끔 고개를 숙였다.

"대체 배우지 않겠다는 이유가 무엇이냐?"

"필요가 없으니까요."

그의 말은 더도 덜도 아닌 사실이었다.

연무종은 잠시 생각했다.

시간은 그가 가진 재주를 가르치기에도 턱없이 모자랐건만, 치사한 방법까지 동원하여 얻은 제자 녀석은 한 푼 가치 없는 일이라 여기고 있다. 열의는 아니라 해도 우선 필요성을 느끼게 만들어야 했다.

"산길을 가다 강도를 만나면 어쩌겠느냐?"

"에이, 사부님도. 강도도 눈은 있습니다. 저 같은 빈털터리는 십 리 밖에서 알아보고 아예 나타나지도 않을걸요. 막 시작한 초심자라면 또 모르죠."

"네 말대로 강도가 막 시작한 어수룩한 이라고 치자. 어떻게 하겠느냐?"

소운평은 생각하는 기색도 없이 즉시 대꾸했다.

"옷을 홀랑 벗고 돈이 없는 걸 확인시켜 주는 겁니다. 그럼 그냥 보내주겠죠."

"그럴 수도 있겠지. 하지만 이 초심자는 돈이 급하게 필요한 자였다. 고민 끝에 선택한 자가 동전 한 푼 없는 빈털터리로 드러나자 몹시 화가 치밀었지. 거기다 그냥 보내주면 관가에 고별할지도 모른다는 불안감도 생겼고. 그래서 없애 버리기로 결정했다. 이렇게!"

스윽!

목을 베는 시늉에 소운평은 움찔 놀랐다. 이번엔 좀 생각을 해야겠는지 대꾸가 늦었다.

"음, 일단 마음에 드는 제안을 해야겠죠. 돈 많은 자를 골라준다거나 유인해 온다고 말하면 혹시 살려주지 않을까요? 그런 다음 적당한 때를 봐서 도망치는 겁니다. 그 방법이 안 통하면 아예 한패가 되는 수도 있죠. 어차피 갈 데도 없는데 이참에 돈이나 벌죠 뭐."

'허, 참!'

기대했던 대꾸가 아닌지라 연무종은 입맛이 썼다.

원래대로라면 구석에 몰린 제자 녀석은 난처해하고, 그때 자신이 나서서 무공의 필요성을 역설하는 그런 장면이 연출되어야 옳았다.

말이 안 통하면 방법은 하나밖에 없었다. 힘과 강권, 또다시 치사한 인간으로 돌변해야 하는 것이다. 또한 수련 방법이나 그가 전해주고자 하는 모든 것을 제자의 수준에 맞게 재구성해야만 했다. 하룻밤에 해야 할 일 치고는 절대 쉬운 일이 아니었다.

"오늘은 그만 내려가는 게 좋겠다. 본격적인 수련은 내일부터 시작하는 것으로 하겠다. 수련이 끝날 때까지는 이곳에서 지내야 할 텐데 네 처가 달갑지 않게 여길까 염려되는구나. 잘 다독거려 주어라."

말을 마친 연무종은 자리를 떴다.

소운평 역시 몸을 돌려 산을 내려갔다. 축 늘어진 어깨가 유난히 측은해 보였다.

다음날 새벽 안개가 가실 무렵 소운평은 아내(?)와 처남의 배웅을 받으며 산을 올랐다. 갈아입을 옷 한 벌, 무쇠 솥과 식도 하나, 그리고 목검(木劒)이 그가 지닌 물건의 전부였다.

제 23 장

방울 달고 산 오르기와 다섯 마리 짐승 흉내 내기

1

    연무종은 전날 헤어진 노송 아래 정좌한 모습이었다. 날짜가 하루 더 지났고 눈을 감았다는 것이 다를 뿐 어제와 다름없었다.

    소운평은 보따리를 내려놓고 바위 앞에 무릎을 꿇고 앉았다. 그 또한 어제와 같은 모습이었다.

    "저 왔는데요."

    "생각보다 일찍 왔구나."

    새벽부터 길을 재촉한 제자가 흡족했던지 연무종은 엷은 미소와 함께 눈을 떴다.

    "아침은 들었느냐?"

    "네."

    "하기야 장도(長途)를 나서는 낭군을 굶기는 아낙이 있겠느냐? 어련히 알아서 수발했겠지."

'으휴— 제발 그런 소리 말아요.'

사실 반 정도는 맞춘 셈이었다. '장도를 나서는 낭군!' 도 옳았고, '어련히 알아서 수발했겠지!' 까지도 딱 맞아떨어졌다. 탕국도 두 가지에 찬도 평소보다 서너 가지나 늘어난 아침상이었으니까.

하지만 가짓수가 많으면 뭐 하나?

맛은 그간 먹어본 것 중에 최악이었거늘. 그나마 올라오는 도중에 몽땅 토했으니 차라리 한 끼 굶은 것보다도 못했다. 굶으면 속이 쓰릴 뿐, 뒤집어지지는 않지!

속은 엉망이지, 뭐라도 먹고는 싶은데 말은 못하지, 소운평은 거의 울 것 같은 표정이었다.

그런 내막을 전혀 모르는 연무종은 실로 엉뚱한 방향으로 넘겨짚었다.

"가정을 꾸려본 일은 없지만, 그 심정을 조금은 알 것도 같구나. 내가 가족을 그리는 마음 같은 것이겠지. 한 달에 한 번 정도는 만날 수 있도록 배려하겠다."

"필요없습니다, 사부님! 수련이 끝나는 날까지 저는 절대로, 절대로 안 내려갑니다!"

얼마나 다급했던지 소운평은 자리를 박찼다.

'그런 걸 또 먹느니 차라리 죽는 게 낫죠!' 이런 심정으로 부르짖은 것일진대 연무종은 또다시 엄청난 수준의 곡해를 했다.

'그래, 모름지기 사내란 큰일을 앞에 두고 사감(私感)을 앞세워서는 안 되는 법이지!'

"어서 가자. 네가 묵을 곳을 만들었다."

연무종은 서둘러 몸을 일으켰다. 그리고는 소운평의 손을 끌고 동굴로 달려갔다.

하룻밤 새 부쩍 달라진 제자, 무학열(武學熱)에 불타는 제자를 어서 입문시키기 위해서였다.

"이건 필요 없다!"

우두둑!

이름은 기억나지 않았다. 위청후가 이르기를 태풍에 휘어져 가지 끝이 뿌리에 닿을지언정 부러지지 않는다던 질긴 나무라 했다. 놀랍게도 연무종의 두 손은 장난하듯 쉽게 다섯 조각으로 만들었다.

한낱 나뭇가지에 불과했지만 그래도 얼마간 자신의 손때를 받아주던 물건이라 그랬을까?

조각나 뒹구는 목검을 보자 기분이 좋지는 않았다.

"그럼 뭐가 필요한데요?"

"아직은 아무것도 필요한 것이 없다. 있다면 네 몸이 필요할 뿐이지. 인간의 신체는 그 어떤 무기보다 뛰어난 병기(兵器)이다. 어떤 병기도 인간의 신체를 뛰어넘지 못한다. 병기는 한낱 도구일 뿐이다."

좀처럼 이해하기 어려운 얘기였다. 그렇다고 우스갯소리로 치부하기엔 연무종의 안색이 너무도 진지했다.

"하지만 칼하고 손이 부딪치면 손해 보는 건 당연히 손이 아니던가요?"

"옳은 얘기다만, 그렇지 않은 경우도 있다."

"전 한 번도 못 봤는데요?"

그러자 연무종은 우수를 들어 올렸다.

"아무리 뾰족하고 예리해도 칼은 쇠일 뿐이다. 단지 단단한 금속에 불과하지. 하지만 인간의 육신은 어떠냐? 살과 피와 뼈와 힘줄로 이루어진 이 손이 바위를 때리면 어찌될 것 같으냐?"

'바보 아냐?'

소운평은 내심 비웃음을 흘렸다.

누가 봐도 뻔한 얘기를 심각하게 묻는 연무종의 태도에 정말 온전한 정신인가 의심스러울 지경이었다.

"잘 보거라!"

픽!

피가 튈 것이란 예상이 어긋나기는 했지만, 바위도 손도 멀쩡했다.

"이번엔 좀 다를 것이다."

파삭!

과연 달랐다. 이번에도 손은 멀쩡한 반면, 암벽은 한 움큼이나 떨어져 나갔다.

하지만 그건 별로 신기한 게 아니었다. 언젠가 장터에서 어깨너머로 훔쳐본 기예단(奇藝團)의 차력사(借力士)들도 차돌을 두부 으깨듯 부수곤 했었다.

"이번이 마지막이다!"

뭐든지 삼세번이라고 하더니, 세 번째가 끝인 모양이었다. 두 번째서 별 재미를 못 느낀 소운평은 그저 그러려니 생각하고 시선을 거뒀다.

푸욱!

소리가 이상했다. 황급히 손끝을 주시한 소운평은 하마터면 그대로 숨이 멎을 뻔했다. 연무종은 우수는 팔꿈치 어림까지 바위 속에 박혀 있었던 것이다.

'세상에, 세상에!'

듣지도 보지도 못한 기사(奇事)였다. 뻔히 두 눈으로 보면서도 믿을 수 없었다.

연무종은 느릿하게 우수를 뽑았다.

"이렇듯 수련의 많고 적음에 따라 인간의 육체는 상상할 수 없을 만큼 강해진다. 이제 내가 한 말을 조금은 이해할 수 있겠느냐?"

손이 빠져나온 자리를 살피던 소운평은 더욱더 놀랐다. 단면은 티 한 점 없이 매끈했다. 마치 예리한 칼로 과일을 도려낸 것 같아 보였다.

"육체만을 사용하는 무공을 배우는 것이 먼저다. 병기를 사용하는 것은 그 다음이고."

"거기엔 어떤 것들이 있는데요?"

배우기 싫은 것과 궁금한 것은 전혀 별개의 것이다. 소운평은 눈을 빛내며 연무종을 주시했다.

"손이나 발 등등, 인체의 특정 부분을 사용하는 것도 있고, 몸 전체를 사용하는 무공도 있지. 심지어 머리카락을 사용하는 것도 있다. 하지만 그것 또한 나중에 배울 것들이지. 지금 네게 가장 필요한 것은 몸을 다듬는 것과 내력을 갖추는 일이다."

'몸이 무슨 채소야, 다듬게?'

"다행히 넌 하체(下體)가 잘 발달한 편이다. 그건 앞으로도 큰 이득이 될 수 있다."

연무종의 말처럼 소운평은 또래 젊은이들에 비해 튼튼한 하체를 지닌 편이었다. 아홉 살 때부터 전 중원을 도보로 횡단하다시피 했으니 튼튼하지 않는다면 그게 오히려 이상한 일일 것이다.

하체의 건실함을 논하는 데는 사상누각(砂上樓閣)이란 말이 등장할 정도로 중요히 여긴다.

그러나 단지 그것만으로는 소용이 없다. 효과가 나타나는 것은 신체 다른 부위와 적절한 균형과 조화를 이뤘을 때가 될 것이다. 그것은 체계적으로 타인의 도움을 받아야만 가능한 일이었고, 물론 연무종은 그에 대한 준비를 마친 상태였다.

"저길 보아라."

손끝이 가리키는 곳은 산정이다. 까마득한 산정은 안개에 가려져 아예 눈에 들어오지도 않았다.

"저 산 정상에 오르는 것이 네가 할 일이다."

"네~에?"

안 배운다는 사람 억지로 끌어다놓고 한다는 소리가 산에나 오르라는 게, 이게 말이 되는 소리야?

무슨 무공 수업이 이래?

뭐, 제대로 된 훌륭한 것이었다 해도 열심히 배울 생각은 애초부터 없었지만, 화가 치미는 건 어쩔 수 없었다. 변견(便犬) 훈련시키는 것도 아니고 말이야!

'그리고 보니 손해는 아니군.'

슬그머니 엉뚱한 생각이 고개를 들었다.

아무 곳에나 처박혀 대충 시간만 때우다 저녁나절에 돌아오면 그만인 것이다. 날이 저물면 누구라도 잠은 자야 할 테니까. 소운평은 곧장 산자락으로 걸어갔다.

그러자 연무종이 앞을 막아섰다.

"갑자기 어딜 가려는 게냐?"

"방금 말씀하신 대로 하려는 건데요. 저보고 산에 올라가라면서요?"

잠시 기다리라는 행동을 취하는 연무종을 째려보며 소운평은 짐짓 짜증을 부렸다.

그사이 연무종은 품속에서 뭔가를 꺼냈다.

딸랑!

맑은 소리의 주인공은 방울이었다. 크기는 주먹 반 정도에 육박했고, 개수는 정확히 네 개였다.

"웬 겁니까?"

뜻밖의 사태에 소운평은 눈을 동그랗게 떴다.

"잔말 말고 손을 내밀어라!"

그 또한 이해하기 어려운 주문이었다. 이상한 일도 있다 싶었지만, 소운평은 대수롭지 않게 양손을 내밀었다.

그러자 연무종은 방울 끝에 달린 가죽끈을 이용해 손목에다 고정시켰다. 다음은 양 발목이었다. 연무종은 방울이 견고하게 부착이 되었는지 여부를 거듭거듭 확인하고 몸을 일으켰다.

"이제 걸어봐라."

딸랑딸랑!

양 손목과 발목은 인체에서 가장 움직임에 민감한 부분일 것이다. 소운평이 걸을 때마다 방울 소리가 울리는 것은 아주 당연한 현상이었다.

연무종은 충분히 만족한 듯했다.

"모두가 네 스스로 자초한 일이다. 오죽하면 사부인 내가 이런 편법을 사용하겠느냐? 열심히 수련에 임하는 성의가 보이면 즉시 풀어주겠다."

'제기랄!'

그제야 방울의 의미가 무엇인지 깨닫게 되었다.

뛰는 놈 위에 나는 놈 있다더니, 설마 이런 방법을 사용할 줄이야. 이렇게 된 이상 잔꾀를 부리려던 생각은 물 건너간 것이나 마찬가지였다.

그러나 그게 전부가 아니었다. 연무종의 말은 아직도 이어지고 있었다.

"노파심에서 하는 말이다만, 새겨듣도록 해라."

그 한마디에 소운평은 전에 없이 긴장했다.

보통 이 같은 말 뒤에는 뭔가 심상치 않은 소리가, 생각지도 못했던 엄청난 강도를 지닌 말이 이어지는 것이 보통이다.

"셋을 세는 데 걸리는 시간 이상 방울 소리가 침묵을 지킨다면 고통을 겪게 될 게다. 네가 생각하는 것 이상으로 아주 심한 고통을! 인내는 깊지만, 어떨 때는 아주 손쉽게 허물어지기도 하지. 알아듣겠느냐?"

미리 준비했음에도 불구하고 소운평은 기절하기 일보 직전이었다.

"알아들었냐고 물었다!"

연무종의 전신에 서서히 보이지 않는 힘이 실리기 시작했다. 왕년 천하 세력의 삼 분지 일에게 두려움을 준 인물의 기세를 그 누가 감당해 내겠는가?

"네, 네!"

소운평은 정신없이 고개를 끄덕였다.

"자, 그럼 뛴다. 실시!"

딸랑딸랑딸랑—!

새벽 안개를 뚫고 울리기 시작한 요란한 방울 소리는 그칠 줄 모르고 이어졌다.

*　　　*　　　*

쿠르르룽―

폭포는 웅대한 자태와 귀청을 찢을 듯한 소음으로 산중을 뒤흔들었다.

물은 십 장이 넘는 거리를 쏟아져 거대한 암반 사이로 곤두박질쳤다. 그때마다 엄청난 굉음과 함께 물보라가 주위로 퍼져 나갔다. 햇살을 받은 물보라는 셀 수 없을 정도로 다양한 색깔로 반짝이다 종내 사라졌다.

'자연은 참으로 위대하다!'

위청후는 진심으로 그렇게 외쳤다.

그러나 지금 그에게 폭포는 한낱 적수를 대신하는 물건일 뿐이었다.

이젠 기억조차 희미한 원수의 얼굴이 폭포에 겹쳐지고 있었다. 시끄러운 소음도, 눈이 따가울 정도로 내리쬐는 태양도 그에겐 아무런 가치가 없었다. 그의 뇌리엔 오직 철검이 만들어낼 궤적만이 그려졌다.

한순간 위청후의 눈이 빛을 발했다.

'벤다!'

쑤아앙!

매서운 속도로 휘둘러진 철검은 횡(橫)으로 폭포를 가르는 듯했다.

그러나 만 근(斤) 거력(巨力)을 이기지 못한 철검은 이 장 건너편인 반대쪽에 이르지 못하고 퉁겨졌다.

'큭!'

손아귀로 전해진 거력은 위청후의 전신을 가랑잎처럼 허공으로 말아 올려 물속에 처박았다.

코와 입으로 스미는 물줄기의 고통은 느껴지지도 않았다. 실패했다는 현실이 주는 자괴감(自愧感)이 더욱더 그를 괴롭게 만들었다.

'역시 무리였나?'

위청후는 툴툴 웃으며 몸을 일으켰다. 철검을 챙긴 다음, 물가로 걸어나온 그는 바위에 등을 기댔다.

아직은, 아직은 때가 아닌 것이다. 조부의 경지를 따라잡기에는 모든 것이 부족했다.

하지만 그는 실망하지 않았다. 노력할 시간이 남아 있는 이상 그는 최선을 다할 것이고, 최선을 다한 이상 결과에 만족할 것이다.

문득 위청후는 고개를 들었다.

눈이 따가울 정도로 강한 햇살, 팔월의 푸른 하늘을 가르며 몰려다니는 흰 구름이 점차 한 사람의 영상으로 바뀌어갔다.

'그는 잘해내고 있을까?'

*　　　*　　　*

'니가 꼭대기냐?'

정상임을 확인한 소운평은 꼿꼿이 선 채 엎어졌다. 밑동이 잘려 넘어가는 고목처럼 말이다.

철퍼덕!

차가운 감촉이 이리도 반가울 줄이야!

'인간 같지 않은 늙은이!'

뺨을 흙바닥에 댄 채 소운평은 이를 갈았다.

처음 오 리(里)는 그런대로 버틸 만했다. 동굴 근처는 경사도 그리 심하지 않았고, 장애물도 적었다. 또한 길을 잃을 염려도 전혀 없었다.

시야가 넓은 것도 이유였지만, 헷갈릴 염려가 있는 장소에는 어김없이 표석(表石)이 놓여 길을 알려주었다.

문제는 절벽을 만나면서부터였다.

체력 소모도 많았고, 지칠 대로 지친 터라 자연 움직임이 느려졌다. 더군다나 '절벽 중간인데 설마 무슨 일이 있을까?' 하는 생각이 들자 그는 움푹 들어간 교묘한 곳에 숨어 짬짬이 휴식을 취했다.

한데, 그때마다 연무종이 나타나 몽둥이를 휘둘렀다. 쉬는 동안 열심히 손발을 흔들어 댔는데도 말이다.

몽둥이는 절간에서 사용하는 죽비(竹篦)와 비슷했다.

대나무 끝을 쪼개 엮은 죽비는 소리만 요란했지 고통이 적은 반면, 이것은 가는 싸리나무를 포개 엮은 것이라 소리가 적은 대신 고통이 엄청났다. 때리는 부위도 허벅지 안쪽, 손등, 겨드랑이 아래 등등, 한결같이 연약한 부위였다. 그것도 개 패듯 말이다.

굳이 따진다면 긁히고, 쓸리고, 넘어져서 입은 상처보다 몽둥이에 맞은 상처가 더 심할 정도였다.

"그만 이리 오너라."

저만치 그늘에 앉아 있던 연무종이 손짓을 했다.

'안 가, 안 간다구!'

소운평은 홱 고개를 돌려 버렸다. 움직이고 싶지도 않았고, 솔직히 일어서려 해도 팔다리가 뜻대로 움직여 줄지도 의문이었다.

"싫다면 혼자 먹을 수밖에."

"갑니다, 가요!"

소운평은 언제 그랬냐는 듯 발딱 일어섰다. 그늘로 향하는 발놀림은 놀랄 만큼 기민했다.

"어서 먹죠?"

반짝반짝 빛나는 눈망울이 부담스러웠던지 연무종은 서둘러 보퉁이를 집어 들었다.

쑥이 나왔고, 솔잎이 나왔고, 이상한 향기를 내는 풀들과 함께 밤, 대추, 호두 같은 열매가 나왔다. 기대했던 밥이나 고기 종류는 눈을 씻고 봐도 없었다.

'전채(前菜)인가?'

이상했다. 좀 있는 놈들은 식사 전에 야채랑 과일을 먹는다 들었다. 산중에서 굳이 격식까지 차리려는 행동을 이해하기 어려웠지만, 찬밥 더운밥 가릴 처지가 아닌지라 그는 서둘러 손을 내밀었다.

대추와 밤 두어 개, 그게 소운평이 먹은 전부였다. 대충 속이나 달래고 밥을 잔뜩 먹으려는 생각에서였다.

그사이 연무종은 꺼내놓은 것들을 깨끗이 처리했다. 솔잎 하나 남기지 않고 먹어치운 연무종은 보퉁이를 정리하고 이내 몸을 일으켰다.

"어, 사부님, 어디 가세요?"

놀란 소운평이 물었다.

"올라왔으니 내려가야 할 게 아니냐? 설마 예서 밤을 새자는 말은 아니겠지?"

"밥은요?"

"방금 먹지 않았느냐?"

연무종은 되려 소운평이 이상하다는 눈치다.

"그럼 그게 점심밥이란 말입니까? 그걸 먹고 사람이 어떻게 삽니까!"

소운평의 목소리는 거의 비명에 가까웠다. 쇠도 씹어먹는다는 열아홉의 나이다. 게다가 그는 먹고 잠만 자는 처지도 아닌데 말이다. 풀쪼가리만 먹고 버틸 수 없다는 항변은 지극히 당연했다.

하지만 연무종의 대꾸는 실로 간단했다.

"삼십 년 넘도록 그렇게 산 사람도 문제가 없었다. 오히려 나아졌다는 말이 옳겠지."

"사부님은 저처럼 중노동은 안 하시잖아요?"

"네놈 따라다니는 건 쉬운 일이고?"

소운평은 찔끔했다.

"내 이제야 얘기지만 네놈 때문에 소피도 제대로 못 볼 지경이었다."

그랬을 것이다. 틈만 보이면 수작을 부리는 인간을 감시하자면 눈 돌릴 여유도 없었을 것이다.

"싫으면 안 먹어도 된다. 잠자는 두 시진을 제외하면 한시도 쉴 틈이 없을 테니, 굶어 죽든 어찌 되든 내 알 바가 아니다. 어서 내려가기나 해라."

네 멋대로 하세요!

이렇게 나오는 데는 대책이 없다. 그렇다고 두 시진에 불과한 잠자는 시간을 줄일 수도 없는 노릇이고.

소운평은 차마 떨어지지 않는 발길을 돌려 산 아래로 움직여 갔다.

2

"나를 맞혀보거라!"

불쑥 몽둥이가 건네졌다.

"예?"

"이젠 귀머거리까지 됐느냐? 그 몽둥이로 나를 때려보란 말이다!"

"에이, 사부님도. 전 장난 칠 힘도 없어요."

"내 말이 말 같지 않더냐!"

연무종이 버럭 노성을 지르고 나서야 소운평은 그의 주문이 진심임을 알 수 있었다. 그렇다고 얼씨구 손을 쓸 상황이 아닌지라 눈치를 살피는 게 고작이었다.

'녀석, 사부는 사부라는 게냐?'

연무종은 피식 웃고는 말을 이어갔다.

"괜히 눈치 볼 필요 없다. 그 몽둥이가 한 번이라도 내 몸에 닿는면 그간의 모든 것을 없었던 일로 해주마. 이래도 망설이겠느냐?"

"그게 정말입니까?"

"연가의 조상 전에 맹세하마!"

'흐흐, 그렇단 말이지?'

굳이 조상까지 들먹이지 않아도, 약속을 지키지 않아도 좋았다. 그저 받은 것의 반이라도 되돌려줄 수 있다면 그걸로 만족할 수 있었다.

"자, 오너라!"

연무종은 손가락을 까닥인 다음 아예 팔짱을 꼈다. 방어도 않고 피하기만 할 생각인 모양이었다.

"다쳐도 군소리없깁니다!"

"그건 내가 할 소리다. 어서 공격이나 해라!"

연무종은 넓은 곳에 자리를 잡았다.

'곧 죽어도 큰소리는!'

소운평은 부서져라 몽둥이를 움켜쥐었다. 일차 목표는 빙글거리며 웃는 눈두덩, 다음은 어디라도 좋았다.

"얍!"

부우웅!

혼신의 일격인 듯 속도가 예사롭지 않았다.

비스듬히 사선으로 떨어져 내린 몽둥이는 한 치의 어김도 없이 연무종의 왼쪽 눈두덩으로 향했다.

'거보쇼.'

소운평은 혀를 찼다. 곧 눈두덩이 작살 날 연무종이 정말 안됐다는 그런 투였다.

막 몽둥이가 머리에 부딪치려는 찰나였다.

스윽!

연무종의 몸이 밀려났다. 뒤로 일 보 내디딘 것일진대 신기하게도 무릎 위로는 전혀 흔들림이 없었다. 마치 얼음판에서 미끄러진 것 같은 모습이었다.

'어, 어—!'

뜻밖에 허탕을 치게 되자 소운평은 어이가 없기도 하고 화도 치밀었는지라 더욱 세차게 몽둥이를 휘둘렀다.

부웅! 부웅!

십여 번이 넘는 연속 공격은 처음과 마찬가지로 허탕으로 돌아갔다.

그렇다고 움직임이 큰 것도 아니었다. 근소한 거리, 딱 맞지 않을 만큼만 피하고 있었다. 몽둥이가 스칠 때마다 옷자락이나 머리칼이 날리는 게 그 증거였다.

맞을 듯 말 듯 아슬아슬하게 빗나가는 현실이 소운평을 더욱 화 나게 했다.

"어헝!"

소운평은 한 마리 짐승처럼 달려들었다.

이번에는 아예 온몸을 내던졌다. 몽둥이가 안 되면 그나마 몸뚱이로 들이받기라도 할 작정인 것 같았다.

그러나 역시 아무 소용도 없었다. 연무종은 도깨비처럼 공세를 벗어났고, 제풀에 균형을 잃은 소운평은 흙바닥에 나동그라졌다.

'어디 누가 이기나 보자!'

이젠 조건 따위는 안중에도 없었다. 그저 한 대만, 딱 한 대만이라도 때려주고 싶다는 생각에 소운평은 억지로 몸을 일으키려 했다.

"더 덤벼봐야 소용없다. 네놈이 아니라 천하의 누구라 해도 마찬가지다. 내가 맞지 않겠다고 생각하는 이상 그 누구도 옷자락 하나 건드릴 수 없다!"

실로 광오(廣傲)한 언사였다.

하지만 느긋하게 뒷짐을 진 채 소운평을 응시하는 연무종의 신위를 대한다면 고개를 저을 사람은 아마 한 손에 꼽을 정도일 것이다.

연무종은 이내 팔을 풀고 노송 아래 자리했다.

그가 그곳에 자리하면 소운평은 바위 아래 무릎을 꿇는다. 으레 그래 왔던 것처럼 말이다.

"수비에는 크게 두 가지가 있다. 병기로 쳐내는 것과 상대의 공격 자체를 흘리는 방법이지. 공격을 흘리는 방법 중에 대표적인 것이 바로 보법과 신법이다. 오늘은 보법만을 다루기로 하자."

연무종은 목을 축이고 말을 이어갔다.

"보법이란 말 그대로 발을 놀리는 수법이다. 이것은 비단 수비뿐만 아니라 공격과도 밀접한 관계가 있다. 접전이 벌어지면 누구나 끊임없이 움직이게 된다. 자신의 약점은 감추고 상대의 약점을 파악하기 위해서이지. 이럴 때 필요한 것이 바로 보법이다. 효과적인 공격은 안정된 자세에서 나오기 마련이고, 안정된 자세를 갖추는 데 가장 필요한 것이 신체의 균형과 정교한 보법이다. 따라서 오늘부터 너는 보법을 익혀야 한다."

연무종은 몸을 날려 바닥에 내려섰다. 그리고는 보란 듯이 아주 느리게 발을 놀렸다.

스윽! 스으윽!

술 취한 사람처럼 어지럽게, 혹은 흐르는 물처럼 고요하게, 때론 격랑처럼 노도와 같이 움직였다.

한 가지 공통점은 어떤 경우에도 상체는 전혀 흔들림이 없다는 거였다. 상체는 고정되어 있고, 하체만 움직이게 만들어진 인형과도 같았다.

이윽고 연무종은 움직임을 멈췄다. 바닥엔 그가 남겨놓은 발자국이 가득했다.

"이것이 육합미리보(六合謎理步), 혹은 육합보(六合步)라 부르는 보법이다. 여기서 이르는 육합이란 동서남북과 상하를 의미하는 것이니, 어떤 방위의 공격도 능히 피할 수 있다는 소리와 같다."

"그럼 상대가 누구든 간에 한 대도 안 맞을 수 있다는 말씀인가요?"

"그렇다."

'오호, 그렇단 말이지. 이건 앞으로 써먹을 데가 있을 것도 같은데?'

소운평은 회심의 미소를 지었다.

"거저 되는 것은 아니다. 부단한 노력과 지칠 줄 모르는 열정이 있어야 가능한 법이지."

"그 부단한 노력이 얼마만큼인데요?"

"가르쳐 주마."

연무종은 성큼 걸음을 뗐다. 그가 멈춘 곳은 노송에서 삼십여 장쯤 떨어진 넓은 공터였다.

그곳엔 통나무가 잔뜩 쌓여 있었다. 굵기는 허벅지 두께 정도에 길이는 석 자쯤 되었다. 갓 베어낸 것처럼 물기가 홍건한 통나무는 한쪽을 뾰족하게 깎았는지라 커다란 말뚝처럼 보였다.

"원래는 네놈이 직접 만들도록 시키려 했다. 그랬다간 언제쯤 일이 끝날지도 모르니 시간도 절약할 겸 내가 해야겠다."

"뭐가요?"

"그거야 보면 알게 되겠지."

연무종은 소매를 걷고는 양손에 통나무를 들었다. 상당한 무게일 텐데 힘든 기색 하나 없다. 공터 중앙에 선 연무종은 통나무를 바닥에 꽂았다.

푸욱!

별로 힘을 쓰는 것 같지도 않았다. 그런데 통나무는 윗부분 한 뼘 정도만 남기고 땅속 깊이 박혔다.

그것을 시작으로 연무종은 쉴 새 없이 움직였다. 수북이 쌓인 통나무가 같은 신세가 되는 데는 불과 이 각도 걸리지 않았다.

소운평이 했다면 과연 몇 시진이나 걸렸을까?

아니, 며칠이나 걸렸을까?

"어디서 본 것 같은 모양 아니냐?"

연무종이 물었다.

비슷한 느낌을 받았는지라 소운평은 뚫어져라 모양을 살폈지만, 생각이 날 듯하면서도 종내 떠오르지 않았다. 그 와중에 얻은 수확은 통나무의 개수가 모두 백서른여섯 개라는 사실이었다.

그가 멀뚱히 바라보기만 하자, 연무종은 몸을 날려 통나무 위에 내려섰다. 그리고는 서서히 발을 놀렸다.

'그렇구나, 그거였어!'

그제야 소운평은 모든 것을 알 수 있었다.

통나무의 배열은 육합보의 움직임을 그대로 재현한 것이었다. 순서대로 밟아 나가면 자연스레 육합보를 익힐 수 있게 만든 장치였다.

"원래 방법을 따르자면 통나무의 높이가 일 장은 돼야 하지만, 어렵사리 얻는 제자를 하루 만에 땅에 묻고 싶지는 않아 약간 변형을 했다.

거듭 세 번 시전할 테니 잘 보고 순서를 완벽하게 암기토록 해라!"

연무종은 아주 느리게 움직였다. 첫걸음을 떼는 어린아이 같은 몸짓이었다. 그의 생애를 통틀어 가장 느리게 육합보를 펼친 날일 것이다.

"어떠냐, 모두 암기했느냐?"

"……."

갑자기 제자는 꿀 먹은 벙어리가 된 듯했다.

"반은 기억했느냐?"

"……."

역시 마찬가지다.

"그럼 서른 가지는 되겠지?"

이번엔 양심에 찔렸는지 고개는 가로젓는다.

통나무가 백 개가 넘으니 자연 동작의 변화도 백 가지가 넘었다. 세 번 시전에 완벽하게 암기한다는 건 애초부터 불가능했다. 과거 연무종 본인도 꼬박 이틀이 지나서야 모두 암기할 수 있었으니까. 아무리 그렇다 해도 설마 서른 가지 이하일 줄이야……

'갈 길이 참으로 멀구나!'

연무종은 가볍게 한숨을 불어냈다.

"일단 내일부터 하기로 하고 다음으로 넘어가자. 가장 중요한 것이니만큼 시간이 많이 필요한 일이다. 제때 눕고 싶다면 서두르는 게 좋을 게다."

"네, 사부님!"

이번엔 씩씩한 대꾸였다.

'망할 놈 같으니!'

문득 연무종의 뇌리를 스치는 것이 있었다.

"좀 전에 네가 묻지 않았느냐? 그 '부단한 노력!'에 대한 대답을 이제 해주마."

"네, 네! 어서 말씀해 주세요."

가뜩이나 관심이 있던 차였는지라 소운평은 귀를 쫑긋 세웠다.

연무종은 빤히 응시하며 이렇게 말했다.

"여기 한 뼘쯤 튀어나온 통나무가 네놈 발바닥에 의해 닳아 없어질 때쯤이다."

부글부글!

혈담은 언제나 그랬듯 요란하게 끓었다. 주위는 자욱한 수증기로 눈을 뜨기 어려울 정도였다.

열기를 헤치며 두 사람은 혈담으로 다가갔다.

소운평은 온통 땀으로 범벅인 모습이었다. 제대로 먹지도 못한 데다 온종일 체력을 허비한지라 금방이라도 쓰러질 것처럼 보였다.

"사부님, 뭔지는 몰라도 밖에서 하면 안 될까요?"

"반드시 이곳에서 해야 하는 일이다."

연무종은 '반드시!'란 말을 사용함으로써 말 많은 제자의 입을 막아 버렸다.

'대체 뭘까?'

숨이 턱턱 막히는 와중에도 소운평은 이유를 찾는데 몰두했다.

"반 시진 정도 기다려야 될 게다."

이곳에서 하긴 하는데 반 시진을 기다려야 한다?

역시 뜻 모를 소리다.

"산행에 너무 많은 시간을 보낸 덕에 벌써부터 계획이 어긋나 버렸다. 반 시진 동안 헛되이 소비할 시간은 조금도 없다. 어서 앉거라!"

사제는 여느 때처럼 높낮이를 달리하고 마주 앉았다.

"내력(內力)을 수련한 적이 있느냐?"

"아뇨."

"그럼 아는 심법이 있느냐?"

"그게 뭔데요?"

'그래도 한 가지 장점은 있군!'

연무종은 내심 안도했다. 그러하리라 짐작은 하고 있었지만, 내내 근심스러웠던 것이 말끔히 해결된 셈이었다.

내력 수련은 그 자신이 펼치는 무공과 직접적인 관련이 있는 경우가 대다수였다. 음양(陰陽)으로써 간단히 예를 든다면, 음(陰)에 속한 무공이라면 심법(心法)도 같은 종류를 익힌다는 소리이다.

정상적으로 입문한 경우라면 소운평 정도쯤 되는 나이에는 어느 정도 성취를 이룬 후일 것이다.

그것은 커다란 문제의 소지가 될 수 있었다.

만약 엉뚱한 종류의 심법을 익혔다면 애초에 혈수를 익히지 못하는 것이다. 설혹 같은 양(陽)의 심법을 익혔다 해도 하나의 단전에 이기(異氣)를 담는다는 것은 최악의 패를 가진 도박이나 마찬가지였다. 잘해야 반신불수고 죽음까지도 각오해야 했다.

전혀 손때를 타지 않은 미답(未踏)의 옥토!

연무종이 굳이 소운평을 고집했던 이유 중의 하나도 그것이었다.

"내가 사용하는 무공이 어떤 것인지 청후에게 들어 이미 알고 있겠지?"

"네."

어찌 잊을 수 있을까?

그날을 떠올리면 아직도 아랫도리에 손이 먼저 가는 소운평이었다.

"혈수를 펼치려면 최소 반 갑자의 내력이 필요하다. 갑자란 육십 년을 이르는 말이니, 지금부터 심법을 수련한다 해도 삼십 년 후에나 가능하다는 계산이 나온다. 불가능하다 말해도 과언이 아니지."

"그럼 배울 필요가 없겠군요?"

소운평은 반색을 했다.

당연히 연무종은 고개를 저었다.

"넌 그저 시키는 대로 열심히 손발을 놀리면 된다. 가끔은 머리도 써야겠지만 팔 개월이 모두 지나고 나면 아무튼 넌 혈수의 주인이 되어 있을 게다. 이제 네게 심법을 가르치겠다."

연무종은 단상에서 내려와 소운평과 마주 앉았다. 손을 완전히 뻗지 않아도 닿을 수 있는 거리였다.

"먼저 가부좌를 틀어라!"

소운평이 낑낑대며 가부좌를 틀자 연무종의 안색은 이제까지와는 사뭇 달라졌다. 마치 생사대적을 만난 이처럼 무섭게 긴장한 모습이었다.

"심법을 수련할 때는 까다로운 선제 조건이 있는데, 그 첫 번째는 장소의 선택이다. 운공에 들면 무방비 상태가 되므로 적의를 가진 자에게 발견되면 이미 죽은 목숨이라 여겨야 할 것이다. 두 번째는 수련자가 항시 명경지수와 같은 청정함을 유지해야 한다는 것이다. 심리적인 동요나 잡념은 치명적인 부작용과 똑같은 의미이다. 그리고 운공 중에 내부 장기나 심맥에 이상한 기미가 느껴질 시에는 반드시 곧 바로 중단해야 한다. 그럴 때는 아예 중단하거나 잠시 쉬었다 재시도하는 게 좋다. 분명히 이르건대 이 세 가지는 절대 잊지 말아야 한다! 알겠느냐?"

"네, 사부님!"

"이제 구결을 일러주마!"

연무종은 나직한 음성으로 구결을 읊기 시작했다.

정확히 일백 자(字)로 이루어진 이 심법은 '혈라염(血羅炎)!'이란 괴상한 이름으로 불렸다. 혈수를 시전하는 데 반드시 필요한 것임과 동시에 자체만으로도 엄청난 파괴력을 지닌 하나의 무기였다.

연무종은 글을 모르는 소운평을 위해 한 글자씩 자세히 해석해 주는 친절을 베풀었고, 똑같은 내용을 반 시진 가까이 반복해서 일러주었다.

소운평이 제대로 이해하고 기억했는지는 시간이 지나면 고스란히 드러나겠지만 말이다.

이윽고 연무종은 화제를 바꿨다.

"연공 장소를 이곳으로 정한 이유는 네게 있다. 몇 개월 후면 넌 약관의 나이가 된다. 상당히 늦은 나이인데다 내게 지도를 받을 수 있는 시간도 짧다. 솔직히 최악의 경우라 해야 옳을 것이다. 하지만 이곳에 혈담이 존재한다는 현실이 최악은 면하게 해줄 게다."

'설마 여길 또?'

소운평은 화들짝 놀랐다.

혈담의 열기는 이미 한 번 겪은 후였는지라 누구보다 잘 알고 있었다. 지옥의 겁화도 그처럼 잔혹하지는 않을 터였다.

그러자 눈치를 챈 연무종이 한마디 했다.

"그리 걱정하지 않아도 된다. 유시(酉時)부터 반 시진 동안 용암이 흐르는 속도가 현저히 줄어들게 된다. 혈담의 온도가 가장 낮아지는 시기이기도 하지. 전에 겪은 것처럼 그렇게 뜨겁지는 않을 게다. 얼추 시간이 된 듯하니 슬슬 준비하도록 해라."

준비랄 것까지도 없었다. 옷만 벗으면 되니까. 소운평은 곧 반질반질한 알몸이 되었다.

잠시 시간이 흐르자 신기한 일이 벌어졌다.

부글거리며 끓던 혈담의 표면이 점차 잠잠해지는 듯하더니 아예 거품이 사라지는 것이었다. 수증기도 현저히 줄어들어 숨 쉬기도 편해졌다. 과연 연무종의 말이 거짓이 아니었던 것이다.

연무종이 먼저 혈담 속으로 들어갔다.

"어허, 시원하다!"

목만 내놓은 연무종은 커다란 욕조에 들어간 이처럼 지그시 눈까지 감고 열기를 즐기는 모습이었다.

"따끈따끈할 정도밖에 안 된다. 어서 들어오너라."

"정말이죠?"

"그놈, 이제껏 속고만 살았느냐?"

연무종이 그렇게 말하는데도 불구하고 소운평은 한동안 망설였다. 결정적으로 들어갈 결심을 하게 만든 것은 지나가는 말 한마디였다.

"행여 반 시진이 모두 지나면 어쩌려고 그라냐? 그땐 펄펄 끓을 때 들어가야 할 게다."

그 소리가 끝나는 것과 동시에 소운평은 오른발을 혈담 속에 집어넣었다. 견딜 만은 했다. 뜨거운 건 여전했지만 확실히 예전에 비할 바는 아니었다.

소운평은 서서히 안으로 들어갔다. 이윽고 허벅지까지 잠기는 곳을 찾아 몸을 낮추고 가부좌를 틀었다. 그 역시 목만 내놓은 상황이 되자 처지가 완전히 달라졌다. 이제껏 느끼지 못했던 엄청난 열기가 바닥을 통해 느껴졌다.

연무종은 그 심정을 모르는지 구결 타령이다.

"자, 구결을 따라 단전을 열고 열기를 받아들여라! 절대로 서둘면 안 된다."

'그게 잘 돼?'

머리 속엔 온통 뜨겁다는 느낌만이 가득했고, 실제로 엄청 뜨거웠다. 어서 나가고 싶다는 생각만 들 뿐이다.

"열기가 단전에 고이는 것이 느껴지느냐?"

'이 늙은이는 남 속도 모르고!'

시간이 지날수록 가중된 열기는 실로 끔찍할 지경이었다. 전신이 촛농처럼 녹아내리는 듯했다. 아니면 전신이 조각조각 해체되어 모태로 되돌아가는 느낌이랄까?

참다못한 소운평은 짧은 신음을 흘렸다.

"우우욱!"

"이놈, 운공 중에 입을 열다니 죽고 싶은 게냐?"

연무종은 분기탱천했다.

운공 중엔 정신을 집중하고 절대 사념을 가져선 안 된다고 그렇게 누누이 강조했건만, 곧 엄청난 폐해(弊害)가 들이닥칠 것이다. 이렇게 되면 자신이 나서서 도움을 주는 수밖에 없었다.

"정신 차리고 내력을 받아들이거라!"

연무종은 서둘러 명문혈에 쌍수를 밀착시켰다.

막 진기를 불어넣으려던 연무종은 고개를 갸웃했다. 뭔가 이상했다. 예상대로라면 들끓는 기혈 속을 치달리는 엄청난 열기가 느껴져야 옳았거늘, 이건 조용해도 너무 조용하지 않은가!

'이놈, 설마……?'

연무종은 하마터면 신음을 지를 뻔했다.

어이없게도 제자 놈은 단순히 혼절한 상태였다. 그것도 채 운공에 들기도 전에 말이다.

'이놈을 일수에 그냥!'

연무종은 무지막지하게 치솟는 살의를 억누르느라 한참을 고생해야 했다.

3

〈가주(家主), 강녕(康寧)하신지요.

이 대주를 비롯한 저희 일행은 삼 일 전 무사히 소주에 도착하여 연 부당주와 재회의 기쁨을 누렸습니다.

그러나 재회의 기쁨은 암울한 현실에 가려 빛을 잃어버렸습니다. 전서가 늦은 것 역시 그 때문이기도 합니다. 송구한 소식을 전해야 하는 노복의 가슴은 천 갈래 만 갈래로 찢어지는 듯합니다.

이미 본 방의 예전 세력은 완벽하게 적도의 수중에 넘어간 상태입니다.

외람되나 이전보다 더욱 강성해졌다는 것이 노복의 눈에 들어온 현실입니다. 세(勢)는 새롭게 정비되고, 결속력은 더욱 단단해졌지요. 적도의 수괴라는 점을 떠나서 본다면 진가의 수완은 본보기가 될 지경입니다. 파고들 틈이 보이지 않는 다고 해야 할까요?

반전의 물꼬를 트는 일이 중요하겠지요.

우선 적들의 동향을 탐지하는 것이 급선무인지라 홍 소협의 도움을 받아 간세를 심기로 했습니다. 쉽지 않은 일이지만 앞으로 큰 도움이 되겠지요.

그리고 세를 모으는 일은 단기간에 성과를 거둘 수 없을 것 같습니다.

저나 이 대주는 얼굴이 알려진 터라 운신이 몹시 힘듭니다. 야밤을 틈타 과거 안면이 있는 확실한 자들을 만나보고는 있지만, 결과는 그리 만족스럽지 못합니다. 게다가 섣불리 나섰다 자칫 타초경사(打草驚蛇)의 우(愚)를 범할까 자중하는 형편인지라…….

안도에 대한 우려는 접으셔도 될 것 같습니다.

저 역시 상당히 우려를 했고 사소한 마찰도 몇 번 있었지만, 아직까지 큰 문제는 없습니다. 그 역시 나름대로 종쾌를 상대할 방법을 모색코자 동분서주(東奔西走)하는 형편입니다.

모두 최선을 다하고 있으니 조만간 좋은 소식을 전해드릴 수 있을 겁니다.

가주의 현앙한 모습을 언제쯤에나 다시 뵙게 될는지, 그날을 학수고대하고 있습니다. 소 공자 내외 분께도 좋은 소식이 있기를 바랍니다.

그럼 다시 뵙는 그날까지 평안하십시오.

노복(老僕) 곽 모 절필(絶筆).)

*   *   *

촤아아악!

소운평은 까치집 머리에다 거푸 물을 끼얹었다.

세상을 다 가진 것 같은 기분도 그때뿐이다. 미시(未時)경, 한낮의 태양에 달궈진 정수리에선 금세 모락모락 김이라도 솟는 느낌이 든다.

'저놈을 확 떨어뜨릴 수는 없을까, 아니면 아예 안 뜨게 만들든가?'

말도 안 되는 상상을 하며 그는 수련장으로 향했다.

연무종은 그림자도 보이지 않건만 순순히 수련에 임하는 태도가 어째 수상하다. 수련장에 도착해서도 그랬다. 꾀부리려는 기색도 없이 냉큼 통나무 위로 오르는 것이 믿기 어려운 일이다.

'오늘은 기필코!'

팔 벌려 크게 심호흡 한 번 하고, 소운평은 신중히 발을 움직여 갔다.

슥! 스윽!

엉성한 자세와 굼뜬 발놀림, 그것도 모자라 가끔 멈춰 서서 순서를 기억하느라 끙끙대기도 했지만, 분명 연무종이 보여준 육합보의 움직임과 다르지 않았다.

그렇게 하기를 무려 일각, 소운평은 모든 통나무를 밟고 건너편에 도착했다. 백서른여섯 가지 동작을 모두 암기한 셈이었다.

"야호, 해냈다!"

소운평은 두 손을 번쩍 들고 기뻐했다.

"열흘 만에 그거 하나 외운 게 무슨 자랑거리라도 되는 줄 아느냐? 지나가는 개가 웃겠다!"

어느새 나타났는지 연무종이 핀잔을 주었다.

'어디 내일부터 두고 보자구. 아마 약 좀 오를걸?'

보통 때라면 앵돌아진 한마디를 아끼지 않았을 텐데 소운평은 종내 희희낙락(喜喜樂樂)이다.

그러자 연무종의 입가에도 엷은 미소가 걸렸다.

"이걸 피하려고 죽기 살기로 용을 쓴 모양인데, 그 정도로는 어림도 없다."

'귀신 같은 늙은이, 어떻게 알았지?'

소운평은 흠칫 놀랐다.

연무종의 말 그대로 육합보를 익히는 데 노력한 것은 산행에서 쏟아지는 몽둥이 세례를 피하는 게 목적이었다. '수십 명의 공격도 피할 수 있다 했으니, 설마 몽둥이 하나쯤이야' 하는 생각에서였던 것이다.

"믿지 못하겠다면 한번 시험해 주랴?"

연무종은 몽둥이를 치켜들고 자리를 마련하는 것으로 도발을 유도했다. 서투른 재주에 만족해 하는 제자에게 따끔한 교훈을 안겨줄 필요가 있었다.

소운평은 그를 따라 통나무에서 내려왔다. 어차피 내일이면 알 결과 미리 안다고 손해날 일은 없지, 아마?

"왼쪽 어깨만 노릴 것이다!"

'그놈의 잘난 척은!'

오기가 솟았다. 한편 이렇게까지 해주는데 못 피하면 개망신이라는 생각이 뇌리를 스치자 소운평은 전에 없이 신중한 태도를 취했다.

"간다."

쉭!

몽둥이가 움직였다.

'애걔? 장님만 아니면 다 피하겠다!'

잔뜩 긴장했던 소운평은 맥이 탁 풀렸다.

아닌 게 아니라 몽둥이가 다가오는 속도는 강물 위를 둥둥 떠내려가는 나뭇잎처럼 아주 느렸다. 동작이 빠른 네댓 살 먹은 아이라면 능히 피할 수 있을 정도였다.

스윽!

소운평은 차분히 기다려 움직였다.

여전히 어색한 동작이었지만, 육합보의 움직임이라는 사실은 분명했다.

그러나 정작 문제는 동작의 정확성이 아니라 몽둥이였다. 벌써 십여 번이 넘게 자세를 바꿨는데도 마치 지남철에 이끌린 쇠붙이처럼 따라 붙고 있었다.

'어, 어!'

빠바박 빽!

결국 연속적으로 격타음이 울렸다.

'아이고!'

소운평은 어깨를 감싸 쥐고 울상을 지었다.

"처음엔 분명 피했는데 계속 공격하다니, 이런 법이 어디 있습니까?"

"바보 같은 소리!"

연무종은 버럭 노성을 질렀다.

"손을 쓰는 것은 상대를 쓰러뜨리기 위함일진대 한 번 헛손질을 했다고 적이 물러나겠느냐? 더욱 강하게 달려들 것이다. 이것이 진검(眞劍)이었고 내가 적이었다면 어찌 되었겠느냐?"

"그거야 뭐……"

'팔이 잘렸겠죠!' 라는 말은 할 수 없었다.

"가장 좋은 방법은 분란을 만들지 않는 것이지만, 사람 일이란 늘 뜻대로 되지 않는 법이다. 때문에 늘 선후(先後)와 경중(輕重)을 살펴 신중히 행동해야 한다. 어쩔 수 없이 상대와 손속을 겨뤄야 한다면 상대가 한 번 움직일 때 최소한 세 번 이상 생각해야 어려움에 빠지지 않는다. 일보삼고(一步三考), 차후 네가 무림에 나가게 되면 이 말의 중요성을 뼈저리게 느낄 수 있을 게다."

일보삼고(一步三考)!

말 그대로 한 번 행함에 세 번 생각하라는 소리였다. 이것은 비단 결투에서뿐만 아니라 인생 전반에 걸쳐 통용되는 진리일 것이다.

"몽둥이 찜질 한 번 피하는 게 무에 중요하겠느냐? 코앞에만 연연하지 말고 좀 더 거시적인 안목으로 수련에 임하거라. 무슨 소린지 알아듣겠느냐?"

"네."

소운평은 잔뜩 풀 죽은 모습이다. 제딴엔 만족할 만한 결과를 얻었다 자신했는데, 몇 대 얻어맞은 데다 심한 꾸중까지 듣게 되자 크게 상심한 듯했다.

그 모습이 꽤나 안쓰러웠는지 연무종은 슬며시 제자의 등을 두드려 주었다.

"아무튼 남모르게 애쓴 것만은 칭찬해 주마. 식사나 하자꾸나."

뙤약볕에 앉을 수는 없는지라 두 사람은 십여 장을 움직여 노송 아래다 자리를 잡았다.

먹거리의 내용은 오늘도 별반 다르지 않았다. 구엽초(九葉草)를 위시해 영지(靈芝) 같은 버섯 종류와 몇 가지 열매가 전부였다.

이젠 습관이 된 터라 소운평은 허겁지겁 손을 놀렸다.

"오늘은 한 가지 권법(拳法)을 가르쳐 주마."

식사를 마친 연무종은 그렇게 말문을 열었다.

"무공은 크게 두 가지로 나눌 수 있다. 병기를 사용하는 것과 그렇지 않은 것. 병기를 사용하지 않는 무공 중에 가장 대표적인 것이 바로 권법이라 할 수 있지. 지난 열흘 간 배운 것이 스스로를 단련하는데 필요한 것이라 한다면 이것은 상대와 수를 섞는 본격적인 것이다."

연무종은 이내 자세를 가다듬었다.

덕분에 소운평은 꼼짝없이 무릎을 꿇은 자세를 유지해야 했다.

"권법은 그 유구한 역사만큼이나 가짓수가 많고 가장 기본이 되는 무공이지만, 무기와 무공이 발전함에 따라 갈수록 하찮게 치부되는 경향이 있다. 그 자체를 한 갈래나 유파로 여기기보다는 단순히 체력을 단련하거나 좀 더 고차원적인 무공을 익히는 데 필요한 전 단계쯤으로 여기는 것이지. 그러나 이것은 크게 잘못된 생각이다. 무공을 펼치는 것은 병기가 아닌 인간이다. 뿌리가 부실한 나무는 겨울을 이기고 이듬해 봄을 맞지 못하는 법! 그런 의미에서 권법으로 대표되는 체술(體術)의 중요성은 수백 번을 강조해도 부족함이 없을 것이다."

"그렇지만 아무리 주먹이 강해도 검이나 도를 든 자를 이길 수는 없지 않습니까?"

소운평이 조심스레 반론을 제시했다.

그러자 연무종은 피식 웃었다.

"만약 네 손에 검을 쥐여준다면 나를 이길 수 있겠느냐?"

"에이, 사부님은 고수잖아요!"

"내가 말하고자 하는 것이 그와 같다. 어설프게 병기를 쥔 자가 완벽하게 스스로의 몸을 제어할 수 있는 자를 이길 수 없음은 당연하다."

이윽고 연무종은 몸을 일으켜 노송을 벗어났다. 아마 여전히 불신의 눈초리를 띠는 제자를 위해 한 수 시범이라도 보여줄 생각인 듯했다.

"후우─홉!"

가벼운 심호흡 후, 연무종은 두 팔로 크게 원을 그린 다음 두 주먹을 쥐어 단전 부위에 모았다. 그리고는 조금씩 다리를 벌려가며 하체를 안정시켰다. 한눈에 보기에도 말 타는 기수(騎手)의 모습이었다.

스윽!

왼발이 비스듬히 반 보(半步) 앞으로 나갔다.

자세가 더 낮아진 탓에 중심은 뒷발에 실렸고, 활짝 펴진 두 손은 찬찬히 앞으로 뻗어졌다. 이윽고 손가락이 갈고리처럼 반쯤 오므려졌다.

'호랑이다!'

퍼뜩 떠오른 생각이 그랬다.

소운평이 아니라 누가 봐도 그렇게 여길 만했다. 연무종의 전신에 호피(虎皮)를 씌운다면 먹이를 덮치기 직전의 맹호(猛虎)를 볼 수 있을 터였다.

"타앗!"

기합과 함께 연무종은 도약했다.

두 팔을 넓게 벌린 모양은 창천을 나는 한 마리 학(鶴)이었고, 착지한 후의 날렵한 발놀림은 영락없는 영사(靈蛇)였다. 이어 풍차처럼 휘몰아치는 용맹한 손발은 표범이요, 절로 탄성이 이는 장중한 마무리는 한 마리 청룡(靑龍)을 연상케 했다.

시연을 마친 연무종은 소운평에게 다가왔다. 격렬한 몸놀림에도 불구하고 땀 한 방울 흐르지 않았다.

"어떠냐? 무엇을 느꼈느냐?"

"그게……."

소운평은 말을 얼버무렸다.

사실대로 말하자니 그게 만만치 않았다. 그래도 명색이 스승이고 연장자인데, 짐승 흉내를 낸 거 같다고 말할 수는 없는 노릇인데…….

"괜찮다. 네 생각을 말해 보거라."

연무종이 거듭거듭 재촉을 하고 나서야 소운평은 입을 열었다.

"그게 어떤 느낌이었냐 하면요, 처음엔 호랑이가 울부짖는 거 같았고, 다음엔 그게 뭐냐… 학인가? 아무튼 짐승들이 요란법석을 떠는 그런……."

"다른 건 몰라도 눈은 제대로 박혔구나."

연무종은 피식 웃었다.

당장에 불호령이 떨어질 줄 알았던 소운평은 뜻밖의 소리에 몹시 어리둥절해했다.

"무슨 말씀이세요?"

"네가 본 것은 다섯 종류 짐승들의 움직임을 본떠 만든 권법이다. 그래서 명칭도 오수권(五獸拳)이지."

"그렇군요."

소운평은 그제야 고개를 끄덕였다.

"한데 그게 무슨 대단한 권법인가요? 그저 짐승들 흉내 내기에 불과할 뿐인데요."

"그건 잘못된 생각이다. 태초부터 인간은 어둠을 두려워해 왔다. 그러나 짐승들은 주로 밤에 활동을 한다. 날카로운 이빨과 발톱, 거기다 어둠에 방해받지 않는 눈, 낮에는 사냥의 대상이었던 짐승들이 밤엔 두려움과 숭배의 대상으로 바뀐 것이지. 그래서 그들의 동작을 따라함으로써 힘과 용맹을 얻으려 했다. 이때는 무예가 아니라 주술적인 의미가 강했을 것이다. 그러던 것이 무공의 틀을 갖추고 오랜 세월을 거치며 보다 진보된 무예로 발전을 거듭해 왔다. 유구한 역사를 지닌 만큼 절대 우습게 여기면 안 된다. 용, 호, 표, 사, 학의 무예인 오수권은 그 중에 가장 대표적인 것이다."

"그럼 다른 것도 있겠군요?"

"물론이다. 이루 헤아릴 수 없을 정도로 많은 무예가 존재하지만, 사마귀와 두꺼비의 움직임을 본떠 만든 당랑권(螳螂拳)과 하마공(蝦蟆功)을 첫손에 꼽을 수 있지. 제대로만 익히면 능히 일가를 이룰 만한 무공이다."

'참나, 별 희한한 무공이 다 있네. 설마 벼룩을 본뜬 무공은 없겠지?'

소리 죽여 웃던 소운평은 깜짝 놀랐다. 곁에 있던 연무종이 어느새 저만치 걸어가고 있는 것이다.

"사부님, 갑자기 어딜 가세요?"

"거기서 기다리거라. 오래 걸리는 일은 아니니 곧 돌아오마!"

연무종은 따라오지 말라 손짓을 하고는 곧장 숲 속으로 들어갔다. 그가 장내로 돌아온 것은 말처럼 오래지 않아서였다. 옆구리에 뭔가를 든 채였다.

"사부님, 대체 그게 뭔가요?"

연무종은 대꾸도 없이 옆구리에 든 물건을 들어 땅속에 깊이 박았다.

그것은 커다란 인형이었다. 일 장 정도 되는 통나무를 깎아 몸통을 만들고, 아랫부분은 땅에 고정하게끔 말뚝으로 사용했다. 거기다 팔과 다리는 따로 제작해 붙인 정교한 목인형(木人形)이었다. 표면엔 근육과 내부 장기의 모습은 물론 혈도의 위치까지 일일이 표시되어 있었는데, 과연 의가(醫家)의 후예다운 솜씨였다.

"야, 정말 잘 만드셨군요. 사람이랑 꼭 같네요!"

소운평은 절로 탄성을 발했다. 그건 그렇고, 궁금한 건 궁금한 거였다.

"이건 뭐에 쓰는 겁니까?"

"앞으로 네놈과 피와 땀을 함께 흘리게 될 동료이자, 적수가 될 인물이지."

"무슨 말씀이신지?"

"그건 차차 알게 될 게다. 우선 오늘은 오수권 중에 호권을 가르치겠다."

연무종은 손을 툭툭 털고 장내로 나섰다.

"호권은 스물네 개의 기본 초식으로 이루어졌다. 호권은 전반에 걸쳐 강한 기세와 기백을 담고 있는 게 특징이니만큼 이 점을 염두에 두기 바란다."

연무종은 연속해서 초식을 펼쳐 보였다. 초식이 변할 때마다 초식명과 함께 세부적인 주의 사항까지 꼼꼼히 일러준 다음, 다시 최초의 초식으로 돌아갔다.

"이것이 맹호출림(猛虎出林)의 일초다. 말 그대로 사나운 호랑이가 숲을 박차고 나서는 모양을 형상화한 것이지. 그런 느낌으로 자세를 잡아보거라."

'대충 이 정도면 되려나?'

소운평은 기억을 짜내 자세를 취했다.

한데 그 자세라는 것이 잔뜩 움츠러들고 엉성한 것이, 호랑이는커녕 고양이만도 못했다.

"이놈, 쥐새끼가 아니란 말이다!"

결국 몽둥이가 허공을 갈랐다.

딱!

＊   ＊   ＊

"길잡이 노인의 말로는 그곳을 둘러싼 절벽엔 사시사철 안개가 가시지 않아 운애곡(雲崖谷)이라 부른다고 하더군요. 속하가 보기에도 그 말은 신빙성이……."

황의 사내의 말은 원후승의 짜증스런 음성에 부참히 잘려졌다.

"간단히 요점만 말하도록!"

"죄송합니다!"

사내는 한차례 허리를 숙이고는 말을 이어갔다.

"샅샅이 살핀 결과 상당한 흔적을 발견했습니다. 우선 가옥의 흔적인데, 이를 근거로 추정하자면 적게는 칠십에서 많게는 백이십 정도가 기거한 것으로 생각됩니다. 가축을 기르고 농사까지 지은 것을 보면 상당한 시간을 그곳에서 생활한 것을 알 수 있지요."

"싸움을 벌인 흔적은?"

"물론 손쉽게 발견했습니다. 병장기가 어지럽게 널려 있는 데다 잘려진 시신의 일부도 눈에 띄더군요. 하지만 어디에서도 생존자의 흔적은 발견할 수 없었습니다. 마을을 기점으로 반경 삼십 리를 뒤져 보았지만 어디에도 흔적은 남아 있지 않았습니다."

"그렇다면 동귀어진(同歸於盡) 했다는 얘기냐?"

"양측 모두 한 사람의 생존자도 없다는 사실이 의심스럽지만 충분히 그럴 가능성이 있습니다. 사체는 산짐승의 좋은 먹잇감이니 사라질 수도 있지요."

보고를 마친 사내는 깊숙이 허리를 숙였다.

할 말 다했으니 어서 쉬게 해달라는 무언의 시위인 듯, 먼지로 가득한 옷깃이 드러났다.

"이만 물러가도 좋다. 이미 조사대에 일러놓았으니 술과 포상금을 받아가거라."

"감사합니다, 총관!"

사내는 다시 한 번 허리를 숙이고 재빠르게 실내를 벗어났다.

그리고 일각 후, 또 한 사내가 실내로 들어왔다. 사내는 먼젓번 인물과 마찬가지로 이 각을 머물다 사라졌다.

"흠—!"

원후승은 등받이에 몸을 맡겼다. 푹신한 감촉은커녕 되려 짜증이 밀려들었다.

두 수하의 보고는 한 치의 오차도 없이 일치했다. 서로가 같은 곳을 정찰한다는 사실을 전혀 몰랐으니 미리 꾸미거나 말을 맞추는 일은 없었을 것이다. 그러니 보고가 사실이라 여기도 좋았다.

그러나 그게 더 큰 문제였다.

백오십의 절정고수가 오간 데 없이 사라졌다. 과연 어디로 사라진 것일까?

보고에 의하면 동귀어진의 확률이 지배적이지만, 언뜻 생각해도 이해가 되질 않는다. 꽤 많은 인물들이 기거한 사실이 밝혀졌다고는 해도 적검문의 노른자위를 감당할 정도로 강한 자들이라고는 믿기 어려웠다.

설사 그렇다 치자. 그럼 그들은 누구인가?

그 정도 되는 인물들이 무엇 때문에 산중에 처박혀 세월을 보냈던 것일까?

그리고 달아난 인물들과의 관계는?

한번 시작된 의혹은 꼬리를 물고 계속되었다.

"으으―!"

참다못한 원후승은 세차게 머리를 두드렸다.

수하가 귀환했다는 소식은 이미 주인의 귀에 들어갔을 터였다. 주인은 곧 그를 소환할 테고, 보고의 내용을 물을 것이다.

그전에 명확한 결과를 이끌어내야 했다. 그것이 안 된다면 최소한 머뭇거리는 일은 없어야 했다.

여느 때처럼 그의 생각을 먼저 물을 테니까.

*   *   *

소운평은 혈담에 잠긴 채 운공에 몰두하는 중이었다.

타는 듯한 혈담의 열기는 오늘도 여전했지만, 그는 별로 고통스러운 기색이 아니었다.

그것은 모두 혈라염(血羅炎)의 묘용 덕분이었다. 희한하게도 혈라염을 운용하면 열기의 영향을 거의 받지 않았다. 이것은 혈라염이 천하에서 둘째가라면 서러울 극양의 무공인 탓이었다. 활활 타오르는 불에 찬물을 끼얹으면 불은 이내 꺼지지만, 같은 불씨가 더해지면 큰 문제없이 융합하는 이치와 같았다.

"후우—!"

이윽고 소운평은 길게 심호흡을 하며 눈을 떴다.

'거참, 요상하단 말야!'

운공이 끝나면 늘 궁금한 두 가지가 있었다.

하나는 단전 부위가 팽팽할 정도로 느껴지는 어떤 기운이었다. 외관상으로는 전혀 이상이 없건만 묵직한 뭔가가 자리 잡은 듯한 느낌, 그리고 다른 하나는 외상이 쉽게 치유된다는 점이다.

작은 상처나 멍은 그날로 사라졌고, 큰 상처도 이틀 정도면 치유되었다. 실제로 낮에 호권을 익히며 두들겨 맞은 곳은 멀쩡히 원상태가 된 뒤였다.

'엇, 뜨거!'

소운평은 펄쩍 뛰어 혈담을 벗어났다. 혈라염을 운용하지 않은 상태에선 여전히 반각도 버티지 못하는 그였다.

소운평은 옷을 걸치자마자 쪼르르 석단 앞에 자리를 잡았다.

"사부님, 이번엔 어떤 얘기를 해주실 건가요?"

눈동자가 초롱초롱 빛나는 데는 다 이유가 있었다.

내력 수련은 하루의 마지막을 장식하는 행사였다. 수련에 든 첫날, 연무종은 혼절에서 깨어난 소운평에게 무림사(武林史)에 관한 얘기를 해주었다.

구파일방(九派一幇)과 각 성(省)의 중견급 문파에 대한 대략적인 설명을 비롯해 무림 일각의 대소사에 대한 얘기였다. 출도 후를 대비한 작은 배려였고, 수련에 관심을 보이지 않는 소운평을 달래기 위한 방편의 일환이었다.

뜻밖에도 소운평이 좋아하는 눈치를 보이자, 그날부터 하루도 빠지지 않는 일과처럼 돼버렸다.

"오늘은 무림사에 관한 얘기는 하지 않겠다. 대신 다른 얘기를 해보자꾸나."

연무종이 빙그레 웃으며 대꾸했다.

"그게 뭔데요?"

"글쎄다."

말은 꺼내놓고 막막했던 모양이던지 연무종은 꽤 오랫동안 뜸을 들였다.

"수련이 끝나면 뭘 할 작정이냐?"

'겨우 그거였어?'

잔뜩 기대했는데 실망이다.

"일단 여길 떠나야겠죠. 그런 다음 적당한 곳에 정착해서 장사를 해볼까 생각하는데, 잘 될지는 모르겠군요. 장사란 게, 그거 만만치 않겠더라구요."

"장사라? 그래, 생각해 둔 게 있느냐?"

"아뇨. 예전에 들은 바로는 포목점(布木店)이 이문이 좋다던데… 장사로 치자면 역시 술 장사, 계집 장사가 제일이지만 그건 아무나 할 수 있는 일도 아니고, 그냥 형편 되는 대로 해보려구요."

'천하를 좌우할 무공을 앞에 두고도 겨우 장사치가 되겠단 말인가?'

연무종은 쓴웃음을 지었다.

"그럼 무공에는 전혀 뜻이 없는 게냐?"

"네!"

소운평은 일고의 여지도 없다는 투였다.

"편히 살 수 있는데 무엇 때문에 그 고생을 합니까? 그렇다고 누가 알아주는 것도 아니구요."

"굳이 명예나 그에 어울리는 가치를 따진다면 네가 장사를 해서 얻는 이익보다 훨씬 클 것이다. 더 이상 강요는 않겠다만 한 번쯤 깊이 생각해 보는 것도 좋을 게다. 새로운 도전이 될 것이며, 또한 여태 경험하지 못한 새로운 세계를 경험하게 될 것이다."

'아무리 그래 봐야 소용없습니다!'

소운평은 입술을 삐죽거렸다.

그사이 연무종은 풀어졌던 자세를 가다듬고 조용히 눈을 감았다.

"내일은 신법(身法)을 공부하게 될 게다. 신시(申時)가 되기 전에 다른 일과를 모두 마치거라."

그만 물러가라는 소리였다.

아직 술시도 다 가지 않은 이른 시간이다. 전례에 없던 일이니만큼, 그의 심사가 몹시 불편함을 단적으로 말해 주는 행동이었다.

한데, 좋아라 숙소로 돌아가야 마땅할 소운평은 일어서기는커녕 미동조차 없었다.

"둔부에 아교라도 묻은 게냐?"

"아뇨, 그런 건 아니지만……."

소운평은 어색하게 뒤통수를 긁었다.

"너무 이른 시간이라 잠도 안 오는 데다 그 신법이란 게 어떤 것인지 궁금하기도 하고… 그래서요. 매도 알고 맞으면 덜 아프다면

서요?"

"놈, 말은 잘하구나!"

싸늘한 말투와는 달리 연무종은 곧 입을 열었다.

"신법은 크게 경신(輕身)과 중신(重身)으로 나눌 수 있다. 경신은 말 그대로 몸을 가볍게 하여 이동과 공수를 기민케 하는 것이고, 중신은 그 반대되는 것을 말한다. 보통 신법이라 하면 대다수가 경신을 의미하는 것이며, 경공(輕功)이라 칭하기도 한다. 네가 배울 것은 경신술의 일종으로 표풍행(飄風行)이란 이름을 가졌다."

'표풍행?'

제법 그럴싸한 이름이지만, 정작 궁금한 건 이름이 아니었다. 이거야말로 망치를 가리키며 '이건 연장이다!'라고 말하는 것과 같지 않은가!

"사부님, 좀 구체적으로……."

"누가 네게 칼을 들이대면 어찌겠느냐?"

언젠가 들어본 질문이다. 그때는 말문이 막혔지만, 지금은 상황이 달랐다. 소운평은 어깨를 으쓱했다.

"육합보를 써서 피하면 되죠."

"좋은 생각이다. 하지만 상대가 하나둘이 아니라 수십 명도 더 된다면 어쩌겠느냐?"

"당연히 죽어라 도망을 가야죠."

"답이 나온 셈이구나!"

'뭐야, 그럼 도망갈 때 써먹는 무공이란 소리 아냐? 이거 쓸 만한 걸 또 건졌는데?'

'또!' 이전의 것은 아마도 육합보일 것이다. 매 맞지 않는 무공에 이어 확실하게 도망가는 무공까지. 소운평은 눈까지 게슴츠레 뜨며 좋아했다.

쯧쯧! 설마 경신술을 도망갈 때만 써먹을까. 연무종은 무섭게 제자에게 적응해 가는 중이었다.

"그만 돌아가거라!"

한마디를 남기고 연무종은 눈을 감았다.

궁금증도 깔끔하게 해결되었고, 슬슬 잠도 오려는 차였는지라 소운평은 냉큼 일어섰다.

"사부님, 편히 쉬세요."

얼마나 급했던지 굽힌 허리가 채 펴지기도 전에 상반신이 휙 돌아갔다.

*　　　*　　　*

원하든 원치 않든 간에 시간은 흐르기 마련이고, 빠르기로 말하자면 시간만큼 빠른 게 또 없을 것이다.

여름은 눈 돌릴 틈도 없이 갔다. 한여름 밤에 꾸는 짧은 꿈처럼 사라진 여름 대신 가을이 왔고, 낙엽이 지는가 싶기 무섭게 슬그머니 찬바람이 불기 시작했다.

소운평에겐 시간의 흐름은 의미가 없었다.

같은 하루, 반복되는 일과!

달라진 점은 몸이 좀 불었고, 사시(巳時) 이전에 산행을 마칠 수 있고, 육합보와 오수권, 표풍행을 그런 대로 능숙히 펼칠 수 있다는 점이랄까?

아무튼 넉 달 십삼 일이 그렇게 지났다. 그리고 원단(元旦)을 이틀 앞둔 밤, 황산엔 때늦은 첫눈이 내렸다.

마치 약관의 나이가 되는 소운평을 축하라도 하듯 말이다.

제24장

소웃음은 위기를 자초하고 마침내 거인은 쓰러지다

1

'이야—!'

절로 입이 벌어졌다.

나무와 바위 아래, 위 어디를 둘러봐도 눈덩이가 소담스레 쌓여 있었다. 깊이 역시 발목을 넘겼으니 초설(初雪)치고 그런 대로 양도 많은 편이었다.

묘시(卯時) 초, 밖은 아직도 한밤중이다. 투명한 밤하늘엔 별이 총총했고, 은은한 별빛을 받아 반짝이는 설원은 마치 보석을 깔아놓은 듯 아름답기 그지없었다.

뽀드득!

첫발을 내디딜 때 울리는 이 소리를 싫어할 사람은 어디에도 없을 것이다.

소운평은 천천히 걸어갔다.

새하얀 설원에 나란히 이어지는 발자국!

가끔 예외도 있는 법이지만, 좌우간 자신이 첫 도장(?)의 임자가 된다는 건 기분 좋은 일이다. 점차 발놀림이 빨라지는가 싶더니 이내 달음박질로 변했다.

"까아—호!

소운평은 두 손을 치켜들고 눈밭을 쏘다녔다.

가끔 눈덩이를 만들어 던지기도 하고, 눈밭에 몸을 던져 뒹굴기도 하는 것이 영락없이 어린 시절로 돌아간 듯한 몸짓이었다.

"이놈, 눈 좀 온 것이 무슨 큰일이라고 벽두부터 단잠을 깨우는 게냐!"

어느새 연무종이 노송 근처에 모습을 드러냈다.

소운평은 후닥닥 몸을 일으키고는 허리를 숙였다.

"편히 주무셨습니까?"

"네놈이 안 깨웠다면 더 편히 잤겠지!"

선잠을 깬 탓인지 몹시 시큰둥한 어조였다. 말은 그래도 수려한 풍광에 넋이라도 잃은 듯 연무종은 주변을 두루 살피고 있었다.

"내년엔 풍년이 들겠구나!"

산책이라도 하듯 느릿하게 주변을 돌아본 연무종은 여느 때처럼 노송 아래다 자리를 잡았다.

"나를 만족시킬 정도면 네가 원했던 것을 한 가지씩 얻을 수 있을 게다."

"그럼 펼쳐 보이죠."

소운평은 웃옷을 벗었다.

벌써 사 개월여, 원치 않았음에도 불구하고 지난 시간의 흔적은 그의 몸에 고스란히 남아 있었다.

하지만 근육질로 변한 상체나 기타 여러 가지 변화를 일일이 설명할 필요가 있을까?

산중의 매서운 한파(寒波)를 맨몸으로 받고도 아무렇지도 않게 서 있다는 사실 하나만으로도 충분히 달라진 것을 느낄 수 있는 것이다.

"으샤, 헛!"

장난하듯 양팔을 빙글빙글 돌리며 몸을 푼 다음, 소운평은 자세를 잡았다.

처음에 하나였던 목인형은 그사이 다섯 개로 불어나 있었다. 오수권 이란 이름을 기억하고 있다면 왜 다섯 개인지 굳이 설명할 필요는 없을 것이다.

"타앗!"

한소리 기합과 함께 소운평은 손발을 놀렸다.

탁, 탁, 타다닥!

맹렬히 움직이는 손발은 목인형에 그려진 급소 부위를 한 치의 오차도 없이 짚어갔다.

내공이 실리지 않아 파괴력은 전혀 없었지만, 그 모양과 초식의 정교함은 오수권 본연의 움직임을 고스란히 재연하고 있었다. 그렇게 소운평은 다섯 마리 짐승이 되어 몰입해 들었다.

이윽고 백이십 초가 모두 펼쳐지고, 소운평은 호흡 조절을 하고 노송 아래로 돌아왔다.

"사부님, 어떻습니까?"

무릎을 꿇은 채 소운평은 대꾸를 기다렸다. 연무종의 말 한마디에 새벽 이슬을 맞느냐, 단잠을 더 자느냐가 달렸으니 긴장하는 것도 무리가 아니었다.

연무종은 반각 가까이 지나서야 말문을 열었다.

"그런 대로 노력은 한 것 같구나. 제법 성의는 있어 보인다만, 기대했던 것만큼은 아니다. 그렇다고 형편없었다는 얘기는 아니니 실망은 말아라."

"그럼 더 이상 산행은 안 해도 되는 겁니까?"

"좋다, 약속은 약속이니!"

연무종은 선선히 고개를 끄덕였다.

"끼야호!"

소운평은 앉은 자세 그대로 펄쩍 뛰어올랐다. 눈밭을 데굴데굴 구르며 좋아하는 모양이 세상을 다 얻기라도 한 듯한 모양새다.

"그렇다고 자만하지는 말아라. 초식은 초식일 뿐이고, 인형은 인형일 뿐이지. 실전이라면 상대는 네가 짜임새있는 공격을 하도록 내버려두지 않을 뿐더러, 인형처럼 서 있기만 하지도 않을 것이다."

"한번 그래보라고 그러시죠! 제겐 육합보가 있고, 표풍행이 있는데 대체 뭐가 걱정입니까?"

"그럴지도 모르겠구나!"

맞장구를 쳐주며 연무종은 쓴웃음을 지었다.

처음엔 무공 수련에 뜻을 두지 않을까 고민을 해야 했는데, 이젠 거만해지지 않을까 신경을 써야 하는 것이다. 코딱지만한 성과를 얻고 나태해질 게 뻔한 제자에게 경종을 울려줄 필요가 있었다.

"약속대로 오늘부터 산행은 없는 것으로 하겠다만, 그 대신 매일 한 시진씩 대련을 해야 한다."

"대련요?"

소운평은 발딱 몸을 일으켰다.

"이제껏 배운 것은 이론일 뿐이다. 무예는 익히는 과정과 그 자체로도 중요하지만, 상대와 손을 섞을 때 비로소 가치를 드러내는 법이지. 어떤 고상한 말로 포장을 한다 해도 결국 무예는 적을 상대하기 위한 것이니만큼 실전에서 능숙하게 사용할 수 없다면 무용지물(無用之物)에 불과하다 할 것이다."

"말도 안 됩니다! 아무리 그래도 어떻게 사부님께 주먹질을 할 수 있겠습니까?"

소운평은 황급히 머리를 조아렸다. 제자로서 최대한 예의를 갖춘 듯한 태도였는데 내심은 달랐다.

'암, 그건 죽어도 안 되지! 백날 싸워봐야 나만 골병들 게 뻔한데.'

소운평은 연신 '죽어도!'를 부르짖었다.

그런 제자를 보며 연무종은 피식 웃었다. '네놈 속은 이미 다 안다!'는 눈치였다.

"네가 공격을 성공시킬 때마다 하루에 한 시진씩 수련 시간을 줄여주겠다. 그 시간엔 네가 무슨 짓을 하든 절대 간섭하지 않을 것이다."

하루는 열 두 시진이니, 열 두 대만 때리면 하루종일 자기 마음대로 할 수 있다는 소리였다. 귀가 솔깃한 제안이었지만, 내키지 않기는 마찬가지였다.

소운평은 시큰둥한 얼굴로 고개를 돌려 버렸다. 그냥 매일 해서 익숙해진 것이나 하겠다는 태도였다.

여전히 반응이 시원치 않자, 연무종은 준비한 마지막 미끼를 던졌다.

"내력은 사용하지 않겠다. 공격하는 일도 없을 뿐더러 네 곁에서 일장 이상 벗어나는 일도 없을 것이다."

'오호, 그렇다면?'

손해볼 일은 전혀 없었다. 가장 걱정했던 골병들 일도 없고, 재수 좋게 한 대라도 명중시킨다면 늘어지게 낮잠을 자는 상황을 만들 수도 있으니 말이다.

"사부님이 그렇게까지 말씀하시는데 모른 척하는 건 제자 된 도리가 아니겠죠?"

이 정도면 능청도 수준급이다.

소운평이 둔부를 털며 몸을 일으키자, 연무종은 훌쩍 솟구쳐 장내로 내려섰다.

'가만있자, 어디부터 시작하지?'

소운평은 신중하게 염두를 굴렸다.

왼손을 등 뒤로 돌려 허리에 두르고 그냥 서 있는 모습인데, 도통 허점이 보이지 않았다. 여기를 노리자니 쉽게 피할 것 같고, 저기를 노리자니 그렇고, 아무리 살펴도 답은 나오지 않았다.

'일단 흔들어보면 허점이 보이겠지!'

생각이 여기에 이르자 소운평은 주저없이 일수, 일퇴를 펼쳤다.

주먹은 복부의 단중혈을, 발은 발목 부근의 족삼리혈을 노리는 이 수법은 호권 중의 일부로 노호분격(怒虎紛格)이란 초식이었다. 상체와 하체를 거의 동시에 타격하기 때문에 상대하기 쉬운 수는 아니었다.

그러나 연무종은 태연히 공격을 받아냈다. 상체를 노린 손을 쳐내고 주르르 미끄러지며 공세를 벗어났다.

"목표를 쳐다봐서는 안 된다. 아무리 뛰어난 초식이라도 상대가 미리 짐작한다면 무슨 소용이 있겠느냐? 눈은 항시 상대의 눈을 응시해라! 자신의 의도는 철저히 숨기되, 상대의 눈을 통해 수를 읽어라."

"눈만 쳐다보면 허점은 어떻게 찾구요?"

첫 수가 맥없이 빗나가자 소운평의 목소리에는 신경질이 다분했다.

"허점은 절대 눈으로 보는 게 아니다. 눈에 들어오는 허점은 대개 함정이라 여겨도 무방하다. 허점은 보는 게 아니라 몸으로 느끼는 것이다."

몸으로 느낀다?

아마 감각을 말하는 것일 텐데, 감각이란 오랜 경험으로 숙달된 자만이 가질 수 있는 게 아닐까?

"아직까지 네겐 무리일 것이지만, 감각은 부단한 노력으로 단련할 수 있다. 오직 피나는 노력만이 모든 것을 얻을 수 있게 할 것이다. 오너라!'

연무종은 손가락을 까닥여 보였다.

"일단 공격을 취하면 반드시 쓰러뜨려야 한다는 각오로 임하거라. 섣부른 공격은 반격의 빌미만 제공할 뿐이지. 상대의 움직임을 그려보는 것도 큰 도움이 될 게다. 여길 이런 수법으로 공격하면 상대는 어떻게 반응할까? 머리 속은 어느 순간이고 깨어 있어야 한다."

'좋아. 그렇단 말이지.'

그렇지 않아도 연속 공격을 가할 심산이었는지라 소운평은 방법을 생각하는 데 몰두했다.

'일단 발로 하체를 서너 차례 공격하고 나서 갑자기 옆구리를 노려볼까? 아냐, 그건 빤히 보이는 수법이야! 뭐 좋은 수가 없을까?'

"벌써부터 포기하는 게냐?"

"누가 포기한답니까!"

연무종이 비웃는 듯한 눈초리를 보이자 소운평은 내심 발끈 화를 냈다.

'뾰족한 수가 없으니 우선 그 방법을 써먹는 수밖에 없겠군!'

"조심하세요, 이번엔 좀 다를 겁니다!"

소운평은 뚫어져라 연무종의 눈을 응시했다.

"얼마든지 오너라!"

"그럼 갑니다!"

사아악!

오른발이 맹렬히 지면을 쓸며 발목을 노려갔다.

두 번 연속 바닥을 쓸던 오른발의 공세가 끝나는 것과 동시에 소운평은 몸을 날려 옆구리를 찍어갔다.

"좋은 수법이다!"

말과는 달리 연무종은 수월하게 공격을 피했다.

그때였다. 막 소운평의 우수가 옆구리를 스치듯 지나는가 싶었는데, 갑자기 방향을 확 바꾸더니 등판을 쓸어가는 것이 아닌가!

'한 대는 성공했다!'

소운평은 쾌재를 불렀다.

연무종도 적지 않게 당황한 듯 얼굴빛이 변했다. 그러나 촌각에 불과한 짧은 순간이었다.

휘청!

허리가 최대한 휘어지는 통에 연무종의 신형은 마치 바닥에 누운 듯한 형상이었는데, 자세히 보면 지면과 한 뼘쯤 사이를 둔 채 떠 있는 것을 알 수 있었다. 놀라운 철판교(鐵板橋)의 신법이었다.

당연히 소운평은 헛손질을 해야 했다.

"실패하긴 했지만 의도는 좋았다!"

연무종은 새삼스런 시선으로 제자를 응시했다. 상하 연환공격에 이어 언급한 적도 없는 허초까지 사용한 제자가 몹시 대견한 모양이었다.

'아이고, 아까워라!'

원래 남의 떡에 눈길이 가고, 잡았다 놓친 고기가 더 커 보이는 법이다. 소운평은 발을 동동 구르며 아쉬워했다. 아쉬운 건 아쉬운 거고, 거의 성공할 뻔했다는 사실에 소운평은 새롭게 의지를 불태웠다.

오호라!

하늘은 스스로 구하는 자를 돕는다더니, 실로 기막힌 생각이 떠오른 것은 그때였다.

'흐흐, 그래. 그거라면 감쪽같을 거야. 아! 난 왜 이리 똑똑한 걸까?'

소운평은 불끈 주먹을 쥐었다.

과연 자신만만한 표정을 짓는 만큼 일이 잘 풀릴지는 두고 볼 일이다.

이번엔 섣불리 손을 쓰지 않았다. 대신 어지럽게 두 발을 놀려 연무종의 전후좌우(前後左右)를 맴돌았다. 원래 육합보와 표풍행은 내력과 거의 무관하다시피 한 무공인지라 몸놀림은 상상외로 기민했다.

"사부님, 또 갑니다!"

소운평은 맹렬히 손발을 놀렸다.

아무리 노력했어도 불과 사 개월이다. 젊다고는 해도 의욕대로 몸이 따라주는 것에도 한계가 있는 법이다. 지치면 가장 먼저 공격 속도가 떨어지게 되고, 다음엔 균형을 유지하는 기능이 떨어지게 된다.

막 일학충천(一鶴衝天)의 초식으로 몸을 날린 후 착지하던 소운평은 균형을 잃고 비틀거렸다.

"어, 엇!"

다리가 꼬인 소운평은 미처 중심을 잡고 어쩌고 할 새도 없이 세차게 고꾸라졌다. 그가 쓰러진 곳은 공교롭게도 목인형의 밑동 부분이었다.

꽝!

요란한 소리와 함께 소운평은 축 늘어졌다.

"괜찮은 게냐?"

그 단단한 목인형을 정수리로 들이받았으니 멀쩡하다면 오히려 이상한 일일 게다. 소운평은 대꾸는커녕 신음 소리도 없었다.

"정신차리거라!"

연무종은 황급히 소운평을 안아 들고 맥을 짚었다.

막 연무종이 맥을 짚는 순간, 혼절한 것으로 보이던 소운평이 슬그머니 실눈을 뜨는 것이 아닌가!

'큭큭, 성공이다!'

소운평은 젖먹던 힘을 다해 우수를 뻗어냈다.

"이놈, 이따위 잔꾀를 부리다니!"

그제야 사태를 파악한 연무종은 황급히 공격을 피하려 했지만, 워낙 거리가 가까워 피하기가 용이치 않았는지라 번개처럼 우수를 내밀었다.

파앙!

소운평의 우수는 연무종의 손안에 잡힌 상태로 멈춰졌다. 광대뼈와 한 치의 거리였다.

소운평은 그야말로 미칠 지경이었다. 머리가 깨지는 고통을 감수하며 벌인 일인데, 성공을 목전에 두고 도로아미타불이 된 것이다.

"사부님, 이런 법이 어디 있습니까! 절대 손을 쓰지 않는다면서요?"

"난 분명 공격만 안 한다고 했다! 설사 공격이 성공했다 해도 이런 편법은 인정할 수 없다. 예전 같으면 당장에 손목을 분질러 놨을 게다."

흡사 씹어뱉는 듯 싸늘한 음성!

그러나 연무종의 눈은 웃고 있었다. 그 모습이 수십 배는 더 공포를 자아냈다. 급기야 소운평은 넙죽 엎드려 머리를 조아렸다.

"사부님, 잘못했습니다!"

"정공은 살을 에는 듯 어려운 반면, 편법은 쉽사리 눈에 드는 법이다. 눈앞의 이익만을 추구하는 자는 결코 대성할 수 없음이다. 항시 가슴에 담아두어라!"

"알겠습니다."

'알긴, 뭘 알아?'

소운평은 내심 바가지로 욕을 퍼부었다.

"일어나거라. 오늘 수련은 이것으로 모두 마칠 테니 그만 목옥으로 내려가거라."

"내려가다뇨?"

소운평은 깜짝 놀랐다. 설마 무슨 일이 있는가 싶어 걱정하는 눈치였다.

그러자 연무종은 빙그레 웃으며 말했다.

"내일이 벌써 원단(元旦)이다. 그믐날엔 가족이 모여 새해를 맞는 것이 보통이 아니냐? 그렇지 않아도 어제 오후 무렵에 청후가 들렀더구나."

"사부님은요?"

"난 됐으니 너 혼자 다녀오너라. 내일 해지기 전에 돌아오도록 하고."

연무종은 이내 동굴로 걸음을 옮겼다.

'하긴… 마누라(?)가 좀 신경 쓰이기는 하지만, 굳이 쉬는 걸 마다할 필요는 없지.'

소운평은 사뿐히 몸을 일으켰다.

"사부님, 다녀오겠습니다!"

벌써 저만치 걸어가는 연무종의 등에다 한차례 인사를 하고 소운평은 빠르게 산을 내려갔다. 표풍행을 운용한 덕에 그의 신형은 금세 시야에서 사라졌다.

어느덧 뿌옇게 날이 밝아왔다.

*   *   *

"정말 자네가 운평인가?"

위청후는 눈을 휘둥그레 떴다.

느닷없는 인기척에 신경을 곤두세우던 터였는데, 오 장 거리를 미끄러지듯 다가온 이가 매제라니… 놀랍기도 하고 반갑기도 한 마음에 한달음에 다가온 위청후는 제법 심각하게 소운평의 이모저모를 살폈다.

'참나, 뭐라 그럴 수도 없고!'

우시장에 나온 소 살피듯 하는 시선이 마음에 들진 않았지만, 그게 다 반가움에서 비롯된 것임을 아는지라 소운평은 꾹꾹 눌러 참았다.

"하하, 과연 그렇군. 자네가 맞아!"

위청후는 급기야 대소를 터뜨렸다. 이제껏 한 번도 보여준 적 없는 호방한 웃음소리였다.

"자, 여기서 이럴 게 아니라 안으로 가세."

위청후는 손에 든 도끼와 장작을 내던졌다. 그리고는 소운평의 손을 잡아끌고 목옥으로 들어갔다.

모닥불이 지펴진 터라 안은 후끈했다. 두 사람은 다탁을 마주하고 앉았다. 어쩐 일인지 위청란의 모습이 보이지 않았다.

"자네 처는 새벽에 산을 내려갔네. 음식 재료를 사러 간다고 하더군. 내가 가겠다고 했는데도 부득불 우기기에 어쩔 수가 없었네. 자네도 잘 알지 않나? 그 아이가 한번 고집을 부리면 누구도 못 말린다는 걸 말일세. 어떤가, 자네도 한잔해야지?"

위청후가 찻물을 담으며 물었다.

"밥은 없습니까? 아침을 굶고 내려와서."

"허, 이걸 어쩐다? 그 아이가 자리를 비운 터리 요깃거리가 아무것도 없거늘……."

위청후는 난색을 지었다. 잠시 뭔가를 생각하는 듯하더니 서둘러 입을 열었다.

"이럴 게 아니라 우리 계곡으로 가는 게 어떤가? 오랜만에 자네 솜씨를 다시 맛보여 주게. 난 여태 그 맛을 잊지 않고 있다네."

'솜씨? 그 맛?'

고개를 갸웃하던 소운평은 곧 말뜻을 깨달았다. 가어(嘉魚)를 구워 주었던 것을 말하는 것임을.

"그렇게 하죠 뭐!"

소운평은 선선히 동의했다.

식은 밥덩이라도 약간 남아 있었다면 절대 그럴 리 없었겠지만, 솔직히 그간 풀뿌리에 열매만 먹었는지라 그 맛이 그립기도 했다.

서둘러 실내를 나서던 소운평은 문득 떠오르는 것이 있는지라 걸음을 멈췄다. 그리고는 찻주전자를 정리하는 위청후에게 말을 건넸다.

"저기, 술도 좀 챙겨가죠?"

타닥! 타다닥!

마른 나무는 불씨가 닿자마자 불꽃을 피워 올렸다. 그 위로 굵은 통나무가 줄줄이 얹어졌다.

불은 지핀 후, 소운평은 생선을 손질했다.

슥! 스윽!

소도(小刀)가 움직일 때마다 비늘이 벗겨지고 내장이 분리되었다. 언제 보아도 능숙한 솜씨였다.

이윽고 모닥불이 어느 정도 숯불로 화하자 소운평은 가어를 나무에 꿰어 불가에 드리웠다. 식욕을 자극하는 소리에 이어 구수한 냄새가 풍겼다.

소운평은 눈밭에 손을 문질러 닦고는 위청후가 앉은 바위 반대 편에 앉았다.

문득, 위청후가 입을 열었다.

"힘들지 않았나?"

"힘이야 들지만, 그럭저럭 할 만하더군요. 처음엔 죽을 것 같더니 이젠 습관이 돼서……."

"잘 적응했다니 기쁘군. 한잔하게."

위청후가 술병을 건넸다.

"쿨룩쿨룩!"

오 개월여 만에 마시는 술에 놀란 목구멍은 즉각 고통을 호소했다. 뱃속도 짜르르 울리는 것이 영 기분이 생기지 않자, 소운평은 이내 술병을 내려놓았다.

"그러고 보니 벌써 반이 지났군요. 앞으로 사 개월만 더 견디면 끝이니까, 지금은 신경도 안 쓰입니다."

"그렇군, 시간 참 빠르군!"

위청후는 새삼 소운평을 응시했다.

반 년도 안 되는 짧은 시간에 훌쩍 변해 버린 사람이 눈앞에 있다. 고무공처럼 탄탄하게 변한 육체, 치기 어린 말투도 약간은 변한 그!

그는 얼마나 더 성장하게 될까?

얼마나 살아남아 그 모습을 지켜볼 수 있을까?

비록 썩어가는 손이지만, 이 손으로 조카를 안아볼 날까지 버틸 수 있을까?

아—!

나는 살고 싶다!

위청후는 이내 시선을 들어 잿빛 하늘을 응시했다. 그렇게라도 하지 않으면 눈에 가득한 슬픔의 결정체를 떨구고 말았으리라.

위청후가 감정을 다스리는 데는 꽤 시간이 걸렸다. 이윽고 그는 내내 부담되었던 얘기를 털어놓았다.

"처음 자네 생각을 알았을 때 난 굉장히 놀랐네. 배신감이랄까? 자네가 어떻게 생각하든 내 의도는 순수했네. 서운한 마음이 드는 한편 이해가 가기도 했네. 충분히 그렇게 여길 만한 상황이었지. 하지만 걱정 말게. 절대 그런 일은 벌어지지 않을 테니. 부친의 복수는 그 누구도 손댈 수 없는 온전한 내 몫일세."

"그 말을 어떻게 믿습니까?"

'뒤통수 맞은 적이 한두 번이 아닌데!'

소운평이야 콧방귀를 뀌든 말든 위청후는 계속해서 말을 이어갔다.

"솔직히 그 성격에 어떤 일을 벌일지 나 역시 자네 처가 끼어드는 게 불안하다네. 자네가 원하면 수련이 끝나는 대로 다른 곳에 정착할 수 있도록 해주겠네."

"그럼 떠나도 좋단 말입니까?"

"물론이네. 자네 처가 순순히 승낙할지 의문이지만 시간은 충분하니 잘 설득해 보게."

'설득은 왜 해? 어차피 혼자 갈 건데!'

위청후의 말이라면 확실히 믿을 만했다. 소운평은 그제야 회심의 미소를 지었다.

슬슬 배가 고파졌다.

얼추 살펴보니 제일 불가에 가까운 생선 한 마리가 거의 다 익은 것 같았다. 냉큼 그놈을 주워 들고 입으로 가져가던 소운평은 어쩐 일인지 멈칫했다.

'그래! 어쨌든 내겐 은인이나 마찬가지니 이 정도는 양보하는 게 도리겠지?'

"먼저 드시죠."

"고맙네."

위청후는 먼저 껍질을 벗겨 입에 넣었다.

바삭거리는 소리가 어쩌나 자극적인지, 또 김이 모락모락 오르는 속살에서 풍기는 기막힌 냄새라니⋯ 소운평은 한 바가지가 넘는 침을 삼켰다.

'도무지 못 참겠다!'

소운평은 다 익지도 않은 생선을 향해 손을 뻗었다.

한 마리가 게눈 감추듯 사라지고, 또 한 마리가 그렇게 사라지고…

위청후가 채 한 마리를 먹기도 전에 남은 다섯 마리는 앙상한 몽땅 뼈만 남았다.

그러고도 아쉬웠던지 소운평은 입맛을 다셨다.

"좀 더 잡을까요?"

그러자 위청후가 빙그레 웃으며 대꾸했다.

"생각이야 백 마리라도 먹고 싶지만 좀 참는 게 어떻겠나? 자네 처가 마음먹고 음식을 준비할 모양이던데, 손도 못 대면 난처한 일이 아닌가?"

2

〈답신은 잘 받아보았습니다.

가주와 소공자의 연공이 무난히 진행된다는 소식에 저희는 크게 기뻐하고 있습니다. 가주로부터의 전서에 전혀 무관심하던 안도 역시 소공자께 큰 기대를 거는 눈치를 보일 정도였으니까요.

전에 말씀드린 첩자를 투입하는 건은 상당한 진전을 보이는 중입니다.

이미 적검문 쪽엔 다섯 명이 침투하여 암약하는 터라, 그들로부터 상당한 양의 정보를 입수했습니다. 추후 크나큰 도움이 될 것입니다.

다만 본 방 측에 첩자를 투입하는 것은 여전히 제자리걸음을 면치 못하고 있습니다. 우리 측 인물들은 얼굴이 알려져 누구 하나 접근조차 못하는 실정이고, 안도 일행 역시 본 방에서 구하는 인물과는 언행에서 상당한 차이가 나는지라 접근이 쉽지 않은 모양입니다.

계속 노력하고 있으니 조만간 좋은 소식을 전해드릴 수 있을 겝니다.

그리고 삼 일 전에 이 대주가 실로 망외(望外)의 소득을 올렸습니다. 천도회주(天道會主)의 호의를 얻어낸 것이 바로 그것입니다.

가주께선 낯설게 들리시겠지요.

천도회(天道會)는 본 방 산하의 도박장, 기루, 반점, 주루 등의 모든 업소의 주인들이 가담하여 이권을 보호하는 단체로, 물리력을 동원할 능력은 없지만 나름대로 상당한 입김을 가진 단체입니다. 천도회주의 도움을 얻는다면 외부 활동이 더욱 가속화되리라 봅니다.

이 대주가 혼신의 노력을 다하고 있으니 그에 따른 훌륭한 성과가 있을 겝니다.

누차 드리는 말씀이지만, 이곳 일은 걱정 마십시오. 한 사람, 한 사람이 맡은 바 일에 최선을 다하고 있습니다. 노복은 오히려 가주의 안위가 더 걱정입니다.

이곳 날씨가 갑자기 추워졌더군요. 가주가 계신 산중은 더욱 춥겠지요?

가주, 부디 보중하십시오!

건강한 모습으로 해후할 그날을 노복은 손꼽아 기다리겠습니다.

노복(老僕) 곽 모(某) 절필(絶筆).)

*   *   *

잔칫집에 가면 으레 상다리가 휘어진다는 표현을 듣고는 하는데, 지금이 딱 그 경우였다.

음식은 탁자에 가득했다. 생전 처음 보는 진기한 것도 있었고, 각양각색의 색채며 향기가 여간해서 대하기 어려운 훌륭한 솜씨였다.

넉 달 반 만에 대하는 제대로 된 음식을 마주하고도 소운평은 선뜻 젓가락을 집어 들지 못했다.

'보기만 좋음 뭐 하냐구.'

그녀의 솜씨를 익히 아는지라 망설이는 것이 무리는 아니었다. 낮에 잔뜩 먹은 가어가 아직 소화가 덜 된 것도 이유 중에 하나였다.

"드세요."

위청란이 젓가락을 건네는 상황에 이르자 그는 어쩔 수 없이 음식을 집어 들었다.

돼지고기를 살짝 삶아서 다섯 가지 양념에 버무린다. 여기에다 껍질만 익도록 구운 닭고기를 넣은 다음, 황토로 만든 질그릇에다 다시 한 번 볶은 오병단계(熬甁丹鷄)란 요리였다.

'이거 맛있잖아?'

음식을 맛본 소운평은 깜짝 놀랐다.

매콤한 첫맛과 달짝지근한 여운이 조화를 이룬 것이 일류 요리사의 작품이라 말해도 손색이 없을 듯싶었다. 혹시나 싶어 이것저것 다른 요리를 맛보았지만 하나같이 맛이 훌륭했다.

"하하, 변한 건 자네뿐만이 아니지. 요즘 난 매일같이 이런 호사(好事)를 누리고 있다네."

그럴 줄 알았다는 듯 위청후가 껄껄 웃었다

'제법이네. 곱게만 자라서 형편없을 줄 알았더니, 꼭 그런 건 아니었어!'

소운평은 새삼스런 시선으로 위청란을 응시했다. 그러고 보니 그녀도 꽤 변한 것 같았다.

옥을 다듬은 듯한 얼굴은 여전히 아름다웠지만 어쩐지 예전과는 달라진 느낌이다. 틀어 올린 머리와 단정한 몸가짐, 좀 더 어른스러워졌다고 해야 하나?

'나와는 관계없는 일인데 뭐.'

소운평은 이내 시선을 거두고 음식을 먹는 데 열중했다.

먹고, 마시고, 뜯고… 반 시진쯤 지나 가득했던 음식이 어느덧 바닥을 드러낼 무렵 소운평은 의자에 등을 기대며 물러 앉았다.

그러자 위청란은 빈 접시와 식기를 챙겼다.

"곧 차(茶)를 올릴게요."

그녀는 조용히 일어나 실내를 빠져나갔다. 잠시 후, 그녀는 김이 오르는 차 두 잔을 가지고 들어왔다.

"너도 좀 앉는 게 어떠냐?"

"아니에요. 전 할 일이 있어서."

그녀는 살며시 고개를 숙이고는 밖으로 나갔다.

"들게."

위청후가 먼저 찻잔을 들었다.

차는 훌륭했다. 아마도 위청란이 특별히 구해온 것인지 은은한 향기가 입 안 가득 퍼지는 것이 보기 드문 명차(名茶)임이 분명했다.

"자네 사부님도 함께 오셨으면 좋았을 것을……."

연무종의 모습이 보이지 않는 것이 못내 아쉬웠는지 위청후는 낮부터 그를 거론하고 있었다.

문득 위청후의 얼굴이 밝아졌다.

"그나저나 자네도 이제 약관의 나이가 되는군. 명년(明年)에는 자네 부부가 더욱 금실이 좋아지고 행복하길 바라겠네. 그리고 좋은 소식 기대하겠네."

'허, 그것 참! 이게 세시에 주고받는 그 덕담(德談)이라는 건가 본

데…….'

어째 답례하기가 만만치 않았다. 뭘 어떻게 하는지도 모르는 데다 해본 경험이 있어야지… 기껏 생각을 쥐어짜 한다는 얘기가…….

"형님도 건강하세요."

그 한마디였다. 불치병(不治病)에 걸려 시시각각 죽음으로 다가가는 사람한테 말이다.

"고맙네."

담담하게 말을 받은 위청후는 이내 몸을 일으켰다.

"그만 쉬게."

"왜 벌써 가시려고?"

"하하, 좋은 소식을 들으려면 방해(?)는 말아야 할 게 아닌가? 푹 쉬게나."

위청후는 껄껄 웃으며 실내를 나섰다.

잠시 후, 위청란이 들어왔다. 의복 여기저기 물기가 흥건한 것이 설거지라도 한 듯 보였다.

그녀는 등을 돌리더니 곧 침의(寢衣)로 갈아입었다. 소운평이 보든 말든 여전히 거침없는 그녀였다.

"미안해. 피곤해서 일찍 쉬고 싶어! 잠이 안 오더라도 그냥 누워 있어."

그녀가 얇은 이불을 건넸다.

훅!

유등이 꺼지고 실내는 어두웠다.

부스럭거리는 소리에 이어 고른 숨소리가 들려왔다. 그녀 말대로 엄청 피곤했던 모양이었다. 어스름 달빛에 드러난 그녀의 가슴 부위는 규칙적으로 오르내렸다.

말투도 그렇고, 제멋대로 행동하는 것은 여전했다. 식사 때 보여준 모습과는 완전 딴판인 그녀다. 그렇다고 나긋나긋한 태도를 기대한 것은 아니었지만, 은근히 화가 치미는 건 어쩔 수 없었다.

'변하긴 개코가 변해!'

소운평은 거칠게 이불을 끌어당겼다.

                    *   *   *

"커억!"

혈담으로 향하던 연무종은 족히 한 사발이 넘는 흑혈(黑血)을 토하고 비틀거렸다.

치이이익—

핏물이 고인 바닥에선 금세 시커먼 연기가 구름처럼 피어 올랐다. 저 단단한 암석마저 태워 버리는 독이라니, 실로 경이로운 광경이었다.

"컥, 커어—억!"

연무종은 석벽에 등을 기대고 나서야 간신히 중심을 잡을 수 있었다.

연무종은 석벽을 짚고 혈담으로 향했다.

가부좌를 틀고 혈라염을 운용하자 팽팽하게 부풀어 오르는 단전으로 열기가 스며들었다. 심신이 한결 편해짐을 느끼며 연무종은 연공에 몰두했다.

우우웅—

곧 희뿌연 기운이 스며 나와 연무종을 감싸고 무섭게 요동치기 시작했다.

총총한 별, 우유를 뿌린 듯 희뿌연 밤하늘이 채 인시(寅時)가 지나지 않았음을 알려주었다.

반 시진에 걸친 연공을 마친 연무종은 여느 때처럼 노송을 찾았다.

파랗게 질렸던 안색은 원상태로 돌아온 후였다. 오히려 은은한 광택마저 이는 것이 피를 토하던 사람이라고는 도무지 믿어지지 않을 정도였다.

연무종은 이내 바위에 자리를 잡았다.

둔부로 느껴지는 서늘한 기운은 등줄기를 적시는 땀방울을 일순간에 차갑게 만들었다.

'곧 이 몸도 이렇게 식어버리겠지?'

푸들푸들 웃음이 새 나왔다.

이번엔 열흘이 걸렸다. 발작기는 갈수록 짧아졌고, 그에 따라 여러 폐해(弊害)가 발생했다. 시도 때도 없이 치미는 구역질과 현기증이 대표적인 증상이었다. 시야가 흐릿했던 이유도 단순히 혈담에서 뿜어지는 수증기 때문만은 아니었을 것이다.

어쩌면… 아니, 거의 기정사실일 것이다. 애초에 예상했던 팔 개월도 채우지 못할 게 분명했다.

목옥 뒤의 목련화(木蓮花)가 흐드러지게 피는 모습을 두 번 다시 보지 못할 터였고, 안개에 덮인 황산을 누비는 일도 얼마 남지 않은 것이다.

가끔 비가 오는 날이나, 혹은 길을 걷다 문득 뒤만 돌아보아도 감상에 젖는 게 인간이다.

그 점은 연무종도 별반 다르지 않았다.

"마지막 원단을 예년과 다르게 보내는 것도 괜찮을지 모르겠군!"

나직한 중얼거림과 함께 그는 몸을 일으켰다.

*　　　　*　　　　*

'이런 날은 좀 늦게 깨도 되는데…….'

소운평은 한숨을 불어냈다.

습관이란 놈이 참 무서운 게 뭐냐 하면, 분명 늦은 시간까지 엎치락 뒤치락 잠 못 이뤘는데, 인시(寅時) 말엽쯤 비슷하다고 자동으로 눈이 떠지니 말이다.

그는 슬그머니 고개를 들고 침상을 살폈다.

위청란은 여전히 꿈속을 헤매는 중이었다. 벽을 바라보고 새우잠을 자는 게 오랜 잠버릇인지, 오늘도 둔부를 드러낸 모습으로 잠들어 있었다.

'어쭈, 그새 살이 좀 올랐는걸?'

허리가 가는 탓에 유난히 도드라져 보이던 둔부는 아예 터질 듯 부푼 모습이었다. 바짝 당겨진 침의의 실밥이 하나라도 끊기면 그대로 뚫고 나올 기세다.

"꿀꺽!"

이런 상황에서 침이 넘어가고, 하체로 혈액이 몰리는 건 자연스런 현상이었다.

─아서라, 제명대로 살고 싶으면 꿈도 꾸지 말아라!

누군가 그렇게 귓속말이라도 한 것인지 소운평은 떨어지지 않으려는 시선을 창가로 가져갔다.

'젠장, 자로 잰 거 같군!'

한 치의 오차도 없는 인시 말이다. 날이 밝으려면 적어도 한 시진은 더 있어야 할 터였다.

잠은 안 오고, 그렇다고 할 일은 없고, 이 자리에 계속 있어야 고문(?)만 받을 테고, 참다 못한 소운평은 밖에 나갈 생각으로 몸을 일으켰다.

살금살금 까치발로 다가가 문고리를 잡았다.

끼이이—!

최대한 조심스레 열었지만 그래도 소리는 요란했다.

'문 좀 고칠 것이지!'

인상을 찡그리며 돌아보니 아니나 다를까, 위청란은 이미 눈을 뜬 뒤였다. 여전히 졸린 듯 부스스한 모습이었지만, 중요한 건 억지로 잠이 깼다는 사실이다.

"어딜 가려는 거야?"

"일찍 깬 김에 그냥 바람이나 쐬려구요. 신경 쓰지 마시고 더 주무시죠?"

혹시나 뭔가가 날아올지도 모르는 상황이니만큼 소운평은 잔뜩 긴장했다.

"그럼 시끄럽지 않게 해!"

다행스럽게도 그 한마디만 남긴 채 그녀는 다시 이불을 뒤집어썼다.

'간 떨어지는 줄 알았네!'

소운평은 잽싸게 밖으로 나섰다.

위청후도 아직 일어날 기미가 없는지 불이 꺼진 채 조용했다.

목옥을 떠난 소운평은 십여 장 떨어진 커다란 바위에다 자리를 잡았다.

서늘한 새벽 공기가 심신을 말끔하게 만들어주는 것까지는 좋았는데, 막상 할 짓이 없다. 그렇다고 도로 들어가는 건 말도 안 된다. 지금쯤 그녀는 또 잠들었을 텐데, 다시 깨우는 건 위험 부담이 너무 컸다.

'젠장, 아무리 할 짓이 없기로서니, 이런 걸 하면서 시간을 때워야 하다니…….'

소운평은 웃옷을 벗어 바위에 올리고 자세를 취했다. 호권(虎拳)의 기수식이었다.

"차앗!"

치고, 차고, 맹렬히 휘두르는 호권 이십사 수가 연달아 펼쳐졌다. 이윽고 초식은 용권(龍拳)으로 변했고, 오수권의 나머지 동물들이 뒤를 이었다.

한두 번도 아니었다. 처음부터 끝까지 한 초식도 빼놓지 않은 채 오수권 전부를 무려 열 번이나 반복해서 시전했다.

이 정도면 대충 시간이나 때우자는 소리를 액면 그대로 받아들이기는 어렵지 않을까?

"후—!"

가볍게 심호흡을 마치고 소운평은 시선을 돌렸다.

얼추 따져 봐도 묘시(卯時) 중엽은 중엽인데, 여전히 목옥은 어둠에 잠긴 모습이었다.

'그냥 지금 올라갈까?'

가느냐?

마느냐?

바위에 앉아 소운평은 잠시 고민에 빠졌다.

하지만 고민은 어이없을 정도로 쉽게 해결되었다. 입 안에서 살살 녹는 갖가지 요리와 풀뿌리 중에 풀뿌리를 택할 바보는 어디에도 없는 것이다.

'에이, 내친 김에 조식까지 하자!'

소운평은 눈밭에 앉아 가부좌를 틀었다.

혈라염을 운용하자 미세한 열기가 단전에 모여들기 시작했다. 열기는 점차 공처럼 뭉치는가 싶더니 구체적인 힘으로 자리를 잡았다.

연무종은 이것을 일컬어 내력(內力), 혹은 내공(內功)이라 했다. 이 힘을 나누어 독맥과 임맥으로 순환시켜 심신을 안정시키고 내공을 증진하는 것을 소주천(小周天)이라 했다. 또한 대주천(大周天)이란 것에 대해서도 말해 주었는데, 그것은 임맥과 독맥이 서로 통하는 높은 경지. 이른바 '생사현관의 타통!' 이전에는 불가능하다고 했다.

소운평은 단전에 고인 기운을 나누어 각기 임맥과 독맥으로 인도해 갔다. 열기는 혈도를 따라 전신을 돌아 다시 단전에서 합쳐졌다.

그렇게 다섯 차례 소주천을 끝낸 후, 소운평은 운기조식을 마쳤다.

심신이 날아갈 듯 가벼웠다. 어릴 적에 한 번 빨아본 아편 연기에 취한 듯한 느낌. 조식이 끝난 직후의 이 기분을 그는 가장 좋아했다.

'응?'

막 일어서려던 소운평은 움찔 놀랐다.

그의 단전에는 본신의 내공과는 다른 별도의 기운이 존재했다. 바로 혈담에서 받아들인 열기였다.

그것에 대해 연무종은 다음과 같이 언급했다.

"엄밀히 말하자면 내공과는 별개의 것이다. 지심(地深)의 순수한 열기가 뭉친 화기(火氣)의 정수(精髓)라 부르는 게 옳을 것이나, 내력으로써 차츰 이를 동화시키면 결국엔 본신의 내력으로 흡수할 수 있다. 네놈이 지닌 열기를 내력으로 따진다면 족히 삼십 년의 공력은 될 것이다. 그러나 아직은 불가능한 일이다. 네겐 열기를 다스릴 능력도 없을 뿐더러 수용할 능력은 더 더욱 없다. 더군다나 내가 금제를 가한 상태라 아무리 애써봐야 열기를 깨울 수도 없으니 넌 신경 쓸 필요가 없다. 당분간 그럴 리는 없겠지만, 혹시 단전에서 이상한 움직임이 느껴진다면 그때는 지체없이 내게 고(告)해야 한다. 알겠느냐?"

한데 그 열기가 꿈틀거린 것이다. 단 한 차례, 그것도 극미한 움직임에 불과했지만 분명 기척은 느껴졌다.
'어떡할까?'
만일 동굴에서 이런 일이 벌어졌다면 지체없이 연무종에게 달려갔을 것이나 지금은 상황이 달랐다. 아무것도 아닌 일로 올라갔다가는 아침밥은 물론이요, 꿈같은 하루가 그냥 날아가는 셈이었다.
그것이 어긋남의 출발점이었다.
슬슬 시간이 흐르며 묘한 감정이 들었다. 마땅히 할 일이 없다는 것이 첫째 이유요, 또 하지 말라면 더욱 하고 싶어지는 간사한 인간의 심성이 두 번째 이유였다.
'까짓 거, 한번 해보지 뭐!'
소운평은 다시 자세를 가다듬고 혈라염을 운용했다. 이윽고 진기가 모이자 그는 서서히 열담의 열기가 자리한 곳으로 내력을 이끌어갔다.

하지만 아무런 반응이 없었다. 그저 물위에 뜬 기름처럼 겉돌기만 할 뿐이었다.

'대체 어떻게 동화(同化)시킨다는 거지?'

막 포기하려는 순간이었다. 갑자기 본신의 진기가 마치 지남철에 이끌린 쇠붙이처럼 주르르 열기 쪽으로 딸려가는 것이 아닌가!

'엇!'

황급히 바로잡아 보려 했지만 이미 늦은 후였다. 진기는 혈담의 열기가 응축된 구체(球體)와 충돌했다. 정확히 말하면 흡수되었다고 해야 옳을 것이다.

사건은 그때부터 벌어졌다.

잠잠하던 열기가 무섭게 들끓기 시작하더니, 갑자기 단전이 터질 듯 부풀어 올랐다. 맹렬히 단전을 두들겨 대던 열기는 혈도를 타고 흐르기 시작했다.

'큭!'

전신이 조각조각 해체되는, 마치 거대한 망치로 전신을 짓이기는 그런 고통이 혈관 속을 치달렸다.

지옥의 불구덩이 속에 던져진다 한들 이렇게 고통스럽지는 않을 것이다.

이미 소운평은 손쓸 도리가 없는 상태였다. 본신의 내력이 모두 열기에 동화되고, 정신마저 혼미한 상태라 그가 취할 수 있는 방법은 아무것도 없었다.

"쿠어—억!"

마침내 소운평은 선혈을 토하며 뒤로 넘어갔다.

"이 멍청한 놈!"

동시에 창노한 음성이 울리며 희끗한 그림자가 나타났다. 바로 목옥으로 내려오던 연무종이었다.

잠시 후, 목옥에 불이 밝혀지는가 싶더니 위청후가 한달음에 달려왔다.

"어르신, 대체 무슨 일입니까?"

"내 그렇게 누누이 일렀건만, 멍청한 저놈이 일을 저질러 버렸다!"

"일을 저지르다니요?"

힐끔 쓰러져 있는 소운평을 응시하는 위청후는 아직도 영문을 모르겠다는 투였다.

"그야 저놈 몸뚱이를 보면 알 게 아니냐!"

연무종은 버럭 노성을 질렀다. 그 행동 하나로 얼마나 화가 났는지 능히 짐작할 수 있었다.

위청후는 재빨리 소운평에게 다가갔다.

'설마 이건?'

칠공(七孔)으로 가는 핏물이 흐르고, 붉다 못해 시커멓게 변한 얼굴, 전신의 핏줄이란 핏줄은 모조리 터질 듯 불거진 모습이다. 무인이라면 한눈에 어떤 일이 벌어졌는지 알 수 있을 터였다.

바로 주화입마였다!

"아… 아!"

급기야 위청후는 바닥에 주저앉았다.

"늦기 전에 우선 응급처치부터 해야겠다."

연무종은 혼절한 소운평을 안아 들고 작은 가죽 주머니를 꺼내 들었다.

"이건 사향(麝香)과 웅담(熊膽)을 말린 것이다. 반 치 크기로 잘라서 한 홉 정도 되는 미지근한 물에 담그되, 물 색깔이 일정하게 변하면 가지고 오너라."

쐐액!

연무종은 빛살처럼 목옥으로 날아갔다.

3

"우—움!"

연무종은 연신 괴이한 소리를 토했다.

그때마다 그의 몸에서는 진한 혈광(血光)이 일렁였고, 소운평의 전신을 누비는 손은 더욱 빠르게 움직였다.

파파파파팍!

범인(凡人)이라면 소리만 들을 수 있을 것이지만, 절정에 달한 무인(武人)이라면 엄청난 속도로 전신의 혈도를 점하는 광경을 보게 될 것이다.

단순한 타격이 아니라 혈도 부위가 움푹움푹 들어갈 정도로 강력한 내력이 실린 일격이었다.

뚝.

거짓말처럼 혈수가 멈춰졌다.

"호우—움!"

이제껏 들을 수 없었던 엄청난 기성(奇聲)이 실내를 떨어울렸다. 동시에 빳빳이 세워진 연무종의 우수가 소운평의 인후(咽喉)를 찔렀다.

"커억—!"

시커먼 핏물이 천장에까지 튀었다. 소운평은 전신을 부들부들 떨더니 이내 축 늘어졌다.

곧 위청후가 들어왔다. 그의 손엔 새까만 물이 가득 담긴 사발이 들려 있었다.

"여기!"

약물을 받아 든 연무종은 조금씩 소운평의 입에 흘려 넣었다. 환자가 의식이 없는 상태인지라 반 홉을 복용시키는 데는 꽤 오랜 시간이 소요되었다.

복용이 끝나자 위청후가 서둘러 다가앉았다.

"어르신, 어떻습니까?"

"일단 뇌심(腦心)과 내부 장기에 스민 화독(火毒)을 몰아냈다. 간신히 목숨만은 돌려놓은 셈이지. 정작 중요한 건 지금부터다."

"아직 장담할 수 없단 말씀이군요."

위청후의 음성은 심하게 떨렸다.

그 역시 무인이기에 주화입마에 대해 잘 알았다. 완치는 거의 불가능하고 잘해야 불구, 심하면 죽거나 평생 폐인이 되는 무서운 형벌이었다.

'이 친구야, 어쩌다가……'

위청후는 금세 눈물을 떨굴 것 같았다.

"문제는 혈도 속을 날뛰는 열기를 다스리는 일이다. 발동하기 전이라면 모르되, 지금은 단 한 가지 방법밖에 사용할 수 없다."

"그게 무엇입니까?"

"애초 이놈의 몸에 담긴 화기의 정화는 삼십 년에 해당하는 공력과 비슷한 크기였다. 그 두 배 이상의 공력을 지닌 이가 내력을 불어넣으며 열기를 다스리면 충분할 게다. 그렇다 해도 이놈이 아직 일 갑자 내력을 감당할 수 없으니 열기와 함께 신체 일부에 봉인하는 수밖에."

"어르신?"

위청후는 화들짝 놀랐다.

독기를 억누르는 데 사용되는 내력의 거의 전부를 타인에게 전해준다는 것은, 곧 스스로 목숨을 포기한다는 소리나 마찬가지인 것이다.

"어르신!"

급기야 위청후는 굵은 눈물을 보였다.

"못난 놈! 오래 버텨야 사개월이었다. 어차피 예정된 일이었고, 이별의 시간이 조금 당겨진다 해서 아까울 것이 무에 있더냐!"

어찌 그걸 모르겠는가만은 위청후는 가슴 한 자락이 메어지는 것 같았다.

다섯 살 어린 나이부터 십육 년을 함께 보냈다. 무공도 그랬고, 자신이 가진 모든 것들이 그로부터 비롯되었다 해도 과언이 아니었다. 얼굴도 모르는 조부 대신 은연중 친조부처럼 여겨지던 그였다.

이렇듯 느닷없이 이별의 순간을 맞이하자 주체할 수 없이 감정이 북받쳤다.

그러나 위청후는 입술을 깨물며 울음을 삼켜야 했다. 당당한 모습으로 마지막 길을 배웅하는 것이 그가 할 수 있는 단 한 가지라 여겼기 때문이었다.

"어르신, 운평은 제가 돌볼 테니 우선 조식부터 하시는 게 좋을 듯싶습니다."

위청후가 우려의 빛을 보였다.

아닌 게 아니라 연무종의 안색은 백지장을 방불케 할 지경이었다. 연무종 본인도 그 사실을 익히 아는지라 굳이 거부하지 않았다.

"그렇게 하마. 일단 깨어나면 두통을 호소할 게다. 그땐 적당히 내력을 불어 넣어 기혈을 안정시켜 주거라. 이 각 이내로 돌아오마."

"알겠습니다, 어르신."

위청후는 서둘러 소운평의 머리맡으로 다가갔다.

연무종은 두 사람을 힐끔 응시하더니 이내 밖으로 걸어나갔다.

'뜨거워, 뜨거워!'

사력을 다해 비명을 질렀건만 목소리는 목구멍 안에서 맴돌았다.

그러나 소운평이 의식을 찾은 것은 아니었다. 한 가닥 무의식이 깨어 단지 고통을 호소할 뿐, 의식은 여전히 무저(無低)의 어둠 속을 떠다니는 중이었다.

"으으……."

"자네, 괜찮나? 정신 좀 차려보게!"

위청후는 황급히 소운평을 안아 들었다.

그러나 소운평은 뜻 모를 신음만 연신 흘러댈 뿐, 눈조차 뜨지 못했다. 의복 위로 타는 듯한 열기가 느껴질 정도이니 정작 본인은 얼마나 고통스러울까.

믿을 사람은 이미 이 각이 훨씬 지난 듯한데도 돌아올 줄 몰랐다.

'대체 어딜 가셨기에……'

더 이상 기다릴 수만은 없었다. 위청후는 손을 뻗어 단전을 짚었다. 역부족인 줄은 뻔히 알지만, 넋 놓고 바라볼 수는 없는 일이었다.

위청후는 내력을 서서히 우수로 몰아갔다.

그때였다. 문이 열리고 그토록 기다리던 연무종의 모습이 나타났다.

"그새 무슨 이상이 없었더냐?"

"특별한 일은 없었고, 잠시 전부터 계속 이런 모습이었습니다."

여전히 소운평은 신음만 흘리고 있었다.

연무종은 서둘러 맥을 짚었다.

"다행히 내가 손쓴 그대로구나. 천만다행으로 악화되지 않았어! 참으로 다행이야!"

그렇게 다행을 연발한 후 연무종은 소운평 앞에 가부좌를 틀었다.

"혹시 모르니 옆에서 지켜보거라."

"알겠습니다."

위청후도 잔뜩 긴장한 얼굴로 가부좌를 틀었다.

스윽!

연무종은 쌍수를 소운평의 단전에 올렸다. 그리고 눈을 감고 내력을 끌어올렸다.

우우우우웅—!

장포가 풍선처럼 부풀어 오르는 것을 시작으로 연무종의 전신은 서서히 붉게 물들었다.

두 손만 변화하던 예전과는 달리 이번에는 정수리부터 발끝까지 모조리 혈광(血光)을 내뿜기 시작했다. 이것은 그가 팔십 평생을 갈고 닦은 공력을 터럭 하나 남기지 않고 모조리 끌어올린 증거였다.

혈광은 연무종을 감싸고, 또 소운평을 감싸고, 종국에는 위청후와 실내 전체까지 집어삼켰다.

일각이 지났다. 이윽고 혈광이 사라지고 실내가 낱낱이 드러났다.

소운평은 바닥에 여전히 누운 모습이고 연무종 역시 가부좌를 튼 모습 그대로였다.

하지만 연무종의 모습은 처참했다. 하얗다 못해 은색으로 반들거리는 머리칼, 주름살로 뒤덮인 전신, 일순간에 시체와 같이 변한 끔찍한 몰골이었다. 그런데도 두 눈을 감은 채 꼿꼿이 앉아 있었다.

"어르신!"

위청후는 그 앞에 오체투지했다.

"나 아직 죽지 않았다. 곡은 나중에 하거라."

금세 꺼질 듯 가녀린 음성에 비해 눈빛만은 여전히 살아 있었다.

"숨이 끊기고 반 시진이 지나면 내 몸은 극독으로 변할 것이다. 그 전에 필히 화장(火葬)하거라. 무덤은 필요없다. 사십 년을 이곳에서 보냈으니 죽어 산으로 돌아가는 것도 괜찮은 일이겠지. 그리고 이것은 저 쓸모없는 제자 놈에게 주고 이것은 네가 가지고 있거라. 무엇에 쓰는 물건인지는 나중에 알게 될 게다."

연무종은 꾸러미 두 개를 내밀었다.

한쪽은 작은 목갑 하나와 책자 하나가 담겨 있었고, 다른 쪽을 차지한 것은 평범한 자기병 두 개였다.

"내 나이 여든다섯, 참으로 오랜 세월을 살았구나. 그중에 잊을 수 없는 네 사람이 있다. 한 분은 한때 나를 거둬주신 사부님이요, 다른 분은 네 조부님이시다. 두 분 모두 큰 은혜를 베푼 분들이시지. 늘그막에 얻은 제자 놈도 어찌 잊을 수 있겠느냐? 비록 짧은 시간이었지만 삼생(三生)을 거듭나더라도 잊지 못할 게다. 마지막 남은 한 사람이 누군

줄 아느냐?"

"모르겠습니다."

위청후는 조용히 고개를 저었다.

"그건 바로 너다. 내게 가족이라 부를 수 있는 사람은 오직 너뿐일 게다."

"어르신!"

급기야 위청후는 오열을 터뜨렸다.

지난 세월, 가슴에 묻어야만 했던 숱한 기억과 한(恨)이 연무종의 얼굴과 겹쳐지며 모조리 분출되었다.

이윽고 연무종의 눈동자에서 급격히 생기가 사라지기 시작했다.

"후야, 복수는 하되 절대 복수에 집착하지 말거라. 그리고 그 아이를… 부, 부탁, 아— 사부님!"

사부!

그 한마디를 마지막으로 연무종은 눈을 감았다.

한때 '혈수의 주인'으로 불리며 세상을 공포에 젖게 만들었던 일대 거인의 위대한 최후였다.

'어르신, 편히 가십시오. 부디 내세에서도 만나뵐 수 있기를 바라겠습니다.'

위청후는 말없이 일어나 유체를 향해 구배(九拜)를 올렸다. 그리고는 조심스레 연무종을 안아 들고 실내를 빠져나갔다.

*　　　　　*　　　　　*

내내 깊은 혼절에 빠졌던 소운평이 정신을 차린 것은 이레가 지난날 오후였다.

위청후는 영문을 모르는 듯 눈알만 굴려대는 그를 데리고 목옥을 나섰다. 절벽가에 자리를 잡은 후 위청후는 목함 두 개와 책자를 내밀었다.

"받게! 자네 사부님의 유품(遺品)일세."

"유품이라뇨? 그게 무슨……?"

소운평은 눈을 동그랗게 떴다. 여전히 알 수 없다는 표정이었다.

그러자 위청후는 가볍게 한숨을 내쉬었다.

"자네가 주화입마에 들었던 것을 알고 있나? 벌써 이레 전의 일이네."

'주화입마? 그렇지 그날 난……'

그제야 기억이 되살아났다. 새벽에 단전의 열기를 다루려 하다 낭패를 당하는 순간이 생생히 떠올랐다.

"자넨 거의 초죽음이 돼서 어르신께 발견되었네. 만약 어르신께서 목옥으로 내려오시지 않았다면 자넨 영락없이 초주검을 맞았을 걸세."

그렇게 말문을 연 위청후는 이레 전 그날의 일을 빠짐없이 설명했다.

두 사람이 얼마나 당황하고 놀랐는지, 그리고 연무종이 어떤 방법으로 그를 구했는지, 연무종의 최후 모습을 비롯해 화장을 한 사실까지, 마치 눈앞에서 벌어지는 일처럼 자세히 언급했다.

'그 늙은이가 죽었다고? 나 때문에?'

믿을 수 없었다. 목숨이 무슨 헌신짝도 아니고, 단순히 제자라는 이유만으로 대신 죽는다는 건 누구라도, 아니, 소운평은 죽었다 깨어나도 이해할 수 없는 일이었다.

믿을 수 없기에, 이해할 수 없기에 연무종의 희생은 더 큰 충격으로 다가왔다.

이윽고 위청후는 큰 목함을 가리켰다.

"여기에 자네 사부님의 유골이 들어 있네. 아무래도 자네가 모시는 것이 옳을 것 같았네. 이곳… 이곳 황산에 뿌려달라고 하시더군."

'유골? 뼈?'

그제야 사부의 죽음이 현실로 다가왔다. 죽음 앞엔 제아무리 소운평이라 해도 숙연해졌다.

스승의 무조건적인 사랑이 막무가내인 제자를 바꿔놓기라도 한 것일까?

소운평은 천천히 목함을 향해 절을 올렸다.

사부는 근엄히 내려다보고 위청후는 자신 뒤에서 참관하고… 사 개월 전의 그날, 억지 사부를 모시던 그날과 똑같았다. 단지 달라진 것은 그땐 어쩔 수 없이 했지만 지금은 기꺼운 마음에서 자의로 한다는 사실이다.

솔직히 사부가 자신에게 해를 끼친 것은 아니었다. 그저 배우기 싫은 무공을 강요했다 뿐이지 모든 면에서 은인이나 다름없었다.

이윽고 구배는 모두 끝나고 소운평은 목함을 들고 절벽가로 걸어갔다.

겉을 감싼 비단 보자기가 풀었다. 이어 뚜껑이 열리자 허연 뼛가루가 모습을 드러냈다.

'사부님, 잘 가세요.'

소운평은 한 줌 한 줌 뼛가루를 뿌렸다.

차가운 겨울바람에 날린 분골(粉骨)은 한 조각씩 황산의 대지 위에 자리를 잡았다.

소운평은 다시 한 번 깊숙이 고개를 숙이고 위청후에게로 돌아왔다. 남은 것은 책자였다.

"이건 뭡니까?"

"글쎄, 그건 나도 잘 모르겠네. 이제 주인은 자네가 아닌가? 한번 살펴보게."

소운평은 그제야 책자를 집어 들었다.

손가락 두 개를 포갠 정도 되는 두께의 책자는 무공 서적이었다. 병기와 초식을 펼치는 인물이 가득했기에 글을 몰라도 충분히 알아볼 수 있었다.

툭!

중간쯤 살피는데 종이 몇 장이 떨어졌다. 글이 빽빽하게 적힌 것이 아마도 자신에게 남긴 유서인 듯했다.

"좀 읽어주시죠?"

소운평은 망설임없이 위청후에게 손을 내밀었다.

위청후는 두 손으로 건네받고는 조용히 유필을 읽어 내려갔다.

내 짐작이건대, 이 글은 아마 청후가 읽어줄 것으로 여겨지는구나.

녀석, 앞으로 글을 좀 배우거라. 무(武)를 추구하는 이들의 대다수가 문(文)을 등한시한다지만, 최소한 읽고 쓸 줄은 알아야 할 게 아니냐?

자고로 정상에 오른 자는 문무를 겸비한 법이다.

굳이 멀리서 찾을 생각 말고 네 처에게 배우거라. 예쁘고 총명한 아이 같더구나. 내 솔직히 털어놓자면 네넨 과분한 배필이라는 생각이다.

벌써부터 인상을 찡그리는 모습이 선하구나. 그만한 자격을 갖추라는 질책이니 가볍게 생각하거라.

그간 억지 사부를 모시느라 고생이 많았을 줄로 안다.

나라고 마냥 좋았는 줄 아느냐?

그게 다 네놈에게 도움되라고 그런 것이니 억하심정은 갖지 말아라. 나중에 어느 정도 성취를 보이면 그땐 오히려 내게 고마워할 게다.

혹시나 내게 죄책감을 가졌다면 마음에 담지 말고 모두 잊어버려라. 시간만 좀 빨라졌다 뿐이지, 어차피 네놈을 제자로 맞을 때부터 예견되었던 일이다.

제자를 위해서라면 그보다 더한 일도 서슴지 않고 내줄 수 있는 게 세상의 모든 사부의 마음이란다.

목함(木函)에는 한 장의 양피지와 서신이 들어 있다. 서신을 받을 사람은 서신 앞면에 써 있을 게다. 과거 내 사문의 어른께 가는 것이니만큼, 절대 타인에게 보여주어서는 안 된다. 네 처는 물론 청후에게도.

청후를 도와 소주의 일을 마무리 지은 후 반드시 이 년 내로 전하길 바란다.

그리고 노파심에서 하는 말인데, 앞으로 이 년 간은 네 멋대로 할 생각은 버리는 게 좋을 게다. 제명대로 살고 싶다면 말이다.

이쯤 언급하면 눈치 빠른 네 녀석은 어느 정도 짐작했으리라 믿는데, 어떠냐?

네놈에게 교묘한 독을 심었다.

세상에 알려지지 않은 지독한 독이지. 일단 발동하면 전신에 피고름이 생기며 오그라들어 죽는 무서운 독이다. 해약은 청후에게 맡겼으니까 오 일에 한 번씩 해약을 복용하고 혈라염을 운용하면 아무 해도 입지 않을 게다.

청후에게 떼를 쓸 생각은 말아라. 유언으로 남겼으니 절대 함부로 주지 않을 것이다.

혹시 그 빤한 잔머리를 굴려서 해약을 뺄 생각을 하는 모양인데, 그것도 어림없다. 개수에 상관없이 효과는 오 일 간이니, 오히려 사력을 다해 해약을 보호하는 게 좋을 게다. 행여나 해약을 잃어버리기라도 하면 넌 꼼짝없이 죽은 목숨이니까.

지독한 노인네라 욕을 해도 어쩔 수 없다. 다 네놈 때문에 벌어진 일이니 날 원망하지는 말아라. 오죽했으면 내가 이런 방법까지 동원했겠느냐?

얘기가 길어졌구나. 마지막으로 한마디만 더 하마.

예전에도 누누이 언급한 바 있듯 나는 네가 진지하게 무에 대해 생각해 보길 바란다!

넌 기재(奇才)도 아니고 천재(天才)도 아니다.

하지만 네겐 젊음이란 큰 무기가 있다. 재능도 없는 편도 아니고. 하등의 쓸모 없는 놈이었다면 내가 어찌 네놈을 선택했겠느냐?

책자는 그간 네가 못다 배운 무공을 간략하게나마 요약한 것이다. 열심히 수련한다면 반드시 좋은 결과를 얻을 수 있을 게다.

부디 노력하거라.

네가 어엿한 한 사람의 무인으로 성장하는 모습을 지하에서나마 지켜볼 수 있다면 여한이 없겠구나.

잘 있거라, 제자야……

장문의 유필(遺筆)은 그렇게 끝을 맺었다.

위청후는 코끝이 찡해옴을 느꼈다. 소운평을 생각하는 연무종의 마음이 고스란히 마음에 와 닿았는지라 그의 눈매는 금세 젖어들었다.

반면 소운평은 어이가 없다 못해 귀에서 연기가 솟구칠 지경이었다.

'지독한 늙은이 같으니! 잠시나마 마음이 약해졌던 내가 바보지, 내가 바보야!'

혀라도 깨물고 쓰러지고 싶은 기분이었다.

내용이 사실이라면 그는 꼼짝없이 복수의 대열에 끼어야 하고, 어디 있는지도 모르는 사문의 어른이라는 인물에게 서찰을 전해야만 하고, 무려 이 년 동안 노예 아닌 노예가 되어야 하는 것이다.

당장 오늘 밤에라도 떠날 생각이었던 소운평은 또다시 날개 꺾인 까마귀 신세로 전락한 셈이었다.

어차피 맞을 매라면 일찍 맞는 게 낫다 싶은 소운평은 한시바삐 도회지로 나가고 싶었다. 산속이라면 이제 이가 갈릴 정도였다.

"언제 소주로 떠날 겁니까?"

"아직 정하지 않았네. 일단 곽 당주의 전서가 도착한 후에 상의하세."

"알았어요. 일단 주시죠?"

소운평이 불쑥 손을 내밀었다.

"무얼 말인가?"

"아, 정말 몰라서 묻는 겁니까? 해약이지 뭡니까!"

그제야 상황을 안 위청후는 빙그레 웃으며 엄지손톱만한 환약을 건넸다.

소운평은 냉큼 입에다 털어 넣고 가부좌를 틀었다.

"벌써 식사 시간이 다 됐군. 굶기 싫으면 운공을 마치는 대로 들어오게."

위청후는 총총걸음으로 목옥으로 걸어갔다.

잠시 후, 가부좌를 튼 소운평의 머리 위로 아지랑이 같은 기운이 뭉클뭉클 올라왔다.

연공에 들어서 그런 것인지, 아니면 화가 치밀어 그런 것인지 좀처럼 구분이 가지 않았다.

그날 저녁 잠자리에 들었던 위청후는 곽연의 전서를 받았다. 황산에서 받는 마지막 전서의 내용은 어이없을 정도로 간단했다.

〈동가장(東家莊) 재견(再見)!〉

〈5권으로 이어집니다〉